두 번째 서른,

음악 따라 세상 둘러보기

두 번째 서른,
음악 따라 세상 둘러보기

초판 1쇄 인쇄 / 2021년 7월 23일
초판 1쇄 발행 / 2021년 7월 29일

지은이 / 박교식
펴낸이 / 한혜경
펴낸곳 / 도서출판 異彩(이채)
주소 / 06072 서울특별시 강남구 영동대로 721, 1110호(청담동, 리버뷰 오피스텔)
출판등록 / 1997년 5월 12일 제16-1465호
전화 / 02)511-1891
팩스 / 02)511-1244
e-mail / yiche7@hanmail.net
ⓒ 박교식 2021

ISBN 979-11-85788-25-8 03810

두 번째 서른,

음악 따라 세상 둘러보기

박교식 지음

이채

인생은 그 사람 생각의 소산이다.
_마르쿠스 아우렐리우스

별똥별이 가장 많이 듣는 소원이 '어' 혹은 '아'라는 우스갯소리가 있습니다. 별똥별을 보면서 소원을 빌면 이루어진다고들 하는데 이 말은 맞을 수도 있습니다. 즉, 짧은 시간 눈에 보이는 별똥별을 보면 대부분의 사람들은 이러한 감탄사 정도를 하게 되지만, 바라는 바가 간절한 사람은 그 짧은 찰나에도 소원이 생각나고 그걸 빌게 됩니다. 늘 마음에 품고 있으니 그만큼 이루어지도록 마음을 쓴다는 의미겠죠? 지금의 제 모습은 어쩌면 오랜 기간 동안 마음에 품어 왔고 바라던 저의 모습이 아니었나 생각해 봅니다. 좋은 모습이든, 제가 원하지 않는 모습이든….

어릴 때부터 대나무가 좋았고, 대나무 숲을 보면 더욱 좋았는데 그 이유는 지금도 궁금합니다. 이 대나무는 여러모로 제게 시사해 주는 바가 많습니다. 우선은, 비약적인 도약을 뜻하는 '퀀텀리프(Quantum leap)' 식으로 성장하는 식물입니다. 씨를 뿌리고 몇 년 동안 뿌리만 성장하다가, 자라기 시작하면 1시간에 소나무가 30년 걸려 자라는 길이만큼씩 위로 자란다고 합니다. 화학공학을 전공한 저는 대학에서는 전공만 열심히 공부하는 편이 아니었으며 음악이나 주역 등 다른 곳을 기웃거리며 많은 시간을 보냈습니다만, 박사학위까지 마치고 30년이 지난 지금 안전을 전공하는 입장에서 돌아보면 이러한 모든 것이 제게 많은 도움이 되었습니다. 안전은 대표적인 융합영역으로서, 화공·전기·기계 등은 물론이고 소재 등 많은 엔지니어 분야가 융합되어야 문제를 해결할 수 있으며, 여기에 더해서 인문학적인 요소도 가미되어야 안전문화가 자리 잡을 수 있습니다. 제가 공감하는 대나무의 또 다른 특성은, 바로 마디가 있다는 것입니다. 속이 비어 있는 대나무가 높이 성장할 수 있는 비결이기도 합니다. 흔히 우리는 계절이 순환하는 것을 보면서 시간도 순환하는 것으로 착각합니다만, 시간은 지나가면 다시 돌아오지 않습니다. 그런데도 우리는 하루를 24시간, 1주일을 7일, 하는 식으로 쪼개서 마디를 만듭니다. 해마다 생일이 되면 다시 시작하는 마음으로 무엇인가 희망적인 느낌을 가질 수 있습니다. 제가 60년 전 신축년(辛丑年) 음력 6월에 태어났으니 올해가 만으로 육십, 회갑이 되는 해인데 전이 표현이 싫어서 '두 번째 서른'이란 표현을 쓰기로 했습니다. 제게도 중요한 마디가 몇 가지 있었는데, 이러한 마디의 상당 부분이 음악과도 연관되어 있습니다.

돌이켜 보니 직장생활에서 3~4년마다 전환점이 있었습니다. 1992년 산업자원부 산하 에너지기술개발지원센터(현 KETEP, 에너지기술평가원 전신)에서 직장생활을 시작한 이래 3년 반 만에 한국가스안전공사로 옮겨서 종합적 가스안전관리체계를 시작해서 3년 동안 틀을 잡고 실행 부서에 이관한 다음, 연구 쪽 일을 전담했습니다. 그 3년 뒤 국가지정 연구과제 수행책임을 맡고, 그 후 3년 반 뒤 미국에 초빙교수로 파견되었으며, 이 공식대로라면 2008~2009년쯤에 뭔가 변화가 있었어야 되는데, 아마도 2010년 키프로스로 이직한 것과 같은 큰 변화를 준비하느라 좀 더 걸린 듯합니다. 우여곡절 끝에 2013년 명지대에서 일하게 되고, 2015년 장외영향평가제도 도입에 역할을 했으며 2017년에는 협동

과정으로 재난안전학과를 대학원에 설립하였습니다. 2019년 숭실대로 옮겨서 여수 석유화학단지의 안전관리체계구축사업을 수행하고 있으며 2021년 로봇 안전인력양성사업과 친환경 안전관리 인프라 구축사업의 연구 수행 책임을 맡고 있으니 최근 들어서 주기가 좀 짧아진 듯합니다.

30대 후반인 1999년 공사의 자료를 묶어서 『공정안전공학』(청문각)이란 책자를 준비하여 40세인 2000년 출판하였고, 2009년에는 선배 교수님과 『RCM: 세계적 수준의 유지 보수 기술』(대가)을 공동번역으로 출판하였습니다. 두 번째 서른을 맞은 지금은 제 이야기를 써도 되지 않을까 하여 나름대로 안전에 대한 평소 생각을 글로 옮기게 되었습니다.

필자의 저서. 좌 『공정안전공학』(공저). 우 『RCM: 세계적 수준의 유지 보수 기술』(공역).

발레에서 무용수가 제자리에서 수십 바퀴를 도는 고난도 기술을 '푸에테(fuettée)'라고 합니다. 일반인들은 서너 바퀴만 돌아도 제정신을 못 차리는데 그 자리에서 일시에 32회전을 할 수 있는 무용수도 있습니다. 그렇다면 어떻게 32번을 빠르게 회전해도 무용수가 쓰러지지 않을 수 있을까요? 그것은 '시선 집중'에 비밀이 있습니다. 즉, 한곳을 응시한 후 집중하여 머리로 생각하고 그 한곳만 응시하면 가능하다는 것입니다. 실제로 '푸에테'를 하는 무용수를 관찰하면, 머리가 먼저 돌아가지 않고 한 객석을 응시하다가 팔과 다리, 몸이 먼저 돌고 난 다음, 제일 나중에 머리가 돌려집니다. 제일 먼저 시선을 고정하는 바로 이 '푸에테' 때문에 가능했던 것입니다.

이 글은 제가 4년째 월간 「안전정보」에 연재한 내용을 바탕으로 구성되었으며 이러한 과정에서 같이해 주신 모든 분들에게 감사드립니다. 첫 번째 서른과 그 이후에 제 인생에 좋은 일들이 많았듯이, 가장 극적인 장면에서 '푸에테'로 중심을 잡는 무용수처럼 제게 앞으로도 좋은 일이 많았으면 하는 바람입니다.

아 참, 이 책의 제목인 『두 번째 서른, 음악 따라 세상 둘러보기』를 구글이나 유튜브에서 검색하시면, 글에서 언급한 곡들을 모아 놓은 채널이 뜹니다. 곡을 들으시며 편한 마음으로 읽어 보시기를 권해 드립니다.

　우선 甲子가 돌아오는 육십이란 나이에 본인의 이야기를 써내게 되어 축하합니다. 제가 1983년 서울대에 부임할 당시 4학년이던 80학번들이 다음 해 대거 석사과정에 진학했고 이들과는 첫정이 들어서인지 지금도 80학번에게는 각별하게 마음이 갑니다. 작가는 과학원에 진학하여 멀어졌다가 박사학위 취득 후 에너지기술 분야의 R&D 기획, 평가 시 제가 전문위원으로 참가하게 되어 다시 만나게 되었습니다. 1995년 한국가스안전공사가 이른바 『가스안전백서』를 토대로 전문인원을 대폭 증원할 때 제가 이직을 추천하였습니다. 당시 체계적인 안전관리가 거의 불모지대였던 분야를 동료들과 함께 틀을 잡은 듯하여 내심 대견하기도 합니다.

　2001년인가, 미국 화학공학회(AIChE)에 참석하여 다시 보게 되었을 때 작가는 당시의 우리나라 가스안전관리 종합체계에 대해 발표하게 되어 있었습니다. 발표 내용보다는 시작할 때 조크로 미국인들을 웃긴 점이 제 기억에 남습니다. 참석자들에게 미국의 국가 휘장은 성조기, 국조는 독수리 하다가 국화(國花)를 물은 것입니다. 미국 국화는 없습니다. 그런데 차가 많아 그랬다면서 카네이션을 언급했더니 미국 청중들이 폭소를 터뜨렸죠. 미국이 차가 많은 나라(Car nation)라는 칭찬이 섞인 조크였습니다.

　글 내용 중에 음악에 덧붙여서 제가 만든 '세월호의 사건수 분석'을 구조화한 내용은, 안전을 전공한 엔지니어로서 기본적으로 갖추어야 할 소양입니다. 이렇게 하면 원인과 결과를 일목요연하게 도식화할 수 있으니 대책도 마련하기 쉬워집니다. 대부분의 글을 음악에서 시작하고 그 연관성을 풀어 갔는데 우리나라가 안전, 특히 장치산업의 이른바 공정안전을 체계화하고 선진화하는 과정에서 작가는 분명한 역할을 했습니다. 비록 지중해의 키프로스섬에 가서 풍토에 적응하기 어려워 고생했지만 귀국해서는 환경부의 장외영향평가제도 도입을 주도하고 기업을 컨설팅하며 실무적으로도 깊이 있게 경험을 쌓았습니다.

명지대 재직 시절 재난안전대학원 설립에 큰 역할을 수행했으며 산업자원부의 스마트 디지털 엔지니어 인력양성 사업에도 참여했으나 숭실대로 옮긴 것이 조금 아쉽습니다. 숭실대에서도 융합대학원을 맡아서 인재를 양성하고 여수산업단지의 재난대응체계 구축과 로봇산업의 안전 등 과제 수행을 통해 우리나라 안전의 큰 축을 담당하고 있어서 많은 성원을 보내며, 특히 엔지니어들에게 안전에 대한 사고의 깊이를 더해 줄 수 있게 이 책을 읽어 보기를 권합니다.

서울대학교 엔지니어링개발연구센터(EDRC)

교수 윤인섭

작가의 글을 보면서 얼마 전 케이블 TV에서 봤던 영화 '다이버전트'를 떠올리며 고교 시절로 되돌아갔다가 왔습니다. 그와는 1학년 때 당시 있었던 이른바 특설반에 같이 다녔는데, 국영수 과목보다는 새로 배웠던 일본어에 관심이 많았던 기억이 납니다. 새로운 것에 대한 호기심 탓이었겠지요. 그의 적성검사 결과도 문과, 이과, 예체능계 어느 쪽에도 지우치지 않은 그야말로 다이버전트였습니다. 2학년 이후로 저는 문과에서, 그는 이과에서 지냈고 졸업 후 동문회에서 가끔 보며 서로의 건재함을 확인했습니다. 제가 경기경찰청장 재직 시 동기들이 수도권에서 모인 적이 있었는데 직장이 경기도이면서 못 만났던 이유가 아마 해외로 가려고 준비하느라 바빴나 봅니다.

내용 중 세월호를 사건수 분석으로 구조화하여 원인과 결과를 일목요연하게 도식화한 것을 보면 그는 분명 공학자입니다. 그런데 글 중 노자나 장자, 심지어 공자의 글을 요소요소에 인용한 걸 보면 문과적인 기질도 분명히 가지고 있는 듯한데, 고흐의 그림 혹은 색감을 거론하거나 글 전체를 연결시켜 주는 음악에 대한 그의 애정을 보면 예능 DNA가 다분합니다.

음악을 매개체로 담담하게 풀어 쓴 그의 글에서, 우리나라가 안전을 체계화하고 선진화하는 길목에 그가 어떤 형태이건 참여하여 역할을 수행한 흔적이 보입니다. 특히 1995년 대구의 지하철 공사장 가스폭발사고 이후 산업자원부의 가스안전과 2012년 구미 휴브글로벌사의 불산누출사고 이후 환경부의 환경안전을 과학화하는 데 주도적인 역할을 한 것으로 보입니다. 지금은 숭실대에서 융합대학원을 주도하며 4차 산업을 이끌고 안전을 책임질 고급 인력을 양성하고 있어서 기대하는 바가 큽니다.

　그의 표현으로 '두 번째 서른'을 맞아 수필집을 내게 된 것을 축하하며, 융복합이 필요한 안전 분야에서 국가가 꼭 필요로 하는 훌륭한 인재들을 길러내길 기원하며 안전에 대해 관심이 있는 분들은 꼭 읽어 보기를 권합니다.

국회의원 윤재옥

목 차

들어가는 말 _ 4
추천사
    윤인섭(서울대 교수) _ 8
    윤재옥(국회의원) _ 10

첫 번째 마디 음악과 안전 이야기

원칙을 지킨다는 것 _ 17

안전도 표준화가 될까요? _ 21

안전 확보, 소 잃고 고친 외양간 _ 25

상선약수(上善若水) _ 31

안전, 물이 깊어야 큰 배를 띄운다 _ 36

정확히 알고, 기본에 충실하자 _ 40

한국형 안전을 꿈꾸며 _ 48

다양한 게 좋아 _ 54

안전, 하이브리드 영역 _ 60

런던 다리와 록펠러 건물 _ 66

알함브라궁의 추억 _ 70

청출어람? 귤화위지? _ 75

합창과 협업 _ 78

대학원 시절 이야기들 _ 82

안전, 문화를 넘어 제2의 천성으로 _ 85

두 번째 마디   음악과 살아가는 이야기

요람기(搖籃記) _ 98

천상에서의 이틀 밤, 히말라야 트레킹 _ 102

천재와 사이코 _ 109

조연으로 역사 보기 _ 113

아는 만큼 들린다 _ 119

칸쿤에서의 오 솔레 미오 _ 124

리우의 추억 및 연관된 이야기들 _ 128

페루 여행 _ 133

멀고도 가까운 이웃 _ 139

생활 속의 클래식 _ 143

양면성 _ 146

시그널 뮤직 _ 149

우리의 우뇌는 우수하다 _ 151

Starting over _ 155

가깝고도 먼 이웃, 일본 _ 158

친근한 왈츠 _ 161

들으면 속이 후련해지는 록 발라드 _ 164

어쿠스틱과 경음악 _ 167

사과에 대한 잡기(雜記) _ 170

세 번째 마디 **키프로스 이야기**

세비야에서 파포스 해변까지 _ 176

중동공과대학교 강단에 서다 _ 182

키프로스섬에 대해 _ 186

학교생활 _ 195

지중해 섬의 삶 _ 200

'5프로' 부족한 곳 _ 206

네 번째 마디 **생각의 바탕, 화학공학**

화학공학과 공업화학 _ 214

화학공학이 인류에 공헌한 이야기 _ 217

일상생활 속의 화학공학 _ 223

반응공학의 원리와 연관되는 주변 이야기 _ 231

마무리 말 _ 238

부록

　본문 내 수록곡 목록 _ 242

　경력사항 _ 254

음악과 안전 이야기

두 번째 서른을 맞으면서 필자를 돌이켜 봤더니, 몇 가지 단어가 중요하게 자리 잡고 있었으며 그 중심에 '안전'이라는 단어가 있었습니다. 이를 중심으로 그 전에는 필자의 전공인 화학공학이 있고, 좀 더 거슬러 올라가면 음악을 좋아하던 중고등학교 시절이 있었으며, 또 그 앞에는 전기도 안 들어와서 호롱불 밝히던 시골에서 한자를 배우며 산과 들을 쏘다니던 개구쟁이 소년이 있었습니다. 시간의 그 반대편으로는 해외출장을 다니면서 틈내어 출장지 주변을 돌아보고 음악도 듣고 영화도 즐기면서 나름, 열심히 살아온 필자를 발견했습니다. 음악과 안전이 필자의 삶에 씨줄과 날줄이 되다 보니 이 둘을 연관 짓는 일들이 자연히 많아지게 되더군요.

원칙을 지킨다는 것

클래식에 많이 적용되는 대위법이란 '2개 이상의 각 독립한 생명을 가지는 가락이 동시에 어울려 있는 것 같은 음악' 정도라고 할 수 있습니다. 대표적인 곡이 파헬벨(Johann Pachelbel)의 '캐논'이며, 이 기법을 완성시킨 바흐(Johann Sebastian Bach)의 곡들을 어릴 때 많이 들으면 사고가 논리적으로 된다는 이야기를 들은 적이 있습니다. 몇 곡 더 추천 드리자면 '브란덴부르크 협주곡 5번 라장조─1악장, 3번 사장조─1악장' 등이 있고, 'G선상의 아리아(관현악 모음곡 3번 라장조)', 폴로네이즈로 알려진 5번째 모음곡이 담긴 '관현악 모음곡 제2번 나단조', '토카타와 푸가 라단조' 등은 들어보면 매우 귀에 익은 곡들입니다. 이 곡들의 전개방법을 팝송이나 대중가요로 연결하면 귀에 쏙쏙 들어와서 베스트셀러가 된다 하여서 이른바 '머니 코드'로 불리고 있습니다. 이를 편의상 다장조(C code)로 예를 들자면 'C─G7─Am─Em─F─C─Dm─G7', 'C─G7/B7─Am─Em/G7─F─C7/E7─Dm─G7', 'C─G7─Am─F', 'Am─F─C─G7' 등이 대표적인 머니 코드이며 필자가 대학 때 기타 치며 즐겨 부르던 가요가 대부분 이 범주였습니다. 비틀즈의 'Let it be', 밥 말리의 'No woman no cry', 영화 겨울왕국의 'Let it go', 종교음악인 '당신은 사랑받기 위해 태어난 사람', 자전거 탄 풍경의 '너에게 난 나에게 넌', 체리필터의 '낭만 고양이', 루이스 폰시의 가사가 매우 야한 곡을 제이플라가 부른 'Despacito', 라이처스 브라더즈의 'Unchained melody', 휘트니 휴스턴의 'I will always love you', 백지영의 '총 맞은 것처럼' 등이 모두 위의 코드 진행을 따르고 있습니다. 원칙을 지켜야 잘 된다는 것입니다.

안전을 엔지니어에게 한 줄로 정의하라고 하면 바로 '원칙을 지키는 것'이라고 할 수 있습니다. 세상의 모든 사고는 바로 이 원칙을 지키지 않아서 일어나는 것입니다. 사람들의 기억에 가장 깊이, 그러나 아프게 남아 있을 세월호의 예에서 보더라도 사고란 바로 원칙 준수와 연결되어 있습니다. 안전을 전공하는 우리는 이것을 이른바 사건수분석(ETA, Event Tree Analysis)으로 보다 체계적으로 도식화합니다.

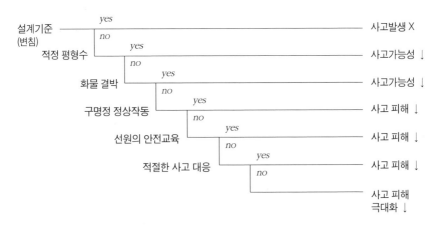

〈그림 1〉 세월호 사고에 대한 사건수분석(ETA)

앞의 그림은 필자의 대학교 은사이신 윤인섭 서울대 명예교수님이 그리신 것으로서, 세월호 사고에 대하여 알려진 사실을 토대로 사건수를 분석한 것입니다. 이 그림이 안전에 관한 거의 대부분을 함축적으로 포함하고 있습니다. 우선 항로를 급격히 바꾼 게(변침) 원인이 되어 사고가 발생했으며 한 단계 더 나아가서, 항로 변침이 잘 지켜지지 않았더라도 평형수를 적정하게 담고 있었으면 사고 가능성이 대폭 줄어들게 됩니다. 변침과 적정 평형수 기준을 모두 지키지 않았어도 화물결박기준을 제대로 지켰으면 이 역시 사고의 가능성을 대폭 줄입니다. 이런 것을 모두 어겨서 사고가 발생하더라도 구명정이 정상 작동하거나, 선원의 안전교육이 제대로 되었거나, 정부의 사고 대응이 적절하였다면 사고 피해를 최소화할 수 있었을 것입니다.

　위에서 설명한 사건수목도(事件樹木圖)는 왼쪽에 안전조치를 기초적인 것부터 차례로 열거하고 이러한 안전조치가 작동하면 '오른쪽'으로, 그렇지 않으면 '아래'로 다음 안전조치의 작동 여부를 차례차례 탐구하는 구조로 되어 있어서 사고에 대하여 어느 부분에 결함이 있는지를 도식적으로 잘 파악할 수 있게 해줍니다. 사건수목도는 시간적인 순서에 따라 전개하는 방식이며, 이를 결함수목도(FTA, Fault Tree Analysis)와 결합하면 사고에 대한 인과관계를 보다 정확하게 파악할 수 있습니다. 짐작하셨겠지만 결함수목도는 시간을 역순으로 거슬러 올라가서 사고의 원인을 파악하는 것으로서, 위의 사례로 본다면 세월호 침몰 시 사고 피해가 커진 근본 원인을 살피고자 시간의 역순으로 거슬러 분석하면, '사고대응 및 선원의 안전교육이 부적절했으며 구명정이 작동되지 않았고, 화물이 부적절하게 결박되었으며, 평형수, 설계기준이 모두 지켜지지 않았다'는 정도입니다.

　세월호는, 참으로 가슴이 먹먹하고 예를 들기도 쉽지 않았습니다만, 역설적으로 필자는 이 사고에서 희망을 봤습니다. 필자가 모 전문지와의 인터뷰에서도 밝혔듯이, 지금이 바로 제대로 된 전문가가 필요한 시점이라 생각합니다. 전문가들이 올바르게 지침만 내렸다면, 비교적 질서가 잡힌 체제에서 자라던 우리의 아들딸들은 대부분이 생존했을 것입니다. 이 사고와 1999년 발생한 씨랜드 연수원 사고의 사례에서 우리는 어쩌면 개인에게는 사랑하는 아들딸이면서 국가적으로는 노벨상 수상후보나 뛰어난 정치가, 혹은 시인이 될 귀한 생명을 단지 '안전'에 대한 기본적인 수칙을 안 가르쳤다는 이유로 잃어버렸을지도 모릅니다. 홍콩에서는 수영 과목을 통과하지 못하면 대학에 진학할 수 없다고 합니다. 필자가 국민안전처 출범 전 행정안전부의 '안전혁신 마스터플랜' 위원이었을 때 이런 사실을 강조하며 유치원에서부터 모든 과정에 '생존에 필요한 생활안전'을 필수과목으로 도입할 것을 제안했으며 특히 공대생들에게는 2학점 정도로 '일터에서의 산업안전'을 필수과목으로 도입하자고 제안했습니다. 이런 제안 덕분인지 학과목으로까지는 아니지만 '생애주기별 안전교육' 모듈을 정부에서 마련하여 우리에게 제공하고 있으니 그나마 위안이 됩니다. 지금이라도 사회 전 분야에 걸쳐 전문가들은 올바른 안전지침을 마련하고, 이 내용들이 잘 전달될 수 있도록 해야 합니다. 이는 안전 전문가들의 의무이자 책무라 생각합니다.

안전도 표준화가 될까요?

As far as the laws of mathematics refer to reality, they are not certain;
and as far as they are certain, they do not refer to reality.
수학 법칙은 현실을 설명하기에는 확실치 않고,
확실한 수학 법칙은 현실과 관련이 없다.
-알버트 아인슈타인

1995년 10월 한국가스안전공사 시스템안전실장으로 부임하면서 필자는 공정안전을 시작하게 되었습니다. 당시 우리나라에는 성수대교 붕괴, 삼풍백화점 붕괴, 목포공항의 항공기 사고, 서해 페리호 침몰사고, 구포 열차사고 등 이름만 들어도 알 만한 대형 사고들이 연일 헤드라인을 장식하고 있었습니다. 1994년 아현동 도시가스 폭발사고와 1995년 대구 상인동 지하철공사장 도시가스 폭발사고가 직접적인 계기가 되어 정부에서는 가스안전을 대폭 강화하였고, 그 일환으로 한국가스안전공사의 인원을 약 600명에서 2배로 증원하게 됩니다. 필자가 실장으로 부임한 시스템안전실은 공정으로 이루어진 장치산업의 안전관리 체계수립을 전담하게 되었는데, 우리는 유럽의 안전보고서(Safety Report) 제도와 미국의 공정안전관리(PSM, Process Safety Management) 제도를 벤치마킹해서 가스안전관리종합체계(SMS)의 틀을 잡았습니다. 당시 같이 근무했던 직원들이 안전공사의 전현직 기술이사, 주요 부서의 1~2급 처장, 부장이 되거나, 대기업의 안전·환경을 총괄하는 안전환경연구소 소장을 역임하기도 하고, 현직 임원으로 지금도 활약하는 것을 보면, 필자는 인복이 참 많은 듯합니다. 다만 당시 그분들이 역량을 충분히 발휘할 수 있도록 못 해 드린 듯하여 많이 아쉽고 죄송하기까지 합니다.

1996년 초 영국 연수를 떠나게 되었습니다. 당시 안전공사 시스템안전실장으로 부임한 지 6개월여, 단기간에 SMS를 정착시켜야 하는데 경쟁 기관과 비교하면 준비는 턱없이 부족할 때였습니다. 해결책의 일환으로 당시 Hazop(위험과 조업성분석) 기법을 활발하게 적용 중이던 영국 ICI사의 기술표준을 구입하고 공사의 직원과 같이 3주 연수를 떠났습니다. 이 기법은 미국의 PSM에서도 핵심 사항이었습니다. 몇 년 전 공사의 사장을 역임하셨던 박기동 당시 울산지역본부 부장과 함께 3명이 연수를 받았으며 이를 바탕으로 직원들과 합숙하면서 고시안도 만들고 심사기준도 만들었습니다. 혹 짬이 생기면 사이먼 앤드 가펑클의 노래로 유명하던 스카버러 시장을 구경해야지 했는데 워낙 시간이 빠듯해서 엄두도 못 냈던 아쉬움이 기억납니다.

돌아오던 길에는 비행기 편이 안 맞아서 프랑크푸르트에 잠시 들른 김에 라인강 투어를 떠났습니다. 겨울철에는 유람선이 안 뜨고 차로 다니는 투어였지만 가이드의 입담이 우릴 즐겁게 해 줬습니다. 버스기사 겸 가이드는 노란 머리의 전형적인 아리아인으로 독일인이라는 자부심이 대단했습니다. 입담 중 하나가 라인강변 언덕 위 고성에 관한 것이었습니다. 강변 언덕 높이가 족히 300미터는 될 듯한데 언덕 곳곳에 성이 있고 그 주변에 주로 포도 경작지가 있는 풍광이 인상적이었습니다. 가이드 말이 성 중 몇 곳을 개조해서 호텔로 많이 이용하는데, 그 호텔에 묵는 사람들은 모두 성스러운(holy) 사람들이 되어 나온다는 것이었습니다. 이유인즉, 들어가서 경치를 보고는 보통 'Oh my God'이라고 한답니다. 체크아웃할 때에는 방값이 호되게 비싸서 'Jesus Christ'라고 외친다나요.

그 밖에도 독일 와인에 대하여 완벽하고 체계적인 교육과 품질관리, 그리고 정확성 등을 자랑하기도 했죠. 독일의 포도는 대부분 남쪽 경사면에서 자랍니다. 프랑크푸르트의 위도가 50도로 만주의 하얼빈(45도)보다 훨씬 북쪽이며 러시아 하바로프스크(49도)보다 북쪽임을 감안하면, 포도가 가급적 많은 햇볕을 받게 하는, 영리한 재배방법이죠. 와이너리에도 들렀는데 그 전해 햇볕이 좋아서 포도 당도가 높아 백포도주가 좋다는 말에 솔깃하여 두 병을 샀습니다만, 아뿔싸, 차에 두고 그냥 호텔로 왔습니다. 다음 날 비행기 시간이 빠듯한데도 서둘러 들렀더니 그 가이드가 으쓱하면서 보관했던 와인을 줬습니다. 독일인은 정확하고 정직하다면서. 그으래?

전날 투어 당일, 안내 책자에서 봤던 태극기가 생각났습니다. 상부의 붉은 색은 분홍에 가까웠고 하부의 청색은 회색을 띤 하늘색이었던 것이 몹시도 거슬렸던 참이었습니다. 그걸 지적하면서 어떻게 남의 나라 국기를 그렇게 대강 그리냐고 슬쩍 한마디 했습니다. 그랬더니 어디를 한참 뒤져서 우리나라 대사관에서 나온 자료라고 내게 내민 것을 본 순간, 아, 부끄러웠습니다. 대사관 자료에 나온 태극기는 그야말로 모양만 태극기였습니다. 자기들은 자료에 의해 정확하게 그렸다는데, 할 말이 없더군요. 지금 대사관 분들은 안 그러시겠죠?

유럽에선 일찍부터 색상을 '0, 1, 2~9, a, b~f'로 16진법인 헥스코드로 분류했습니다. 흰색은 #ffffff, 검정색은 #000000 등 이런 식으로 말이죠.*

우리나라 사람들에게 밤하늘 색을 물으면 대부분 검정색 혹은 이와 비슷한 색이라고 합니다. 〈그림 2〉에서 보듯이 밤하늘 색은 Midnight blue(#191970)입니다. 30여 년 전 유럽 유학 경험이 있던 한 디자이너가 쓴 글을 보면, 우리가 유럽인들을 (당시) 도저히 따라갈 수 없었던 것이 바로 색감이었다고 합니다.

---

* https://www.w3schools.com/Colors/colors_names.asp

〈그림 2〉 밤하늘 색깔―Midnight blue(#191970)를 설명하는 필자.

헥스코드로 분류하여 최대 천육백만여 가지(정확히는 16^6=16,777,216가지)로 색을 분류하는 사람과, 산도 하늘도 강도 '푸른' 사람의 색상에 대한 경쟁력은 도저히 비교할 수가 없을 듯합니다. 또한 유럽식 언어구조는 우리나라의 언어에 비해서 지식을 체계화하는 데 유리하다고 합니다.

이를 안전과 연관시켜 보면, 안전 문제도 유럽(미국)인들이 잡아 놓은 틀대로 따라가면 일정 수준까지는 쉽게 도달한다고 보았습니다. 필자의 경우 1990년 대 말 미국의 공정안전관리제도(PSM)와 영국 ICI의 사내 표준을 바탕으로 우리 나라 산업부의 SMS 제도의 정착에 나름 기여했다고 봅니다. 그 이후에는 세베소 II(Seveso II) 지침을 만족하기 위한 영국의 부지이용계획(Land use planning)을 토대로 하여 환경부의 장외영향평가제도를 설계하고 관련 전문가들과 함께 고민하면서 시범 사업까지 마쳐서, 제도의 정착에 상당한 역할을 했다고 위안을 삼습니다. 다만 정시성에 맞추다 보니 제도가 여러 점에서 보완할 부분이 많아졌다는 점이 많이 아쉽습니다.

안전 확보, 소 잃고 고친 외양간

It is easier to prevent bad habits than to break them.
나쁜 습관은 고치는 것보다 예방하는 것이 더 쉽다.
- 벤저민 프랭클린

유럽에서 안전을 본격적으로 체계화한 계기는, 영국의 플릭스보로 사고입니다. 1974년 나이프로사의 반응공정에서 30톤의 시클로헥산 증기가 누출되어 증기운 폭발이 발생하였습니다. 〈그림 3〉처럼 6대의 반응기가 연결된 시스템에서 1기를 수리하면서 임시로 관을 연결하였는데, 주름관 부분에서 가연성 물질이 누출된 것입니다.

이 사고로 현장에서 72명 중 28명이 사망하였으며, 대부분 제어실에 근무하던 인원이어서 누출을 제어하는 등의 신속한 조치가 불가능했습니다. 이를 바탕으로 이후 제어실의 위치를 조정하거나 보안을 강화하는 계기가 되었습니다. 사고 원인은 한마디로 원칙을 거의 지키지 않은 것입니다. 수리 중 무리하게 정상 가동을 고집했고 분필로 마룻바닥에 도면을 그려 대강 처리하였으며 강관이 없어서 주름관을 사용하는 등 후에 공정안전관리제도(PSM, Process safety management)에서 매우 중요한 요소로 평가하는 '변경관리(Management of change)'가 전혀 이루어지지 않았다는 점입니다. 또한 공장

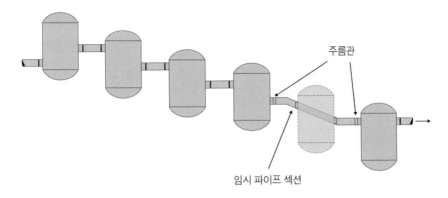

주름관

임시 파이프 섹션

〈그림 3〉 플릭스보로 사고 당시 반응기 연결 개념도.

내에 지나치게 많은 가연성 물질을 저장한 것이 폭발 후 대형 화재의 원인이 되었습니다.

1976년 7월 10일 이탈리아의 북부의 세베소라는 마을에 위치한 한 제약회사 공장에서 다량의 다이옥신과 염소가스 등이 누출되는 사고가 발생하였습니다. 이 사고는 의료용 비누의 중간체인 트리클로로페놀을 생산하는 공장에서 발생하였는데 독성이 매우 강한 화학물질이 인근 마을을 덮쳐 주민들은 심한 화상을 입고 피부에 염증과 피부조직이 일그러지는 증세가 나타났으며, 기형을 우려하여 로마 교황청에서 피해지역에 임시로 임신부들의 낙태를 허용하는 등 그 피해가 매우 컸습니다. 이 외 먹이사슬로 인한 오염을 우려하여 1978년까지 가축 7만 7천 마리를 도살하였으며 토양 중 오염이 가장 심한 중심부 43헥타르는 땅을 걷어 해양에 폐기하는 등 재산 피해만 약 2.5억 달러에 달했습니다. 초기 대응도 매우 허술하여 사고 초기에 누출된 다이옥신 양도 정확하게 파악하지 못하였으며 스위스에 있는 본사에 샘플을 보내는 등 본사의 지휘를 받는 데 많은 시간을 허비하였습니다. 사고 후 공장을 폐쇄한 것은 사고 일주일 후, 추출 샘플에서 가장 독성이 강한 TCDD*를 확인한 것은 10일 후, 주민들의 전원 이

주를 결정하고 실제로 이주를 시킨 것은 16일 후였습니다. 조치 사항만 놓고 본다면 2012년 구미의 불산 누출사건이 놀랍도록 이와 닮아 있습니다. 스위스 본사인 로슈(Roche) 측은 이 사건을 자사에 유리하게 선전하기 위해 홈페이지를 만들어 자사가 사건 수습에 얼마나 노력하고 그 피해자들의 치료에 성의를 다하고 있는가에 대해 널리 홍보할 뿐 주민들에 대한 피해보상에는 소극적이었습니다. 여담이지만 현지 공장의 공장장인 Paolo Paoletti는 후에 테러집단(마피아)에 의해 피살되었다고 합니다.

위의 두 사건에서 보듯이 전자는 사고 원인이 원칙을 지키지 않아서 발생하였으며 후자는 사고의 수습과정에서 엄청난 비효율성을 보였다는 점입니다. 이것이 계기가 되어서 유럽연합(EU)은 1982년 '위험물질을 포함하는 주요 사고 피해 통제에 관한 지침(Directive on the control of major accident hazards involving dangerous substances)', 이른바 세베소 지침(Seveso Directive)을 제정하게 됩니다. 이를 보완하여 1996년에는 '세베소 지침 II(Seveso Directive II)'를 공표하였고 2015년 6월 더욱 보강된 '세베소 지침 III(Seveso Directive III)'를 시행하게 됩니다. 우리나라가 2015년 제도화한 장외영향평가제도는 세베소 지침 II 중 제12조에 명시된 '부지이용계획(Land use planning)'에서 내용을 벤치마킹했습니다. 제12조의 주요 내용은 '토지사용 계획 시 주요 사고를 방지하고 영향을 최소화하기 위하여 새로운 시설의 입지 선정, 기존 시설의 변경 및 도시 개발에 반영하며, 토지 사용 및 관련 계획서 작성 시 시설과 주택 지역 사이에 적정 거리를 유지'하도록 하고 있습니다. 이를 만족하기 위하여 유럽연합의 각국들은 적절한 실행계획을 마련해야 하며 영국의 '부지이용계획

---

* 테트라클로로다이벤조-p-다이옥신(2,3,7,8-Tetrachlorodibenzo-p-dioxin, TCDD)의 약어로서, 이 계열 중 가장 약효가 강력한 화합물이며, 베트남전쟁에서 사용된 악명 높은 에이전트 오렌지의 주 원료로 알려져 있음.

(Land use planning)'도 그 일부입니다.

아래의 그림은 영국의 부지이용계획의 개념도로서 빨간 선 안쪽의 네모난 상자가 위험물을 취급하는 시설입니다. 이 시설의 허가는 부지 내 경계선인 빨간색입니다. 좀 더 떨어진 초록색 구역은 교통수단이 다닐 수 있는 구역이고 그 노란선 바깥쪽은 거주가 허용되는 구역이며 보라색 바깥쪽은 취약자를 위한 시설이 허용되는 지역입니다. 이렇게 구역별로 허용되는 시설의 종류가 다른 것은 정해진 토지이용범위 내에서 위험한 화학물질을 취급하는 시설을 건립하거나 가동할 필요가 있을 때 위험도를 평가하고 그 결과에 따라서 차등적으로 시설을 활용함으로써 토지의 활용도를 최적화하는 데 그 목적이 있습니다. 유럽에서 가용 토지가 인구에 비해 제한적인 영국과 네덜란드 등이 이러한 제도를 적용 중이며 산지가 많은 우리나라에 적합한 제도라 봅니다.

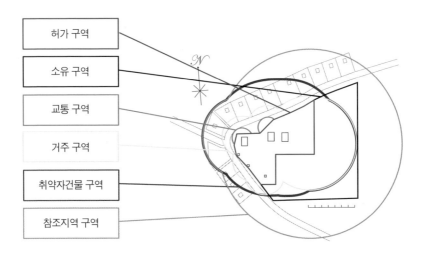

〈그림 4〉 부지이용계획의 개념도(예).

1984년 미국의 다국적 기업인 유니언카바이드사의 현지 기업이 인도의 보팔에서 운영하던 화학공장에서 유독 가스가 대량으로 누출되어 역사상 최악의 산업재해가 발생하였습니다. 수치만 보면 사고 현장에서 3,787명 사망, 가스 누출로 후유증을 얻은 사람 1만 6천 명 이상 사망, 558,125명 이상의 부상자 발생 등으로 그야말로 재앙에 가까운 수준입니다. 미국은 이를 계기로 화공학회 산하에 화학공정안전센터(CCPS, Center for Chemical Process Safety)를 두고 산학연관이 1985년부터 매년 국제 워크숍을 진행하게 됩니다. 연구결과를 체계적으로 정리하여 1992년 제도로서 적용하기에 이르는데 우리나라는 이를 벤치마킹하여 유사한 제도를 1995년 입법화하였습니다. 돌이켜보니 우리나라 산업체

〈표 1〉 유럽, 인도, 우리나라의 대표적인 화학사고

장소	이탈리아 세베소	인도 보팔	한국 구미
일시	1976. 7. 10.	1984. 12. 3.	2012. 9. 27.
사고내역	다이옥신과 염소가스 등이 누출	메탈아이소시아네이트 누출	불산 누출
피해	-가축 수 만 마리가 떼죽음 -1978년까지 7만 7천 마리 가축 도살 -재산피해 약 2.5억 달러	-누출 당시 3,700명 사망(추가 총 16,000명 사망) -후유증 55만 명	-치료자 2,000여 명 -가축 1,000여 마리 -농작물 피해 135헥타르 -피해액 53억 원
공통점	-강력한 규제 도입 (Seveso Directive)	-강력한 규제 도입 (PSM, RMP)	-강력한 규제 도입 (ORA)
차이점	-체계적이고 지속적인 관리	-인도에는 적용되지 않음	-제도 개발 진행 중

의 안전, 특히 공정안전에 관련해서 전환점마다 필자가 현장에 있었습니다. 1995년 공정안전제도 도입 시 그랬고, 2015년 장외영향평가제도 도입 시에도 그랬습니다.

　이제는 우리나라의 특성과 문화까지 아울러 고려하는, 새로운 한국형 안전을 만들고 정착해야 할 때가 아닌가 합니다.

상선약수(上善若水)

소가 물을 마시면 우유가 되고,
뱀이 물을 마시면 독이 되듯이 지혜롭게 배우면 깨달음을 이루고,
어리석게 배우면 계속 나고 죽는다.
—『화엄경』

미국 항공우주국에 따르면, 생명체가 태어나 생명이 유지되기 위해서는 다음과 같은 조건을 기본적으로 갖추어야 한다고 했습니다. 즉 복잡한 유기분자가 결합되기에 적합한 조건인 액체(물)가 존재함과 동시에, 물질대사를 가능하게 해 주는 에너지원을 공급받을 수 있는 곳이 있어야 한다고 말입니다. 생명체의 수정에서부터 탄생에 이르기까지 물이 없다면 가능할까요? 또한 에너지를 공급하는 신진대사가 주로 혈액을 통해 이루어진다는 사실로 미루어 물이 생존에 필수불가결함을 알 수 있습니다.

봄을 건너뛴 듯한 날씨에 오랜만에 팔당호 쪽으로 차를 몰다가 '봉주르'라는 카페에 들어갔습니다. 카페와 팔당호 사이엔 자전거길이 있어서 사람들이 상당히 많이 다니는 가운데, 필자는 차 한잔을 마시며 해 질 녘의 팔당호를 바라보았습니다. 그 풍광에 어울리는 곡이 바로 슈베르트(Franz Peter Schubert)의 '물위에서 노래함(Auf dem wasser zu singen)'이란 곡이었습니다. 독일 시인의 시에 곡을 붙인 것으로 호수에서 미끄러지는 배와 해 질 녘 반짝이는 풍광

을 잘 담고 있습니다. 개인적으로는 영국 테너 이안 보스트리지의 곡이 제일 좋습니다. 석사 출신으로 영국인이면서 독일어 발음이 거의 완벽하기도 한 듯합니다. 물과 연관된 연주곡으로는 클로드 치아리의 '물위의 암스테르담(Amsterdam sur eau)', 스위트피플의 'Lake Como', 유키 구라모토의 'Lake Louise', 데이비드 란츠의 'Behind the waterfall', 팝송으로는 칼라 보노프의 'The water is wide', 에밀루 해리스의 'Beneath still water', 조안 바에즈의 'River in the pine' 등 조용하고 서정적인 곡이 많아 마음을 안정시켜 줍니다. 이 밖에도 헨델(George Friedric Händel)의 '수상음악 모음곡' 등이 있습니다.

안전을 공학적인 측면이 아닌 다른 면에서 본다면, 물의 본성을 닮았습니다. 노자는 『도덕경』에서 물을 '상선약수(上善若水)', 곧 가장 좋은 선은 물과 같다고 했습니다. 그 성질 중 하나가 상황에 따라 변하면서도 본질을 잃지 않는다는 것입니다. 큰 바다를 이루건 좁은 개울을 흐르건, 네모난 그릇에 담기든 둥근 그릇에 담기든 유연성을 가지지만 본질은 물입니다. 물에 가루커피를 타면 마시는 커피가 되고 차를 우려낸 물은 맛있는 차가 되듯 안전도 이와 같습니다. 적용 대상에 따라 화공안전, 환경안전, 산업안전, 건설안전 등으로 적용되며 이들 모두 과학적인 방법으로 잠재위험요소(Hazard)를 확인하고 그 영향과 빈도를 분석하여 이를 포함한 위험(Risk) 결과에 따라 한정된 재원(Resource)을 효율적으로 분배하여 관리하는 것입니다. 또한 생명체의 탄생과 유지에 필수불가결한 점도 안전이 지닌 특징입니다.

전문용어가 많아서 얼른 와 닿지 않을 수 있으니 예를 들어 보겠습니다. 우리는 독감이나 감기로 사회활동을 제약받은 적이 없습니다. 이는 독감이 자주 걸리나(빈도가 높음) 걸려도 며칠 고생하거나 혹은 그저 그렇게 넘어가서, 즉 그 영향이 적으므로 '영향×빈도=위험'이라는 식에서 위험이 그리 크지 않게 되며, 이러한 위험이 사회활동을 제한할 정도는 아니기 때문입니다. 그러나 '코

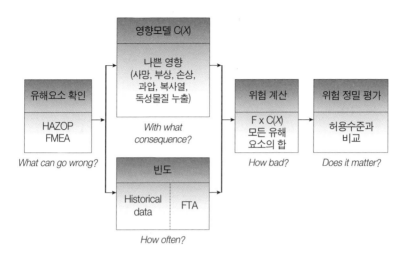

〈그림 5〉 공정안전의 리스크 관리.

로나19(COVID-19)'라면 이야기가 달라집니다. 잠복기간이 길어서 접촉자를 감염시킬 수 있는 빈도도 높고 그 영향도 매우 커서 위험이 매우 높으니 국가적인, 아니 세계적인 관리를 받는 셈입니다. 2016년 리우 올림픽 때 모기에 물리는 것을 극도로 조심했던 것도 모기에 물리면 지카 바이러스에 감염될 수도 있어서 그 영향이 일반적으로 그냥 간지러운 것에 그치지 않았기 때문입니다.

우리나라의 안전 수준은 아직 많이 아쉽습니다. 〈그림 6〉에서 보듯이 10만 명당 사망재해자 수에서는 우리나라가 유럽이나 일본 수준에 훨씬 못 미쳐서 갈 길이 멀다는 것을 알 수 있습니다. 또한 〈그림 7〉에서와 같이 취업자의 안전 의식을 조사한 결과에서도 보듯이 안전을 중요시하는 정도는 물론 안전에 대한 체감도도 다른 국가들에 비해서 턱없이 뒤떨어집니다.

2020년 여러 장르가 섞인 우리 영화 '기생충'이 세계 여러 영화상을 휩쓸고 오스카 4관왕이 되었습니다. 복합장르인 융합전공이 전성기이며 대표적인 융

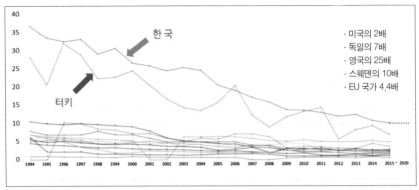

출처: OECD(경제협력개발기구) 통계

〈그림 6〉 OECD 주요 국가의 10만 명당 사망재해자 추이(1994~2015).*

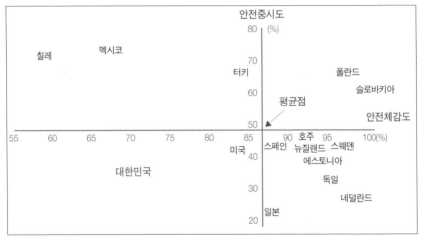

출처: 제6차 OECD 세계 가치관조사(15개 회원국), 한국직업능력개발원(2014. 6. 15.) 자료

〈그림 7〉 OECD 주요 국가 취업자의 안전의식 비교 결과.*

합영역인 '안전' 분야도 전성기를 맞고 있는 듯합니다. 필자는 숭실대학교

---

* 박종선 대한산업안전협회장의 강연 중에서 인용.

'안전보건융합대학원'에서 강의하며 연구하고 있으며 신설 학과이나 환경안전과 스마트안전 전공자까지 모두 포함하면 80여 명이 석박사 과정에서 학업과 일을 병행하고 있습니다. 이들은 화공, 산업, 건설, 전기는 물론 보건안전 등의 전공으로, 컨설팅 기업과 대기업의 안전담당 간부 혹은 임원으로서 안전의 핵심을 담당하고 있습니다. 이들 중 일부는 안전에 관한 효과적인 교육 방법, 산업체 독성가스 누출 시 주변에의 영향, 로봇과의 협업 시 안전 등 실질적이고 활용성이 높은 연구논문으로 졸업하였고, 또한 경찰의 대테러 연구자, 군의 화학장교 등이 박사과정에 있어서 테러나 화생방전에서도 실제 응용이 가능한 과학적인 대책과 전술을 제시하는 논문을 쓸 것으로 기대됩니다. 안전은 또한 제도와 불가분의 관계에 있어서 제도의 도입에 따른 사고감소효과 등도 연구하며 법률 전공의 교수진과 변호사, 노무사 분들이 좋은 논문을 쓰기 위하여 이른바 열공 중입니다.

〈그림 8〉 숭실대학교에서 융합안전연구회(CoSS, Convergence Safety Society) 논문 관련 연구 중.

안전, 물이 깊어야 큰 배를 띄운다

아무리 작은 일이라도 정성을 담아 10년간 꾸준히 하면 큰 힘이 된다.
20년을 하면 두려울 만큼 거대한 힘이 되고,
30년을 하면 역사가 된다.
―중국 속담

2019년 8월 중순쯤 제기됐던 화평법(화학물질의 등록 및 평가 등에 관한 법률), 화관법(화학물질관리법) 규제 관련 문제가 일본의 소위 대(對)한국 백색국가(수출우대국) 제외 방침과 깊은 연관이 있는 것을 보고 몇 가지 연상되는 것이 있습니다.

일본 속담 가운데 '바람이 불면 통장수가 돈을 번다'는 말은 이른바 나비효과를 빗댄 말입니다. 간단하게 연결고리를 서술하면 '바람→흙먼지→눈병→시각장애인 증가→(일본에서는 시각장애인들이) 샤미센(三味線)이라는 현악기 연주로 생계 유지→샤미센의 공명판은 주로 고양이 가죽으로 만듦→고양이 수가 줄어듦→쥐가 늘어남→쥐는 통(상자)을 잘 갉아먹음→통 주인들은 새 통을 사야 함' 정도입니다. 일본의 특정 물질 수출 규제가 우리나라의 소재산업 진흥에 촉진제가 됐으나 이로 인해 엉뚱하게도 관련 규제가 걸림돌로 대두돼 도마에 오른 것입니다. 이에 대해 화관법의 두 기둥 가운데 하나인 장외영향평가제도 도입에 적극적인 역할을 해 왔던 필자의 의견을 몇 자 적습니다.

우선 기업에서 문제 제기를 한 것은 화평법은 제도의 세부적인 내용, 화관법은 내용보다는 운영 면이라는 점입니다. 화관법에 대해 공자의 말씀을 인용하면 답은 의외로 명쾌해집니다. '군군신신(君君臣臣) 부부자자(父父子子).' 이 말은 옛날 중국의 제나라 경공이 공자에게 정치의 길을 물었을 때 대답한 말입니다. 즉 임금은 임금답고, 신하는 신하답고, 아비는 아비답고, 아들은 아들다워야 한다는 말로, 각자 소임을 충실하게 하라는 이야기로 해석됩니다. 여기에 정치 대신 안전을 대입하고, 정부, 심사기관, 컨설팅기관, 기업을 각각 군신부자에 대입해 보면 답이 됩니다. 모두가 다 아는 사실이지만 정부나 심사기관이 충분한 준비 없이 법을 시행하는 바람에 손해는 고스란히 기업이 보는 형국입니다.

2021년 4월부터 '화학사고예방관리계획서'로 통합되었지만, 제정 당시인 2015년, 화관법의 핵심인 '장외영향평가서'와 '위해관리계획서'는 기업이 일정 규모 이상의 시설을 증설하거나 새로운 시설을 건설하기 전 반드시 받아야 하는 인허가 사항으로, 생산을 위한 기업의 목줄인 셈입니다. 결론적으로 시행 초기 심사의 중요성과 기업의 목줄이 달린 상황을 정부에서는 너무 안일하게 대처해 심사 물량이 밀릴 수밖에 없었습니다. 심사원들은 심사원들대로 밤늦게까지 심사를 했지만 물리적으로 물량을 모두 소화하기엔 절대적으로 부족한 인력이었다고 봅니다. 심사에 대한 고민을 많이 한 필자로서 인원 확충이나 경험 많은 공정전문가로 구성된 심사자문단을 둘 것을 건의했으나, 정부의 허가와 심사의 공정성 등을 운운하며 반영되지 않았던 기억이 납니다.

안전에 대한 장기적인 대안으로 가장 먼저 떠오르는 것이, 대학 시절 구내매점에서 팔던 노트에 적힌 장자의 '소요유' 구절로 '물이 깊어야 큰 배를 띄울 수 있다(夫水之積也不厚 則負大舟也無力)'는 내용입니다. 전문인력, 특히 고급 전문인력의 양성이 시급합니다. 필자가 과거 명지대에 있을 때 재난안전대학

〈그림 9〉 2019년 홍콩 마카오로의 명지대학교 재난안전학과 해외문화탐방.

〈그림 10〉 화학산업 통합환경관리 제도 안내 프로그램.

원을 설립했던 것도 같은 맥락입니다. 그동안 현장에서 만났던 수많은 분들이 공통적으로 아쉬워하는 것이 바로 전문가 부족이었습니다. 삼성전자가 표준은 아니지만 그리 멀지 않은 과거에 안전 분야 경력직을 150여 명 채용한 적이 있다고 합니다. 전해 들은 이야기로는 한번에 다 못 채웠을 정도로 당시 우리나라의 안전전문인력, 특히 고급 인력은 수요가 공급을 훨씬 상회했습니다.

이런 추세는 우리나라의 국민소득이나 의식 수준이 높아짐에 따라 지속되리라고 봅니다. 학부 졸업생들을 양성하는 것만으로는 수요도 못 따라가고, 또한 간부나 경영진에 대한 고급 안전교육의 수요를 적시에 충당할 수가 없습니다. 즉 간부나 경영진을 대상으로 하는 대학원 과정이 절실하게 필요합니다. 정부에서 안전 분야 대학원을 지원하는 프로그램이 몇 개 있긴 하지만 앞으로 훨씬 더 많아져야 한다고 봅니다.

필자는 운 좋게도 미국 등 국내외에서 강의하던 대니얼 크라울(Daniel A. Crowl) 교수의 저서『화학공정안전』내용 중 핵심 내용인 '2장 독성학, 3장 산업위생, 4장 누출원 모델, 5장 독성누출 및 확산모델' 등을 장외영향평가서로 제도화한 경험이 있습니다. 또한 산업통상자원부, 환경부, 행정안전부, 고용노동부 등의 용역이나 연구를 두루 수행해 봤습니다. 굳이 기업 입장에서 설명하자면 산업부는 자동차의 가속페달이며 환경부나 노동부는 제동기 역할이라고 봅니다. 좋은 자동차는 성능 좋은 가속기만으로는 힘들며 역시 성능 좋은 제동기가 있어야 합니다. 이런 기능들이 순기능을 잘 발휘해 기업, 나아가서는 국가의 발전에 바탕이 되기를 빌어 봅니다.

정확히 알고, 기본에 충실하자

Truth, like gold, is to obtained not by its growth,
but by washing away from it all that is not gold.
진리란 금과 같아서 불려서 얻어지는 것이 아니라
금이 아닌 것을 모두 씻어 냄으로써 얻어진다.
-레프 톨스토이

1990년대 중반, 우리나라에 레게 열풍을 몰고 왔던 김건모의 '핑계'는 자메이카가 고향인 레게 리듬을 기반으로 한 노래입니다. 어깨를 들썩이게 하는 흥겨운 리듬에 당시에 김흥국의 '레게 파티'를 비롯해 많은 가수들이 레게풍의 곡을 양산했던 기억이 새롭습니다. 레게의 대표적인 곡이라면 대부분 자메이카 출신인 밥 말리의 'No woman no cry'를 꼽는 데 주저하지 않을 것입니다. 문제는, 필자의 기억으로 이 곡을 당시 잘 알려진 디제이가 소개하면서 제목을 '여자가 없으면 울 일도 없다'는 정도로 소개한 적이 있었습니다. 웹에서 찾아 들으면서 가사를 보시면 알겠지만, 뒤의 'no'는 자메이카식 영어로 'don't'를 의미하기에 '아니야, 여인이여 울지 마' 정도로 해석하는 것이 맞을 듯합니다.

광고에 쓰인 음악은 어떨까요? 1980년대 대한항공 광고의 배경음악은 부드러운 목소리, 소위 비단결 음색(Velvet voice)의 짐 리브스의 원곡인 'Welcome to my world'였습니다. 짐은 자신이 몰던 개인 비행기 사고로 사망했다는 사실과, 항공사고로 사망한 사람의 노래가 에코 들어간 소리로 '나의 세계로 오세요~'라고 광고할 때, 사연을 아는 사람들이라면 누가 그 비행기를 탈까요?

필자가 몸담았던 한국가스안전공사가 2000년대 초 거리광고용 차량과 동영상을 만들면서 배경음악으로 빌리지 피플의 'YMCA'를 사용한 적이 있습니다. 1970년대 말 'YMCA'는 '게이바'를 의미하는 속어로 사용되었던 점, 그룹 멤버 중 대부분이 게이였다는 점, 멤버의 무대의상이 게이들 퍼레이드 시 많이 사용되는 대표적인 의상인 점 등을 고려하면 비록 신나고 귀에 익은 음악이지만, 어쩐지 공기업의 공공홍보용으로 사용하기에는 선뜻 내키지 않는 점이 있습니다. 당시 홍보실장에게 넌지시 귀띔했지만 귀를 기울이지 않았던 기억이 새롭습니다.

어떤 곡은 과연 원곡의 내용을 굳이 따질 필요가 있을지 혼란스러울 때가 있습니다. 필자는 야구를 무척 좋아하는데, 한화 이글스의 응원곡 '내 고향 충청도'의 원곡인 'Bank of Ohio'란 곡이 바로 그것입니다. 신나는 리듬과 함께 충청도에 대한 사랑이 듬뿍 담긴 개사곡(가사를 단순 번역한 번안곡과는 다릅니다)을 듣노라면, 원곡이 치정에 얽힌 살인을 묘사한 'Bank of Ohio'라는 곡이라고 선뜻 연결하기가 쉽지 않습니다. 가사 중 'I held a knife against his breast~'나 끝부분에 '내가 사랑한 유일한 사람을 해친 후회'의 가사 등을 포함한 곡이 원곡이라니요.

한때 역대급 맞춤법 파괴의 사례로 '마마 잃은 중천공'이란 단어가 인터넷에서 회자된 적이 있습니다. 〈그림 11〉에서 보듯이 실제로 있었던 사례인데 다른 사람의 얘기를 듣고 뜻을 새기지 않아서 생긴 해프닝입니다. 우리는 원래의 의도에 얼마나 가까워지고 또 정확해지려 노력하고 있을까요? 또한 우리가 착각하는 것 중 하나가 바로 '익숙한 것'과 '잘하는 것'입니다. 흔히 익숙하면 잘한다고 착각하는 것이 그것입니다. 2005년쯤 우리나라에서 '연구실 안전'이 본격화된 것으로 아는데, 당시 대학교에서 연구실 안전을 하겠다고 하시던 분

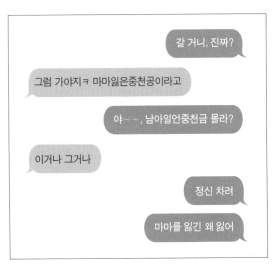

〈그림 11〉 마마 잃은 중천공.

대부분이 화공 혹은 화학 전공자들이었습니다. 다른 학과보다는 화학약품을 비교적 많이 다루고 화학물질을 잘 아니 관련된 안전도 전문가라고 착각한 이유인 듯합니다. 공자는 이에 대해 '아는 것을 안다고 하고 모르는 것을 모른다고 하는 것이 바로 아는 것이다(知之爲知之, 不知爲不知, 是知也)'라고 했습니다.

필자가 1995년 한국가스안전공사에 입사하면서 공정안전을 본격적으로 하게 되었을 때, 여러 가지 현안과 함께 접한 문제가 우리나라에서는 기본 개념이 혼동되어 사용되고 있다는 것이었습니다. 안전관리, 위험평가(Hazard evaluation), 위험성 정밀평가(Risk assessment) 등을 뚜렷한 구분 없이 사용하고 있었습니다. 내공이 높으신 분들이 더 깊은 지식으로 다른 정의를 내릴 수도 있어서 약간의 주저함이 있는 것도 사실이나, 필자가 찾은 범위에서 이들에 대한 정의를 간단하게나마 언급하여 안전에 관심 있는 분들에게 조금이라도 도움이 되고자 합니다. 이 개념은 1992년 영국의 화공학회가 'Nomenclature for

Hazard and Risk Assessment in the Process Industries-David Jones'에서 내린 것임을 밝히며 2000년대 초 미국의 화공학회 CCPS 책자에서 내린 정의도 이와 크게 다르지 않습니다.

우선 'Safety(안전)'란 'Hazard'를 관리함으로써 손실사고를 예방하는 것(prevention of loss incidents by identification, control, or elimination of hazards)으로서, 엄밀하게 관리대상은 아닙니다. 'Hazard'란 잠재적으로 중경상, 자산의 손실, 환경오염 혹은 이들의 조합을 유발할 수 있는 상태(A physical situation with a potential for human injury, damage to property, damage to the environment, or some combination of these)를 이르는 용어로서, 'Risk'와 명확히 구분하고 있습니다. 'Risk'란 특정 기간 혹은 환경에서 어떤 원치 않는 사건이 발생할 확률(The likelihood of a specified undesired event occurring within a specified period or in specified circumstances)을 이르는 정의이며, 여기서 원치 않는 사건이란 죽음, 중상, 경상, 금전적 손해, 공해 물질 배출 등입니다. 부연설명을 하자면 많은 지면을 할애해야겠지만 간단하게 골프를 예를 들면, 코스에 상존하는 벙커나 연못은 '해저드'라고 부릅니다. 대표적인 리스크 관리 스포츠인 골프는 오비를 비롯한 이러한 해저드에 대하여 리스크를 잘 관리하면서 하는 종목이라고 생각됩니다.

안전, 기본을 중시해야 합니다. 오늘날의 축구 스타 손흥민이 있기까지 기본기에만 집중했던 그의 아버지가 있었습니다.

예전에 어버이날 선호하는 곡 중에 푸치니(Giacomo Puccini)의 '오 사랑하는 나의 아버지(O mio babbino caro)'가 있습니다. 곡 제목만으로 어버이날에 꼭 맞는 것 같기도 하지만 가사까지 알고 나면 생각이 좀 달라집니다. 피렌체가 무대인 푸치니의 '잔니 스키키' 오페라 중 하나인데, 주인공 딸이 사랑하는 사람이 생겼다며 결혼을 허락해 주지 않으면 베키오 다리로 가서 강에 빠지겠다는 내용입니다. 이것을 어버이날 곡으로 추천한다는 것은 전혀 맞지 않다고 봅니다.

올해로 두 번째 서른을 맞으면서 필자 나름대로 지나온 길을 되짚으니 몇 가지 눈에 띄는 점이 있더군요. 청각이 상대적으로 발달된 것 외에 필자는 어떤 단어나 개념 혹은 근본 원리에 대하여 많이 알고 싶어 한다는 점입니다. 우리말이 아닌 단어는 그 어원을 꾸준하게 찾아서 바로잡아 쓰고자 했더니, 의외로 많은 단어가 일본어를 그냥 쓰고 있었습니다. 엔지니어들이 사용하는 단어들도 매우 많아서 우리가 흔히 세제곱미터를 '누베'라고 하는데 이는 일본어인 류베이(立米, 입방미터 줄임말)의 잘못된 우리식 발음입니다. 이를 '류-베이'라 표기하면 장음표기 'ㅡ' 역시 일본식으로 하는 것입니다. 건축에서 흔히 쓰는 '헤베'도 평방미터의 줄임말인 '平米'의 일본식 발음입니다. 작은 흠집을 '잔 기스'라고 하는데, 이 중 '기스'는 'きず(傷)'라는 일본어입니다. 떼 부리는 걸 '땡깡' 부린다고 하는데 이는 일본어 '텐칸(癲癇)'에서 온 말이며 원뜻은 '간질병'이라는 좀 무시무시한 말입니다.

'가성소다'도 표준 명칭은 '수산화나트륨'입니다. 필자가 다 알진 못하나 어색한 우리말이 나오면 한번쯤은 사용을 재고해 보시는 것이 좋지 않을까 합니다. 요즘 트로트 가요 열풍을 타고 예전 노래들이 많이 불리고 있습니다. 그중 '풍각쟁이'라는 곡이 있던데 가사 중 '명치좌에 갈 때는 혼자 가고~'라는 대목이 나옵니다. 명치좌는 지금 명동예술극장을 이르는데, 일제 강점기 때 만들어져 그랬겠지만 메이지유신(明治維新)이 일본 근대화의 시발점으로 일본인들 사이에서 선호도가 높은 단어라는 걸 알고 나니 좀 씁쓸하기도 합니다. 요즘 트로트 열풍을 타고 신미래가 부른 곡과 박향림이 부른 원곡을 비교해서 들어보는 것도 괜찮습니다.

앞에서 'Hazard', 'Risk', 'Safety' 등에 대한 개념을 영국 화공학회의 책자 설명을 근거로 구분해 드렸던 필자로서는, 위험성 평가를 강의할 때 원리를 설명하고 가급적 한 번 정도는 손으로 계산하며 그 과정을 따라가도록 유도합니다. 우리가 익히 알고 있는 베르누이 방정식*에서 유체의 누출속도(량)를 계산할 수 있으며 2성분계 확산모델에서 확산범위를 계산할 수 있습니다. 환경부의 장외영향평가서를 관리하는 기관에서 2015년 무렵, 업계의 평가서 작성을 돕기 위하여 계산이 편리하도록 프로그램을 만들어 무상으로 사용하도록 도와주었습니다. 고마운 일이지요.

그런데 이 프로그램 사용 초기 몇 가지 문제점이 발견되었습니다. 그중 하나가, 〈그림 12〉에서 보듯이 산화에틸렌의 제트화재** 시 그 영향 범위가 1킬로미터가 넘게 나온 것입니다. 뒤집어 생각해서 이게 맞다면, 무기로서는 아주 가공할 만한 위력을 지닌 셈입니다. 사정거리가 1킬로미터가 넘는 화염방사기라니…. 필자의 의도는 프로그램 개발자나 제공자를 흠잡는 데 있지 않습니다. 다만, 프로그램이나 기계를 너무 믿지는 말고 한 번 정도는 그 과정을 손으로 확인할 필요가 있다는 점을 강조하고 싶습니다.

격물치지(格物致知)란 대학의 도를 달성하기 위한 8조목(八條目) 가운데 시작과 두 번째 항목인 격물과 치지를 합친 말로서, '무엇이든 한 가지에 깊이 몰

---

* 지속적으로 흐르는 유체 시스템에서 전체 에너지는 일정하다는 법칙. 유체가 좁은 관을 지날 때는 속력이 증가하고 넓은 관을 지날 때는 속력이 감소함. 유체의 속력이 증가하면 압력이 낮아지고, 반대로 감소하면 압력이 높아지는 현상을 이르며 이를 수식화한 것.

** 일반적으로 액상이 누출되면 풀을 형성하여 풀화재가 발생하거나 증발된 가연성 증기가 폭발하는 개방계 증기운 폭발(UVCE, Unconfined vapor cloud explosion)이 발생하고 기상이 누출되면 점화원에 의해 화염 방사기와 유사한 제트화재가 발생하게 됨.

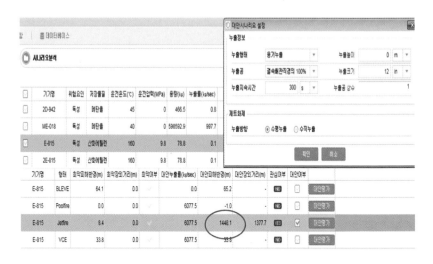

〈그림 12〉 제트화재 발생 시 비합리적인 영향범위 계산 결과.

두하고 연구하여 사물의 이치를 깨닫고자 힘을 다해 노력하는 방법론을 의미한다'고 합니다. 참고로 마지막 4개 항목은 우리가 잘 아는 수신, 제가, 치국, 평천하(修身濟家治國平天下)입니다. 필자가 서울신문에 기고했던 글에서 언급했듯이 '물이 깊어야 큰 배를 띄울 수 있다(夫水之積也不厚 則負大舟也無力)'는 구절과 함께 필자가 늘 마음에 두고 있는 말이기도 합니다. 그런데 요즘의 소위 재테크 수단인 주식과 부동산에는 이런 격물치지가 되지 않아서, 참 고민입니다.

새로운 것에 대한 학습능력을 연구한 미국 매사추세츠공과대학(MIT)의 신경과학자들은 쥐들이 새로운 과제들을 학습하는 과정에서 뇌의 선조체*의 다른 부분보다 스트리오솜**이 더 높은 활동을 보였으며, 이런 활동이 쥐들의 행동

* 기저핵의 일부로서 습관 형성이나 자발적인 움직임의 제어, 그리고 감정 및 중독과 관련된 뇌 중추의 집합체.

반응과 상관관계가 있다는 사실을 밝혀냈습니다. 이는 특정 결과에 주관적 가치를 부여하는 데 스트리오솜이 중요한 역할을 하고 있음을 의미합니다. 또한 연구진은 전두엽 피질의 신호를 전달하는 뉴런이 스트리오솜에 영향을 주어, 쥐가 고비용 혹은 고보상 옵션을 선택할 때 나타나는 강력한 신호를 생성하는 데 도움이 된다는 사실을 발견했습니다. 그 후 연구진은 인간으로 치면 대략 60대 정도의 나이로 볼 수 있는 13~21개월의 쥐들을 대상으로 이런 유형의 비용-보상 시험을 실시한 결과, 쥐들의 학습 참여가 감소한다는 사실을 알아냈습니다. 나이 든 쥐들의 스트리오솜 활동이 어린 쥐들에 비해 감소하기 때문입니다. 연구진은 유전적으로 표적화된 약물을 사용해 스트리오솜의 활동을 증진시킨 결과, 나이 든 쥐들도 과제 수행에 더 많이 참여하게 된다는 사실을 발견했습니다. 반대로 스트리오솜 활동을 억제시킬 경우 쥐들의 과제 수행 참여가 감소했습니다. 이를 논문화한 저자 중 한 명으로 참여한 텍사스대학의 알렉산더 프리드먼 교수는 다음과 같은 말로 자신들의 연구 성과를 요약했습니다. "생존하기 위해서는 무엇이든 간에 끊임없이 배워야 한다."

제대로 아는 것과 함께 마음에 새겨야 할 말이라 봅니다.

** 선조체에 분포하는 세포 군집체로서 '접근-회피 갈등'으로 알려진 의사결정 유형에서 중요한 역할을 한다고 알려짐.

한국형 안전을 꿈꾸며

A great many people think they are thinking
when they are really rearranging their prejudices.
많은 사람들이 실은 자신의 편견을 재조정하고 있을 때
자신이 생각을 하고 있다고 생각한다.
―에드워드 머로

예전에 이른바 '뽕짝'이라고 불리던 트로트풍의 우리 가요가 주류를 이루던 시절에 그 이외 장르의 곡들은 주로 외국곡에 뿌리를 둔 것이었습니다. 굳이 분류하자면 가사의 뜻을 살린 번안곡과 멜로디만 따오고 가사는 완전히 다른 개사곡이 있을 것입니다. 음악을 즐겨 들었던 필자는 트로트 가요보다는 아무래도 번안곡이나 개사곡에 어린 시절부터 훨씬 더 끌렸던 듯합니다. 뭐, 개인 취향이니 어느 쪽이 더 낫다는 걸 가늠할 순 없다고 봅니다. 다만, 당시엔 외국곡이 뿌리인 줄 모르고 그냥 좋아서 듣다가 나중에 성인이 되고서 알았을 때, 마치 화장으로 성장(盛粧)했던 미녀의 민낯을 본 듯하여 살짝 서운했던 기억이 있습니다.

어떤 곡은 원곡의 가사 발음과 비슷하게 우리말 가사를 붙이기도 했죠. 윤형주의 '우리들의 이야기'는 사모아어로 부른 'Isa lei'의 멜로디에 우리말 가사를 붙인 것입니다. 영어 번역 자막이 있는 링크를 찾아보면 아시겠지만 내용이 우리말 가사와는 많은 거리가 있습니다. 다만 군데군데 발음이 비슷하게 시작되는 구절이 있습니다. 심수봉의 '백만송이 장미'는 가사 내용도 원곡과 비슷하고 군데군데 운율도 비슷합니다. 원곡은 러시아 가수 알라 푸가초바의 '백만 송이 붉은 장미(Million alyh roz)'입니다. '설마 이 곡까지?'라고 생각한 것 중에 조용필의 '님이여'가 있는데, 바비 블루 블랜드의 'Lead me on'이 원곡입니다. 이 영어 곡목이 '님이여'와 운율이 같다고 생각하는 건, 필자만의 생각인지요?

이밖에 원곡의 느낌이나 분위기를 잘 살린 곡으로 차중락의 '낙엽따라 가버린 사랑'은 원곡인 'Anything that's part of you'와 가사의 느낌이 비슷합니다. 다만 담백한 피아노 반주를 카바레풍의 색소폰 반주로 바꾼 게 아쉽네요. 홍민의 '고별'도 원곡인 'Stringiti alla mia mano(내 손을 잡아요)'의 느낌을 잘 살렸고, 트윈폴리오의 '하얀 손수건' 역시 같은 제목 원곡인 'Me t'aspro mou mantili'의 느낌을 잘 살렸다고 봅니다.

특정한 곡은 감정 이입이 잘됩니다. 필자에겐 조영남이 부른 '고향의 푸른 잔디' 원곡인 톰 존스의 'Green green grass of home'이 특히 그렇습니다. 고향에 돌아간 남자가 사랑하는 여인과 부모님을 만나는 내용인 줄로만 알았는데, 마지막 절에 사형수가 형 집행일에 꾼 꿈이었다는 사연이 등장합니다. 이런 곡은 젊었을 때에도 코끝을 시큰하게 만들었습니다. 우리나라 정서 때문인지 번안곡은 상당히 순화된 내용으로 고향을 그리워하는 정도로 번역됩니다. '딜라일라'도 번안곡은 주인공의 안타까운 심정 정도로만 가사가 진행되는데, 원곡 'Delilah(딜라일라는 성경에서 삼손을 파멸로 이끈 데릴라의 영어식 발음)'에는 살인까지 암시하는 가사가 있어서 번안곡은 원곡 가사에서 우리의 정서대로 많이 순화한 곡입니다. 남궁옥분의 '보고픈 내 친구'는, 당시 흔치 않게 곡 중 이종환의 내레이션(요즘의 랩과는 많이 다른 느낌임)이 있어서 특이한 곡이었다고 기억합니다. 이 곡의 원곡은 스키터 데이비스와 바비 베어가 부른 'Dear

John letter'입니다. 내용을 비교하면 아시겠지만 원곡은 해외 파병 간(아마 2차 대전 유럽인 듯) 애인 'John'에게 '다른 John'과 결혼하게 된 사실을 그야말로 '객관적으로' 알리며 같이 찍은 사진을 돌려 달라는 내용인데, 번안곡은 군대 간 남자친구를 애인으로 기다리겠다는 내용으로, 그야말로 극적인 반전입니다. 아시겠지만 'John'은 영어권에서 가장 흔한 이름 중 하나입니다. 원곡의 영향으로 'Dear John letter'는 이후 이별을 통보하는 편지를 뜻한다고 합니다.

다소 엉뚱하게 들릴 수도 있으나 원고를 쓰면서 축제를 기획하는 분들의 고민을 느낍니다. 기본적인 큰 틀은 그대로 유지하면서 뭔가 새로운 것을 더해서 동질성과 참신성을 동시에 추구해야 한다는 점에선 유사하다고 봅니다. 위에서 잠깐 언급되었던 개사곡에 대한 소개입니다. 원곡의 멜로디만 가져오고 가사는 원곡과 전혀 상관이 없습니다.

개사곡 중 널리 알려진 곡이 충청도에 대한 애틋한 마음을 표현한, 조영남의 '내 고향 충청도'인 듯합니다. 원곡은 'Bank of Ohio'란 곡으로 변심한 애인을 한적한 곳에서 살해하는 내용입니다. 조영남의 또 다른 곡인 '물레방아 인생'의 원곡은 CCR의 'Proud Mary'이며 해석된 가사를 보면 아시겠지만 곡명은 당시 미국 미시시피강을 운항하던 배 이름이었다고 합니다. 가사 중 뉴올리언스로 강 이름을 알 수 있죠. 곡 도입부의 기타 리프는 베토벤의 '운명' 1악장 도입부를 연상하게 합니다. 비트가 강한 춤곡으로 양혜승의 '화려한 싱글'이 있습니다. 이 곡은 앤지 골드의 'Eat you up'에서 멜로디만 따오고 가사는 완전히 새로운 것입니다. 원곡 가사(Eat you up, spit you out~)가 이별한 남자에 대한 안 좋은 감정을 담고 있으니 통하는 면이 있다고도 봐야 하나요? 왁스의 '오빠'라는 곡은 목소리가 예쁜 가수인 신디 로퍼의 'She bop'이 원곡입니다. 해석이 여러 가지일 수도 있으나 원곡의 가사는 여성의 자위행위를 다룬 듯한데(가사 중 Blue Boy Magazine이라든지, 아래쪽으로 내려간다는 go south라든지 등), 이에 대해 당사자인 신디 로퍼는 가사 내용에 대하여 자세한 설명은 끝내 않고 '노래 부를 때 속옷을 안 입고 불렀다'는 최소한의 힌트를 줬습니다. 이와 함께 곡 중간쯤의 웃음소리가 묘한 상상을 하게 하는 점 등으로 미루어 내용을 짐작할 수 있습니다.

몇 곡 더 있지만 부드러운 곡으로 넘어갈까 합니다. 인기 TV 드라마 '종합병원'의 주제곡이기도 했던 김태영의 '혼자만의 사랑'은 샌디 패티의 'Via Dolorosa'가 원곡이며, 예수님이 십자가를 지고 가셨던 장소와 당시 상황에 대한 내용입니다. 영화 '쎄시봉'의 주제곡인 '백일몽'은 조니 캐시의 'My grandfather's clock'입니다. 어린이들 피아노 연습곡으로 익숙한 멜로디인데 할아버지의 죽음과 함께 멈춘 시계에 대한 추억을 노래한 것입니다. 조영남이 부른 사랑 노래인 듯한 '제비'의 원곡은 'La golondrina'입니다. 20세기 초 스페인의 프랑코 독재 정권을 반대해서 멕시코로 망명한 스페인 문인과 예술인들이 그리운 고향인 스페인을 생각하면서 만든 시구에 곡을 붙여 만든 노래로, 멕시코 국민가요로 자리 잡고 있습니다. 1970년대 말 금지곡이었던 양희은의 '아름다운 것들'은 통기타 반주로 부르기 좋은 곡이었는데, 원곡은 스코틀랜드의 민요로서 조안 바에즈가 부른 'Mary Hamilton'입니다. 왕가와 사랑을 나눈 죄로 사형을 당하는 하녀의 이야기가 줄거리죠. 몇 년 전 TV 드라마 '육룡이 나르샤' 중 주인공 '땅새'의 주제곡으로 간간이 등장했던 '청산별곡'은 1977년 대학가요제에서 이명우가 부른 '가시리'에서 모티브를 따온 듯합니다. 원곡은 달리아 라비의 'Erev shel shoshanim(장미향 가득한 저녁에)'입니다.

위의 곡 이외에도 '언덕 위의 하얀 집', '연가', '검은 고양이 네로', 심지어는 모 듀엣이 부른 '팔도유람'까지 수많은 곡들이 외국곡을 번안한 곡이었으며 이 중 멜로디만 따서 가사는 완전히 바꾼 개사곡도 다수 있습니다. 얼추 정리하니 100여 곡이 넘더군요.

모든 일에는 양면성이 있다고 봅니다. 당시 많은 가수들이 대세인 트로트에 만족하지 않고 새로운 노래를 불렀습니다. 당시 작곡 토양이 든든하지 못했으니 외국의 멜로디에 가사를 우리 실정에 맞춰 부르는 것으로 만족했을 듯합니다. 그렇지만 이 모든 것들이 현재 아시아에서 특히 인기 있는 K-Pop이나 더 나아가서 BTS의 원동력이 되었다고 하면 지나친 비약일까요?

안전에 있어서는 어떨까요? 공정안전의 경우만 예를 들면 우리나라에 소위 대형 사고인 대구 도시가스사고가 전환점이 되었다고 봅니다. 비슷한 시기에 서해페리호 침몰사고, 아시아나 항공기 사고 등이 있었지만 해당 분야에서의 변곡점이 되었는지 여부는 제쳐두고 공정안전 분야의 경우 확실하게 패러다임의 전환이 있었습니다.

다음의 〈그림 13〉에서 보듯이 안전관리는 크게 예방안전과 대응안전으로 나뉩니다. 이 그림을 보면 안전이 과학의 영역임이 분명합니다. 공정상의 여러 가지 잠재위험요소는 어떤 원인에 의해 공정이상이 생기면 사고가 발생하고 그 결과가 주변에 영향을 미치는 것입니다. 각각의 과정에 해당하는 예시가 아래쪽에 나와 있으며 이에 대한 대책이 상자의 위쪽에 열거되어 있습니다. 예를 들면, 공정상 독성물질이 설비에 흐를 때 그 설비가 기계적인 결함에 의해 설계치보다 높은 온도를 기록하고, 비상방출장치가 가동하지 않게 되면 사고로 이어집니다. 잠재위험이 원인이 있더라도 영향을 받지 않게 하는 것을 '예방(Prevention)'이라 하며, 기계적 결함이 있더라도 공정이상이 발생하지 않게 하는 것을 '제어(Control)'라 합니다. 우리나라의 공정안전은 1995년 대구사고 이전의 대응적인 안전관리 중심에서 대구사고 이후 예방적인 안전관리 중심으로 무게중심이 이동한 것입니다. 이를 추진한 원동력에, 우리나라 공정안전의 원조격이라고 할 수 있는 서울대 명예교수이신 윤인섭 교수님, 전 안전보건공

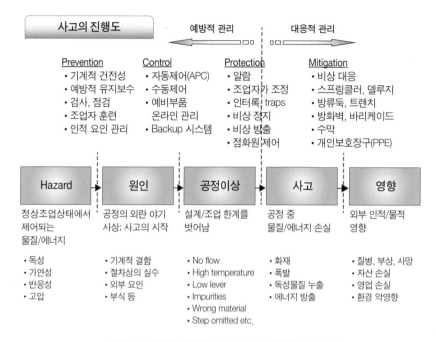

〈그림 13〉 공정의 위험에서부터 사고가 발생하는 단계와
단계별 사고요인에 대한 방호계층 관리.

단 이사장이신 이영순 교수님, 작고하신 강순중 위원님 등이 계십니다. 이 자리를 빌어 감히 감사하다는 말씀을 전합니다. 공정안전 1세대분들이 선진 해외의 자료를 중심으로 우리 실정에 맞게 안전의 틀을 잘 잡아 주신 덕에 안전 분야가 관심을 받고 규모가 매우 커졌으며 이에 힘입어서 안전을 제대로 전공한 전문가들이 학교와 산업체, 정부와 연구소에 자리 잡고 있습니다.

이제부터는 우리 실정에 맞추었던 경험과 나아가서 우리의 기술을 더해서 수출할 수 있는, 안전의 한류를 꿈꾸어도 될까요?

다양한 게 좋아

한 가지 소리는 아름다운 음악이 되지 못하고,
한 가지 색은 찬란한 빛을 이루지 못하며,
한 가지 맛은 진미(珍味)를 내지 못한다.
－고대 철학자

방글라데시는 우리나라 차관으로 고압 송전망 건설을 하기 위한 타당성 연구를 2019년 11월부터 시작했으며, 필자는 그중 송전망 건설에 따른 환경평가 부분을 맡게 되어서 두 번에 걸쳐 수도 다카에 출장을 다녀왔습니다. 필자가 맡은 환경평가는 이주민 대책 등을 포함한 사회적 환경평가와 생명종의 다양성 등을 포함한 환경시스템 평가로 구성되어 있습니다. 이 중 생물다양성은 지구 환경 유지에 매우 중요한데, 이와 함께 중요한 것이 유전자의 다양성입니다. 결론부터 말씀드리자면 다양한 유전형질을 가지기 위해서는 같은 종 다른 생명체의 특성이 필요합니다. 즉 혈통의 순수함만을 고집하다 보면 열성이었던 약점이 점점 농축되어 결국은 도태되게 됩니다.

대표적인 예가, 한때 450여 년간 유럽을 지배한 합스부르크 왕가입니다. 혈통의 순수함만을 고집하기 위해 주로 8촌 이내에서 결혼했는데, 결과적으로 영유아기에 대부분 사망하거나 생존하여도 주걱턱이 심하여 음식을 씹는 것은 물

<그림 14> 방글라데시 시내. 신호등과 건널목이 없음.

<그림 15> 방글라데시 전력청과의 회의.

론 일상적인 대화도 쉽지 않아서 문서로 소통하고, 다물어지지 않는 입술 사이로 벌레가 들어가지 못하게 전략적으로 수염을 기르는 등 그 부작용은 이루 말할 수 없을 정도였다고 하네요. 그러다가 마침내 자손이 없어서 대가 끊기는 자연도태의 모델이 되고 말았죠. 아 참, 약점이 우성인 종은 지구상에서 일찌감치 도태되어서 논외입니다.

최근엔 COVID-19로 관심 밖이었습니다만 매년 조류독감으로 온 나라가 떠들썩한 기억이 많습니다. 닭이 몰살할 정도의 독감이라면 그 매개체인 야생 조류는 어떻게 그 먼 거리를 이동할 수 있을까요? 야생 조류는 다양한 유전자 조합을 가지고 있으며 대부분 독감에 강하나 그중에 특별히 약한 내성을 가진 조합의 유전자를 지닌 녀석들만 죽게 되는 것입니다. 이로 미루어 보면 모든 조류독감에 우리 닭들이 약한 것은 아니고 특정 조류독감에 민감하며, 그 이유로 우리 닭들은 오랜 기간 사람의 필요에 맞게 개량되어 다양한 유전자보다는 특정한 유전자를 가진 녀석들로 키워져서, 특정 조류독감에 취약하게 된 것일 겁니다. 이런 논리를 연장하면 우리의 다른 가축도 '특정한' 질병에 대하여 매우 취약할 수도 있도록 개량되어 온 셈입니다.

10초간 키스를 하면 우리나라 남북한 인구만큼의 항체가 서로 교환된다고 하네요. 금슬 좋은 부부가 장수한다고 하니 배우자와 '건강한' 항체를 교환하는 노력을 게을리 맙시다.

음악을 나름대로 정리하고 분류하다 보면 딱히 장르를 구분하기 어렵거나 복합적인 장르를 포함한 곡들이 많습니다. 이런 곡들이 또한 대부분이 아주 매력적입니다. 빠른 템포와 서정적인 연주가 잘 어우러진 곡을 들라면, 맨 먼저 레드 제플린의 'Stairway to heaven'을 들 수 있습니다. 가사가 논리적인 전개가 아니어서 혹자는 보컬인 로버트 플랜트가 마약에 취해 썼다고도 하는데, 정작 당사자의 표현에 따르면 어느 날 기타리스트 지미 페이지와 벽난로 앞에 앉았다가 밀려오는 창작의 영감을 주체하지 못한 채 글을 써 내려갔다고 합니다. 훗날 그는 그 경험에 대해 '마치 누군가에게 영혼을 빼앗긴 것 같은 느낌이었다'고 회고했답니다.

여러 장르가 혼재된 곡으로는 퀸의 'Bohemian rhapsody'가 그러하고 딥 퍼플의 'April', 스위트의 'Love is like oxygen' 등 록 음악의 많은 명곡들이 서정적인 부분과 빠른 템포 부분으로 구성되어 있습니다.

이와는 별개로 두 곡을 절묘하게 섞어서 그야말로 원래 한 곡처럼 들리게 하는 조합도 있습니다. 위의 곡들을 굳이 음식에 비유하면 섞어찌개로 보이고 다음 곡들은 멋들어진 레시피의 샐러드 같다고나 할까요? 팝의 고전인 사이먼 앤드 가펑클의 'Scarborough Fair/Canticle'이 서로 조화롭게 섞여 있으며, G. 클레프스의 'I understand'에는 우리가 제야의 종소리와 함께 듣는 'Auld lang syne'이 절묘하게 녹아 있습니다. 두 곡을 절묘하게 이어 붙여서 마치 한 곡처럼 느끼게 하는 곡은 잭슨 브라운의 'Load out/Stay'가 있습니다. 원래의 'Load out' 곡에다가 모리스 윌리엄스의 곡인 'Stay'를 절묘하게 붙였으며, 뒷부분의 고음은 여자가 아닌 기타리스트인 데이비드 린들리의 목소리입니다.

유전자의 다양성을 위해 모든 생물은 암수로 나뉘어 다른 종류의 유전자 교환을 통해 다양한 조합을 이루어 살아남고자 합니다. 일부 자웅동체나 무성생식이 있긴 합니다만, 이는 극히 단순한 기능을 가진 하등생물에 한해서입니다. 최근 몇 년 동안 여주에서 밭일을 하며 잡초에 시달린 적이 있는데. 이런 필요 없는(?) 것들이 왜 있어서 사람을 귀찮게 하는지 불평한 적이 있습니다. 그런데, 밭에 배추만 잔뜩 심어져 있다면 배추벌레에겐 그야말로 이리 뒹굴어도 저리 뒹굴어도 천국입니다. 병충해가 삽시간에 퍼지는 좋은 조건인 셈입니다. 반면 다양한 생물들이 자라는 자연계에서는 특정 종에 번식하는 병충해가 물리적인 경계를 넘기 쉽지 않아서 큰 억제작용을 자연스레 하는 셈입니다.

유전자 조작으로 인류를 모두 키 크고 잘생긴 미남미녀로 만들 수도 있다고들 합니다. 매우 위험한 발상이죠. 위의 예로 미루어서 소위 개량된 인류에게 치명적인 질병이 발생한다면 어떨지 상상만으로도 끔찍합니다. 모든 종류에

15퍼센트 내외의 돌연변이가 존재한다고 합니다. 이들은 지금의 지구환경에서는 적응이 잘 안 되는, 그야말로 소수자입니다. 그러나 지구환경이 급격히 변하면 그 돌연변이가 바로 주인공이 될 수도 있습니다. 대표적인 예가 아프리카의 알비노들입니다. 생김새는 아프리카인들과 같지만 피부색만 흰색입니다. 이들은 아프리카의 따가운 햇볕을 견디지 못해 대부분 그늘에서 시간을 보내며 강한 햇빛도 제대로 마주하지 못하고 피부연고도 발라야 합니다. 그러나 이들이 위도를 높여서 살게 되면 상황은 역전됩니다. 즉 고위도 지방의 낮은 일조량으로는 검은 피부가 비타민 D를 충분히 합성하지 못합니다만 알비노들에겐 더없이 훌륭한 기회인 셈입니다.

원곡을 더 멋지게 편곡하거나 주제로 활용한 변주곡이 있는데 필자가 아는 많은 곡들이 원곡보다 훨씬 좋습니다. 파가니니(Niccolo Paganini)의 '로시니의 이집트의 모세 주제에 의한 변주곡'은, 이탈리아 작곡가 로시니(Gioacchino Rossini)의 '이집트의 모세' 원곡과 비슷하지만 훨씬 좋고, 이언 앤더슨과 함께한 제트로 툴의 'Pavane'는 원곡인 포레(Gabriel Fauré)의 'Pavane'를 훨씬 뛰어넘습니다. 모차르트(Wolfgang Mozart)의 오페라 '마술피리' 중 1막 마지막 부분의 아리아 'Das klinget so herrlich(너무 멋져요)'를 스페인 태생으로 프랑스에서 주로 활동한 소르(Fernando Sor)는 '마술피리 주제에 의한 변주곡'으로 멋지게 편곡하였습니다. 라흐마니노프(Sergei Rachmaninov)의 '파가니니 주제에 의한 광시곡'은 18번이 특히 많이 알려져 있습니다. 원곡은 파가니니의 '무반주 바이올린 카프리치오 24곡'인데, 위의 곡은 맨 마지막 부분을 변주한 것이라고 느끼기 어려울 정도로 극적으로 재탄생했습니다. 라흐마니노프는 190센티미터의 큰 키에 30센티미터 정도의 손을 가져 13음정을 커버할 정도였다고 하는데, 작은 손을 가진 연주자는 라흐마니노프의 작품을 연주할 때 많은 어려움을 느낀다고 합니다. 앞에서 자주 등장하는 파가니니는 엄지가 손등 위로 새끼손가락에 닿을 정도로 타고난 유연성을 지녀 당시엔 감히 엄두도 못 낼 바이올린 연주 기교로 교황으로부터 작위까지 받았다고 합니다. 피아니스트인 리스트(Franz Liszt) 또한 큰 손으로 화려한 피아노 연주 실력을 뽐내었다고 합니다. 파가니니 작곡의 'La Campanella(바이올린 협주곡 2번 3악장)'를 리스트의 피아노 변주곡과 비교해서 들으시기 바랍니다.

안전, 하이브리드 영역

Where sense is wanting, everything is wanting.
분별이 부족한 곳에는 모든 것이 부족하다.
－벤저민 프랭클린

    필자가 3년여 동안 월간 「안전정보」에 연재하는 칼럼 제목의 일부이기도 한 하이브리드를 인터넷에서 검색하면 단연 자동차가 많이 뜹니다. 하이브리드 자동차란 두 가지 이상의 구동계를 사용하도록 만들어진 자동차로서, 전기모터와 내연기관 엔진을 함께 사용하는 자동차입니다. 필자가 박사과정에서 연구한 이른바 하이브리드 촉매는 고분자 담체에 값비싼 리간드 활성물질을 결합하여 균질촉매의 높은 반응성과 불균질촉매의 분리용이성을 동시에 갖추고자 했습니다. 원래 하이브리드란 생물에서 유래된 용어로서 잡종을 이르는 뜻이며 두 가지 이성질적인 것이 만나면 각각의 장점만을 지닌 새로운 종이 탄생한다는 뜻입니다. 노새가 말과 당나귀의 장점을 모두 지닌 하이브리드의 대표적인 예입니다.

    필자가 개인적으로 무척 아끼는 곡 중에 'I dreamt I dwelt in marble halls(나는 대리석 궁전에서 사는 꿈을 꾸었네)'라는 곡이 있습니다. 공주님의 얘기 같은 스토리도 좋지만 곡이 주는 느낌이 너무 좋아 각 장르별로 으뜸을 꼽으라면 팝페라 중 단연 제일로 꼽는 곡입니다. 팝페라란 팝(pop)과 오페라(opera)의 합성어로, 오페라를 팝처럼 부르거나 팝과 오페라를 넘나드는 음악 스타일 또는 대중화한 오페라를 이르는 용어입니다. 이런 부류 곡을 중심으로 몇 곡 더 소개드립니다.

'To treno fevgi stis okto(기차는 8시에 떠나네)'라는 곡은 조수미 곡도 있으나 아그네스 발차의 곡으로 추천합니다. 이 곡은 심은하, 최민수, 이병헌 등 쟁쟁한 배우들이 주연한 1990년대 말 TV 드라마 '백야 3.98'에 삽입되어 필자의 기억에 오래 남는 곡입니다. 뮤지컬 '지킬 앤 하이드' 중 리사가 지킬 박사의 정체를 짐작하며 부른 'Once upon a time', 대표적인 팝페라 가수인 사라 브라이트만의 고혹적인 목소리와 맹인가수 안드레아 보첼리의 청정한 목소리가 매우 잘 어우러진 곡 'Time to say goodbye' 등도 자신 있게 추천드릴 수 있는 곡입니다. 내친김에 사라의 곡을 몇 곡 더 소개드리면, 3대 테너 중 한 사람인 호세 카레라스와 함께 바르셀로나 올림픽 개막식에서 부른 'Amigos para piempre(영원한 친구)'가 있고, 뮤지컬 '오페라의 유령' 중 'All I ask of you' 등이 있습니다. 뒤의 곡은 어느 선배 딸 결혼식에 갔더니 축가로 부르더군요. 가사 중 'let me be your shelter, let me be your light~, share each day with me, each night, each morning~' 등이 있어서 의미도 아주 좋게 들렸습니다.

팝페라라는 용어 이전에 크로스오버(Cross-over)라는 영역으로 클래식과 팝의 멋진 만남이 있었습니다. 가장 먼저 떠오르는 곡이 존 덴버와 플라시도 도밍고의 'Perhaps love'입니다. 당시로선 파격적인 두 영역의 결합이었던 것으로 기억합니다. 이 곡을 필자의 롤 모델로 서울공대, KAIST를 거쳐 미국에서 교수로 재직 중인 5촌 아저씨의 약혼식장에서 '그야말로' 용감하게 축가로 불렀던 치기가 생각납니다. 학생 때였으니 가능했겠죠? 이동원·박인수의 '향수'를 들었을 때 앞의 곡이 바로 떠오르던 것은 결코 우연이 아니었을 것입니다. 각각 음악성을 나름 인정받는 대중가수와 테너의 만남이 너무도 닮은꼴이었습니다. 도밍고는 브로드웨이 여배우인 모린 맥거번과 'A love until the end of time'이라는 곡도 불렀습니다. 뮤지컬 '캣츠'에 나오는 'Memory'나 '에비타'에 나오는 'Don't cry for me Argentina' 역시 고전적인 영역을 딱히 정의하기 어려운 곡으로 보입니다. 3-테너가 부른 곡 중 'No ti scordar di me(물망초)'와 전설적인 이탈리아 테너인 엔리코 카루소를 노래한 'Caruso'도 추천합니다.

프랑스의 철학자, 사상가이자 수필가인 미셸 드 몽테뉴(Michel Eyquem de Montaigne)는 다음과 같이 말했습니다. "창의력은 그저 이것저것을 연결하는 일이다. 벌이 이 꽃 저 꽃에서 약탈을 해도 일단 꿀을 만들면 그 꿀이 전부 벌의 것이듯, 다른 사람에게서 빌려온 작품도 마찬가지다. 그 모든 걸 바꾸고, 뒤섞고, 자기 작품을 만들어 내는 것이다."

최근 들어 융합이라는 단어가 학문 간 경계를 허물며 새로운 영역을 제시하면서 여러 가지 문제들을 효율적으로 해결하는 대안으로 떠올랐습니다. 융합으로 시너지 효과를 거두는 영역이 여러 분야가 있겠습니다만 안전을 전공한 필자로서는 '안전'이야말로 융합에 가장 적합하고 필요한 분야라고 하겠습니다. 안전에 관련된 문제는 워낙 여러 영역에 걸쳐 협업이 필요한 분야입니다. 화공, 전기, 전자, 기계, 재료, 토목 등의 전통적인 공대 분야 외에도 산업공학, 정보통신공학, 통계학 등의 분야도 그 중요성이나 역할이 점점 확대되고 있으며 행정이나 법률도 매우 중요한 역할을 해 주어야 할 분야입니다. 필자가 명지대 재직 시 재난안전대학원 교과목을 구성할 때에도 재난행정학 등을 포함하였고, 현재 숭실대 안전보건융합대학원에서도 공대 이외에 법학, 행정학 등을 전공한 분들과 함께 대학원생들을 지도하고 있습니다. 몇 해 전 행정학회나 지방자치학회 등에서 발표하며 느꼈던 점이 안전문제를 해결하는 시각이 엔지니어와 인문학자가 서로 매우 다른 점이 인상 깊었으며 앞으로 이러한 분야 간의 만

〈그림 16〉 숭실대학교 본관 앞 야간 설경.

남이 활발해져서 안전한 사회를 만드는 데 좀 더 기여했으면 하는 바람입니다.

포크 음악이라면 여러 가지 장르가 있으나 우리는 흔히 미국의 모던 포크를 떠올리며, 우리나라는 양희은 등으로 대표되는 통기타 음악을 이릅니다. 밥 딜런의 ‘Blowing in the wind’나 양희은의 ‘이루어질 수 없는 사랑’을 들어보면 통기타 반주에 잘 어울리는 곡들입니다. 뒤의 곡은 대학 초년생 때 기숙사에서 기타를 치기만 하면 불렀던 노래였습니다. 가사와는 상관없이 쉬운 코드의 기타곡이라는 이유 하나만으로…. 반면 록 음악은 전통적으로 전자기타를 중심으로 하며, 베이스 기타 그리고 드럼과 심벌이 포함된 드럼 키트를 사용합니다. 우리 가요에 랩을 접목한 최초의 곡으로서, 당시엔 신선한 충격으로 180만 장의 앨범 판매 기록과 공중파 음악 프로그램 17주 연속 1위라는 전무후무한 기록을 세운 서태지와 아이들의 '난 알아요'를 추천합니다. 강력한 전자기타 음이 인상적인 록입니다.

포크와 록 두 장르가 만나서 포크록이라는 새로운 장르를 탄생시켰습니다. 곡 분류는 사람에 따라 다를 수 있으며 아래의 곡들은 필자가 분류한 것임을 미리 밝힙니다. 사이먼 앤드 가펑클의 곡이 다수를 차지하고 이 중 몇 곡을 소개하면 다음과 같습니다. 최근 허전했던 필자의 마음처럼 '혼자 숨고 싶고, 사랑을 않았으면 울 일도 없다는' 가사의 'I am a rock'이나 유명한 영화 '졸업'에 삽입되었고 도입부의 전자기타 반주가 인상적인 'The sound of silence', 힘찬 기타 연주의 'Mrs. Robinson' 등이 초반 곡이라면, 1980년대 들어서는 크리스 디 버그의 'The girl with April in her eyes'나 포 넌 블론즈의 'What's up' 역시 힘찬 기타 반주가 인상적인 포크록입니다. 미스터 빅의 'Wild world'나 닐 영의 'Four strong winds' 역시 필자가 즐겨 듣던 음악입니다.

2020년 9월 4일 국회의원회관에서 있었던 여수국가산업단지 스마트화를 위한 정책토론회에 토론자로 참석한 적이 있습니다. 비록 그때 과제로 선정되진 못했지만 석유화학이라는 전통산업과 정보통신기술이라는 첨단 분야를 접목시키고자 한 내용으로서, 이 역시 하이브리드화를 통해 시너지 효과를 창출하고자 하는 시도였습니다. 여기에 안전 분야가 매우 소홀하게 다루어져 있어서 많이 아쉬웠습니다. 우리나라는 석유화학산업과 정보통신기술 모두가 매우 높은 기술력을 가지고 있어서 이 두 분야가 합쳐지면 생산성 향상이라는 시너지를 가져올 것으로 예상되나 날카로운 칼에 베이기 쉽듯이 예상치 못한 사고 특히 대형 사고가 발생할 수도 있습니다. 이로 인해 전체적인 성과가 평가절하받지 않도록 시행 초기 안전에 대하여 충분히 고려하고 진행하여 줄 것을 당부했습니다.

〈그림 17〉 국회의원회관 내 정책토론회.

런던 다리와 록펠러 건물

우리가 하는 걱정거리의 40퍼센트는 절대 일어나지 않을 사건,
30퍼센트는 이미 일어난 사건, 22퍼센트는 사소한 사건,
4퍼센트는 우리가 바꿀 수 없는 사건들이다.
즉 96퍼센트의 걱정거리가 쓸데없는 것이고 나머지 4퍼센트만이
우리가 대처할 수 있는 진짜 사건이다.
그럼에도 불구하고 대부분의 사람들은
어차피 해결할 수 없는 문제로 고민하고 시간을 허비한다.
—어니 젤린스키

귀를 통해 들어오는 소리에 민감한 필자는 좋은 음악을 들으면 그 멜로디를 머릿속 한 켠에 저장해 뒀다가 같은 음악이 나오면 그게 동일한 곡임을 대부분 기억하는데, 이런 재능을 주신 하나님께 감사드립니다. 반면, 어릴 땐 상대방의 얘기에 귀가 솔깃하여 (당시로선) 후회할 일을 꽤나 많이 한 것으로 기억됩니다. 덕분에 요즘은 말 그대로 흔들리지 않고 불혹(不惑)에 가까워진 듯합니다. 상대적으로 아쉬운 감각이 있다면 바로 시각이라고 할 수 있습니다. 비록 색상에 관한 내용이 필자의 글 가운데 몇 개가 있지만 아쉽게도 필자에겐 명화가 좋다고 느끼는 안목이 없습니다.

2018년 행정안전부의 국가재난위험성평가(NRA, National Risk Assessment) 과제를 수행하면서 런던에 출장을 다녀왔습니다. 같이 연구하던 지방행정연구원 안 박사님을 통해 영국에 대한 이야기를 많이 들었는데 자료가 잘 정리되어 있습니다. 그런데 현장의 위험성을 평가할 체크리스트를 만들던 중 커다란 벽에 부딪히게 되었습니다. 자료를 인터넷으로 찾는 데에는 한계가 있어서 영

국의 존 테시 교수와 네덜란드의 피에터 반 데르 토른, 구이여 박사를 만나는 일정으로 급히 출장을 다녀왔습니다. 많은 것을 얻어 오진 못하였지만 국가의 재난위험성에 대해 다시금 생각할 수 있는 매우 의미 있는 기회였습니다.

런던에서 테시 교수를 만나고 오후 늦게 시간이 있어서 배를 타고 템즈강을 둘러보았습니다. 영화 '애수(원제 Waterloo Bridge)'의 무대인 다리도 보고, 하구 쪽으로 가서 런던 다리도 구경했습니다. 런던 다리 지날 때 선장 겸 가이드가 멜로디를 흥얼거리는데, 아 이건 아들이 어릴 때 불렀던 동요였습니다. '누가 누가 놓았나 조그만 돌다리….'

이 곡 가사를 찾아봤더니 'London Bridge is falling down'이라는 원제에, 내용은 런던 다리를 차츰 튼튼한 재질로 지어서 마침내 안 무너지게 한다는 내용이었습니다. 즉 목재와 진흙→벽돌과 모르타르→철강, 이런 식입니다. 실제로 런던 다리는 1세기경 목조로 세워진 이래 불타거나 무너지기를 수없이 반복하였으며 1176년 석조 다리를 세웠고, 1831년 새로이 세웠으나 늘어나는 교통량을 감당하지 못해 결국 1973년 현재의 콘크리트 다리를 세웠다고 합니다.

전공이 안전이다 보니 생각은 자연스레 안전 문제로 확장되었습니다. 요즘 안전의 선진국이라고 하면 영국이나 미국을 떠올리는 데 큰 이견이 없을 듯합니다. 그러나 위의 노래에서 알 수 있듯이 영국도 단숨에, 그것도 저절로 안전 선진국이 된 것은 아닙니다.

미국의 경우는 다음 사진이 상징적으로 설명됩니다. 1932년 뉴욕의 록펠러 건물을 지으면서 약 260미터 상공의 철제빔에서 아무런 안전장치도 없이 모두가, 너무나 자연스럽게 식사합니다. 즉 당시 미국 건설현장의 일상이었죠. 이 장면은 '고층건물에서의 점심(Lunch atop a skyscraper)'이라는 제목의 유명한 사진입니다.

〈그림 18〉 대학원 수업 중 미국의 1930년대 안전 수준.

사진을 보고 있노라면 발밑이 간지러우면서 식은땀이 흐르는 것은 필자만
그런 건가요? 필자는 이 사진이 바로 1930년대 미국의 안전의식이라고 봤습니
다. 몇 십 년 전 우리의 안전의식이기도 했고요. 아니 어쩌면 일부에서는 현재
진행형일 수도 있습니다.

중국의 관중은 다음과 같이 말합니다.

창고가 가득 차야 예절을 알고, 의식이 족해야 영욕을 안다.
(倉廩實而知禮節 衣食足而知榮辱 / 창름실이지예절 의식족이지영욕)

여기에서 예절과 영욕을 지금 개념으로 굳이 해석한다면 '안전'도 포함될
것입니다. 즉, 사는 것이 풍족해지면 안전문제에 관심이 높아진다고 할 수 있습

니다. 필자는 여기에 더해서 국민의식이 선진화되어야 안전에 관심이 커지는지 거꾸로 안전에 관심을 가져야만 비로소 선진국이 될 수 있는지가 궁금합니다. 이는 마치 닭이 먼저냐 달걀이 먼저냐의 문제와도 같다고 봅니다.

이 문제를 체계적으로 연결하기 위하여, 10여 년 전 GDP의 성장에 따라 사고의 변곡점이 있다고 보고 우리나라를 비롯한 아시아 국가와 선진국의 자료를 정리하다가 벽에 부딪혔는데 아직도 진도를 못 나가고 있습니다. 선진국은 사고가 안정화되기 이전 즉 선진국 이전의 자료를 찾는 데 어려웠고, 아시아권은 1990년대 IMF 사태로 GDP가 왜곡되었던 난관에서 진도를 더 못 나간 것이지요. 구매력(PPP, Purchasing Power Parity)으로 대신하며 진행하다가 시간을 핑계로 미뤄 놨으니, 이래저래 숙제만 늘어갑니다.

알함브라궁의 추억

　알함브라 궁전은 남부 스페인에 위치한 그라나다에 있는 이슬람식 궁전으로서 '붉은 궁전'이란 의미라고 합니다. 2003년 그라나다에서 열렸던 제4회 유럽 화공 총회(ECCE, European Congress of Chemical Engineering)에 발표차 참석하고 시간을 내어 궁전을 구경 간 적이 있습니다. 771년부터 721년간 스페인을 지배했던 '무어인'이라 불리는 북아프리카 아랍인들이 1236년 수도 코르도바를 그리스도 교도에게 빼앗겨 그라나다로 후퇴했습니다. 시에라네바다 산맥으로 둘러싸인 천연 요새와도 같은 그라나다에 정착하면서 이 도시는 이슬람 최후의 나사레 왕조의 수도가 되었는데, 1238년 착공하여 1391년에 완공했다고 합니다.

　알함브라궁은 높은 언덕에 위치한 천혜의 요새이며, 주 입구는 기역자로 꺾여서 침공군이 진격 시 탄력으로 밀고 들어오지 못하게 만든 영리한 구조입니다. 건축 면에서는 붉은색을 기본으로 지금은 색이 많이 바랜 건물이며, 우상을 숭배하지 않는 이슬람식의 장식으로 아름다운 기하학적인 문양이며, 물이 적었던 궁전의 메마름을 보완하기 위해 만든 정원(헤네랄리페)의 분수며, 반듯반듯한 나무들이 기억에 남습니다. 이 물은 당시로선 멀리 떨어진 시에라네바다 산맥의 눈 녹은 물을 수로로 끌어들인 것이라니, 대단하죠?

이런저런 역사니 건축적인 아름다움이니 하는 것에 더하여 필자에겐 스페인의 기타 연주자 및 작곡가인 타레가(Francisco Tarrega)의 클래식 기타 연주곡 '알함브라궁의 추억(Recuerdos de la Alhambra)'이 제일 큰 기억입니다. 1896년 타레가는 그의 제자이자, 유부녀인 콘차 부인을 짝사랑하여 그녀에게 사랑을 고백했으나 거부당합니다. 실의에 빠진 타레가는 스페인을 여행하다가 그라나다에 위치한 알함브라 궁전을 접하게 되고, 이 궁전의 아름다움에 취하여 이 곡을 쓰게 되었다는 전설적인 이야기가 전해져 옵니다. 스페인 낭만주의 음악의 꽃이라고 평가받으며, 타레가가 발전시킨 독특한 트레몰로 주법이 자아내는 신비로움과 서정적인 선율의 애절함이 일품이라고 볼 수 있죠. 클래식 기타 마니아라면 이 곡을 모르는 사람이 없을 정도이고, 특히 트레몰로 하면 십중팔구 이 곡을 떠올릴 정도이죠. 흑백 TV 시절, 귀한 TV를 보호하는 미닫이 보호문이 있던 시절에 방송 시작 전 프로그램 안내 시 나오던 이 곡을 듣는 순간 음악에 흠뻑 빠졌던 기억도 새롭습니다.

유럽의 기독교 문화는 이슬람에게 두 번에 걸쳐 무너질 위기를 맞습니다. 첫번째는 유럽의 서쪽인 이베리아 반도에서 8세기에 시작되었고, 두 번째는 1683년 오스트리아의 외곽에서 오스만 제국과의 전투였습니다. 두 번 각각 이슬람을 몰아낸 스페인과 오스트리아가 그 직후 유럽을 호령했던 것은 우연이 아닐 수도 있다고 봅니다. 그라나다는 첫 번째 이야기와 연관이 있네요. 아랍 제국을 다스린 첫 번째 이슬람 칼리파 세습 왕조인 우마이야 왕조가 711년부터 756년까지 이베리아를 정복하기 시작했습니다. 주로 북아프리카의 베르베르인으로 구성된 무어인 전사들은 이 기간 동안 이베리아 전역을 정복하여 피레네 산맥

이남의 이베리아 반도 전체가 이슬람화 되었으며 무슬림들은 코르도바를 수도로 삼고 이베리아를 통치하였습니다. 피레네 산맥을 넘어 오늘날의 투르까지 진격했던 이슬람 군대는 프랑크 왕국의 카롤루스 마르텔에게 패배한 뒤 북상을 멈추었고 이베리아의 영주들은 이슬람으로 개종하여 영지를 인정받거나 멸망하였습니다.[*]

유럽인 입장에서 (스페인의) 국토수복운동이 이에 반하여 시작되었습니다. 레콩키스타(Reconquista)는 재정복(Reconquest)을 뜻하는 스페인어로, 이베리아 반도에서 가톨릭 왕국들이 이슬람 세력을 축출하기 위해 벌인 활동을 의미합니다. 이를 완성한 것은 카스티야 왕국의 이사벨 여왕으로, 여러 신하들의 반대를 무릅쓰고 이웃 아라곤 왕국의, 그것도 연하인 페르난도 왕과 결혼하여 에스파냐 연합왕국을 건설하고 1492년에 마지막 남은 이슬람 점령지인 그라나다를 정복하여 레콩키스타를 마무리합니다.[**]

2003년 제4회 ECCE는 여러모로 필자에게 의미 깊은 학술대회였습니다. 우리나라의 화공학회 공정안전부문위원회에 해당하는 손실방지심포지엄(Loss Prevention in the Process Industry)이 주관하는 실무자회의(Working Group Meeting)에 참석하여 당시 부문위원장이던 한스 J. 파스만 네덜란드 델프트 공대의 교수님을 만난 것은 무엇보다도 행운이었습니다. 지금도 필자가 자주 활용하는 안전의 피시본 구조(〈그림 19〉)는 파스만 교수님의 발표자료에서 따온 것입니다. 지금은 은퇴 후 미국 텍사스 A&M대학교에서 필자의 또 다른 오랜

---

[*] 진원숙, 『이슬람의 탄생』, 살림, 2008, 63쪽.

[**] https://ko.wikipedia.org/wiki/%EB%A0%88%EC%BD%A9%ED%82%A4%EC%8A%A4%ED%83%80

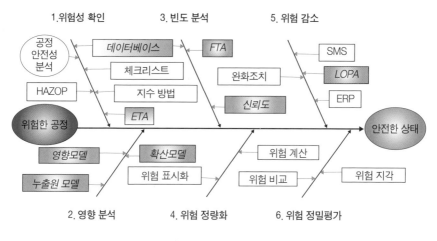

〈그림 19〉 위험성 분석 방법론.

친구인 샘 매넌 교수님의 지도 학생들과 함께 연구하시는 등 여전히 왕성하게 활동 중이어서 부러울 뿐입니다. 매넌 교수님은 몇 년 전 유명을 달리해 많이 안타깝습니다. 2007년 한국가스안전공사 재직 시절, 공사의 여러분 도움으로 시작했던 WCOGI(World Conference on Safety of Oil and Gas Industry)에도 두 분 교수님이 많은 도움을 주셨습니다. 파스만 교수님은 2016년 6월에는 독일 프라이부르크에서 열린 15차 손실방지 심포지엄(Loss Prevention Symposium)에서도 200여 명 규모의 발표장이 꽉 차는, 그야말로 팬을 몰고 다니는 분입니다. 2003년 심포지엄에서 포렌식 엔지니어링(Forensic engineering)이라는 분야를 처음으로 접하게 되었는데, 사고 시 보험사의 손해 사정인 등 적용 분야가 매우 넓어 언젠가는 꼭 해 보고 싶은 분야입니다.

위의 그림은 2015년 도입된 환경부의 장외영향평가제도에 적용되었습니다. 2012년 추석이 되기 며칠 전, 구미 휴브글로벌사에서 불화수소가 누출되어 많은 재산 피해와 부상자가 발생했습니다. 정부에서는 이에 대한 특단의 대책으로 위험관리 개념을 도입한 '장외영향평가서' 제도와 체계적인 비상대책을 포함한 '위해관리계획서' 작성을 화학물질 취급시설에 의무화했습니다. 관련 내용에 대해 국내는 물론 2005년 미국에서, 그리고 2010년에는 키프로스에서 강의한 적이 있는 필자에게 감사하게도 제도의 틀을 만들 기회가 왔습니다. 강단에서 가르치던 것을 실제로 제도화하는 기회를 잡은 공대 교수는 극소수일 듯한데 필자에게 그런 행운이 주어진 것입니다. 그림을 간단히 설명하면 '위험한 공정'에서 '안전한 조건'까지 가기 위한 과정과 그 과정에서 사용된 방법론에 대한 상관도를 나타낸 것입니다. '1. 위험성을 확인'하고 '2. 그 영향을 평가'하며, '3. 빈도를 정량화'하고, '4. 위험도를 계산'합니다. 다음은 '5. 위험도 저감 방법'을 찾으며 1~5의 내용을 토대로 최종적으로 '6. 위험도를 정밀평가'하게 됩니다. 그 과정에서 사용되는 방법이 '1. 위험성 확인'의 경우 '위험성과 조업성 분석(HAZOP, Hazard and operability)'이고 '2. 영향을 분석'하는 방법은 누출원 모델, 영향 모델 및 확산 모델 등이 활용되며 '5. 위험도 저감'을 위해서 미국화공학회에서 제안한 방호계층분석(LoPA, Layer of protection analysis) 법을 적용하는 것입니다. 위의 그림에서 색깔을 넣은 방법론은 필자가 장외영향평가서 제도와 시범사업에서 적용한 방법들입니다.

청출어람? 귤화위지?

제자가 계속 제자로만 남는다면 스승에 대한 고약한 보답이다.
—프리드리히 니체

2018년 봄 주말, 여주의 따뜻한 봄 햇살을 느끼며 오랜만에 크리스 보티의 'A thousand kisses' deep'을 들었습니다. 2017년 여름, 석양의 으스름한 빛과 가로등이 막 켜진, 늦은 오후와 저녁의 묘한 경계에서 스마트폰으로 이 곡을 스트리밍으로 들었던 느낌이 너무 좋았는데, 따뜻한 봄날 들어도 좋네요. 이 곡은 동명의 영화도 있었다고 하는데, 음유시인으로 잘 알려진 레너드 코언의 원곡을 트럼펫 연주곡으로 멋지게 편곡한 것입니다. 특유의 걸쭉한 목소리의 원곡을 듣노라면 가사의 내용은 차치하고라도 트럼펫 곡과는 너무도 다른 분위기를 느낄 수 있습니다. 이런 곡이 몇 개 더 있습니다. 'La Campanella'는 파가니니(Niccolo Paganini)의 '바이올린 협주곡 2번 중 3악장'으로서 원래는 바이올린 곡입니다. 이보다 일반인들에게 더 친숙한 것이 바로 리스트(Franz Liszt)가 피아노곡으로 편곡한 것일 것입니다.

1970년대 말~1980년대 초 방송에서 자주 틀어주던 이럽션의 'One way

〈그림 20〉 어느 여름 여주 담향재(淡響齋)에서의 저녁.

ticket'은 신나는 춤곡이었습니다. 이 곡의 원곡은 닐 세다카가 1959년 발표한 동명의 곡입니다. 박진영이 부른 'Honey'는 스티비 원더의 'Superstition'이 원곡이라고 하는데, 그렇다면 박진영이 정말 멋들어지게 편곡한 것입니다. 슈베르트(Franz Schubert)가 곡을 붙인 '물 위에서 노래함(Auf dem wasser zu singen)'을 독일의 유명한 바리톤 디트리히 피셔 디스카우가 부른 곡도 있지만, 영국 출신의 역사전공 석사인 이안 보스트리지가 부른 곡이 훨씬 더 필자의 마음을 당깁니다. 슈베르트의 성악곡 '밤과 꿈(Nacht und traume)'은 기타 듀엣으로 편곡된 것도 있습니다. 개인적인 취향이 다를 수 있습니다만 위의 곡들은 모두 원곡보다 편곡 혹은 재해석한 곡이 필자에겐 더 좋습니다.

흔히 제자가 스승보다 뛰어날 때 쓰는 표현이 청출어람(青出於藍)입니다. 위의 경우 편곡된 것이 원곡보다 좋으므로 필자 입장에서는 청출어람이란 표현을 써도 될 듯합니다. 비슷한 말로 얼음은 물로 이루어졌으되 물보다 차다는 말이 있습니다. 이와 반대의 뜻을 품은 것이 '귤이 회수를 건너면 탱자가 된다(橘化

爲枳)'는 말이 있습니다. 어원은 중국 춘추시대 제나라 명재상이었던 안자(晏子)가 자신의 외모와 제나라의 국력을 깔보는 초(楚)나라 영왕(靈王)에게 '풍토에 따라 (제나라의 좋은 사람도 초나라에 오면 도둑이 될 정도로) 나쁘게 될 수 있음'으로 비유한 내용입니다.

1995년 한국가스안전공사에서 처음 안전을 시작한 필자는 미국과 영국의 공정안전관리제도를 벤치마킹하여 가스안전관리종합체계(SMS)를 도입, 정착시켰습니다. 시간이 많이 지난 후 2015년에는 명지대학교에 있으면서 환경부의 장외영향평가제도의 도입을 기술적으로 지원하면서 유럽의 부지이용계획(Land use planning)을 많이 벤치마킹하였습니다. 후자의 경우 굳이 변명하자면 신속하게, 정시성을 고려하면서 만든 제도여서 많은 부분을 보완 중에 있지만 환경 부문의 안전 수준을 한 단계 높였고, 부수적으로 관련 컨설팅산업 부문에 일조한 점도 있었다고 나름 자평합니다.

필자의 주도로 제도의 기반을 만든 SMS와 장외영향평가는 청출어람에 가까울까요 아니면 귤화위지일까요? 나름 반성을 많이 하는 시간입니다.

합창과 협업

If you would persuade, you must appeal to interest rather than intellect.
남을 설득하기 위해서는 지성보다 이익에 호소해야 한다.
―벤저민 프랭클린

TV에서 지금은 1주에 1번 정도인 국악방송이 어릴 때 음악 관련 프로그램에서는 거의 빠지지 않고 몇 곡씩 방영되었습니다. 여럿이 나와 창을 불러도 화음이 들어가는 경우는 전혀 없는 이른바 제창(齊唱)이지 화음이 들어가는 합창(合唱)이 아니었습니다. 이에 반해 서구의 음악은 제창인 경우는 매우 드물고 2인 이상이 부를 때면 중창이나 합창입니다. 어느 것이 좋은지는 개인적인 선호도의 차이겠지만 합창의 경우 미리 호흡을 맞추는 과정과 그 과정에서 서로를 알아가고 배려하는 것이 필요하므로 훨씬 더 많은 노력이 들어가야 한다는 점입니다. 그래서인지 필자는 여러 음이 조화롭게 들어간 합창이 훨씬 좋습니다.

합창 하면 제일 먼저 떠오르는 곡이 베토벤(Ludwig von Beethoven)의 '합창'이라는 부제의 '9번 교향곡'입니다. 베토벤이 청력을 완전히 상실한 상태에서 작곡한 곡이며, 음악사에서 처음으로 성악이 들어간 교향곡 작품입니다. 합창이라는 부제는 바로 제4악장에 나오는 합창과 독창 때문인데 그 가사는 프리드리히 실러의 '환희의 송가'에서 가져왔습니다. 필자가 선호하는 순으로 올리면 다음은 헨델(Georg Friedrich Händel)의 '천지창조' 중 '할렐루야'입니다. 성경이나 기타 종교의 경전, 도덕적 내용의 가사를 바탕으로 만든 서사적인 대규모 악곡인 오라토리오로 헨델의 작품 중 가장 많이 알려진 곡입니다. 복음서와 이사야서, 시편을 바탕으로 그리스도의 탄생과 삶, 수난을 담았습니다. 독일 작곡가 칼 오르프(Carl Orff)의 '카르미나 부라나(Carmina Burana)' 중 'O Fortuna(운영의 여신이여)'는 중세 시가집인 『카르미나 부라나』를 바탕으로 만든 칸타타로, CF나 각종 방송에 배경음악으로 등장하여 들어보시면 '아, 이 곡…' 할 수 있는 곡입니다. ‥

베르디(Giuseppe Verdi)의 오페라 곡 중에서 좋아하는 합창곡이 특히 많습니다. '나부코(이탈리아어 Nabucco)'는 성경에 '느부갓네살'이란 이름으로 등장하는 바빌로니아 왕 네부카드네자르 2세(이탈리아어로는 '나부코도노소르')의 이야기로, 동명의 연극과 발레가 원작이라고 합니다. 극 중 히브리 노예들이 부르는 '가거라 슬픔이여' 합창도 독자 여러분들의 귀에 익은 곡이며, 오페라 '아이다(Aida)' 중 '개선행진곡'은 이집트가 수에즈 운하를 개통하며 만든 오페라 극장의 개막곡으로, 거액의 작곡료로 의뢰해서 만든 곡입니다. 고대 이집트를 배경으로 이집트 장군 라다메스(Radames)와 포로인 이디오피아 공주 아이다(Aida)와의 슬픈 사랑을 다룬 작품으로, 위의 곡은 이집트군이 이디오피아와의 전쟁에서 승리를 거두어 개선하는 행렬을 축하하는 전승행사장에서 연주되는 것입니다. '음유시인'이란 뜻의 베르디의 오페라 '일 트로바토레(Il Trovatore)' 중에 '대장간의 합창'과 '병사들의 합창'도 추천합니다.

구노(Charles-Francois Gounod)의 오페라 '파우스트'는 악마와 영혼을 거래한 철학자의 이야기입니다. 동명의 괴테 희곡을 원작으로 하고 있으며 4막에서 전쟁터에 갔다 돌아온 군인들이 부르는 '병사들의 합창'이 널리 알려져 있습니다. 독일어 낭만 오페라의 새로운 장을 열었다는 베버(Carl Maria Friedrich

Ernest von Weber)의 '사냥꾼의 합창'은 그의 오페라 대표작인 '마탄의 사수'중 가장 잘 알려진 곡으로서, 사냥의 즐거움을 찬미하는 우렁찬 남성 코러스입니다.

시칠리아섬을 무대로 한 마스카니(Pietro Mascagni)의 오페라 '카발레리아 루스티카나(Cavalleria Rusticana)' 가운데 마을 사람들이 부른 '오렌지향은 바람에 날리고'는 평화로운 시골 마을의 분위기를 나타냅니다. 케텔비(Albert William Ketelbey)의 표제곡 '페르시아 시장에서'는 낙타떼, 시장의 웅성거림, 가난한 사람들의 떠드는 소리, 추장의 딸들이 종자(從者)와 행렬을 지어 지나가는 장면, 뱀 놀이를 즐기는 사람 등의 정경이 영화를 보는 것처럼 묘사되기도 합니다.

필자가 속한 숭실대학교가 산업통상자원부에서 지원하는 'AI 로봇 기반 인간기계협업기술 전문인력양성사업'에 선정되어, 올해 3월부터 2026년 2월까

〈그림 21〉 AI 로봇 기반 인간기계협업기술 전문인력양성 과제 수주.

지 총 5년간 전국 5개 대학과 한국로봇산업협회 등 7개 기관과 함께 컨소시엄으로 수행하게 됩니다. 주변분들의 도움이 매우 컸으면 그분들께 깊이 감사드립니다. 후문에, 자타가 공인하는 우리나라 최고의 대학이 포함된 상대팀의 컨소시엄은 스마트 팩토리에 치중한 이른바 '제창(齊唱)'이었다 합니다. 반면 우리는 안전이라는 두터운 화음이 포함된 '합창(合唱)'이어서 심사위원들 평가에서 점수 차이가 많이 났다고 합니다. 정부가 안전을 중요시하여 안전보건청 설립을 추진하는 이때에, 엔지니어와 근로자의 안전을 함께 책임질 수 있는 안전 전문인력 양성에 더욱 최선을 다하고 싶습니다.

대학원 시절 이야기들

2018년 말 개봉한 영화 '보헤미안 랩소디'를 몇 주를 벼르다가 보고 나니, 마치 록 콘서트 라이브에 다녀온 듯 여운이 오래 남았습니다. 특히 후반부의 'Live Aid' 장면을 볼 때에는 'Bohemian rhapsody' 노래의 가사 'Sends shivers down my spine, body's aching all the time'에서처럼 전율이 등줄기를 타고 내렸습니다. 이 노래를 들으며 홍릉 과학원 재학 시절과 허영만 작가의 타짜 시리즈 4부 『벨제붑의 노래』가 떠올랐습니다. 참고로 '벨제붑'은 만화 중에서는 스페이드2로 가장 별 볼일 없는 카드를 이르며 성경에서는 '바알'이라는 악마로, 노벨문학상을 받은 윌리엄 골딩의 소설 『파리대왕』에서는 '파리'로 묘사되기도 합니다.

당시인 1980년대 중후반 과학원에는 (다른 대학원과는 달리) 독특한 문화가 있었습니다. 저녁 9시에 문을 열고 새벽 1시에 문을 닫는 구내매점이 있었고, 경희대 앞에는 생맥주 1번지에서 밤새워 얘기 나누던 친구들이 있었으며, 삼겹살 먹고 만화방에 가서 만화 보던 그런 부류들이 상당히 있었습니다. 필자도 당시 우연히 들른 만화방에서 당시 장편만화의 시초랄 수 있는 박봉성 작가의 『신의 아들』을 '어… 어…' 하다 보니 새벽까지 읽으며 주인장 눈치를 보던 기억이 새롭습니다. 과학원생들의 매상 비중이 매우 컸던 당시의 생맥주집, 삼겹살집, 만화방, 인쇄소 주인 들은 과학원이 대전으로 옮길 때 같이 대전으로 가냐 마냐로 꽤나 고민을 했던 것으로 기억합니다.

허 작가의 타짜 시리즈도 이어 나왔으며 1부 화투 얘기부터 4부 카드 얘기까지 스토리도 상당히 탄탄했는데 스토리 구성작가가 별도로 있다고 들었습니다. 4부는 성이 다르지만 이름이 같은 두 사람을 중심으로 카드 게임과 다른 재미있는 요소들이 많아서 잘 봤는데 졸업하는 바람에 결말을 못 본 게 내내 아쉬웠습니다. 졸업 후에는 만화방을 안 찾게 되더라고요. 영화를 본 다음 인터넷에서 찾아서 주말에 재미있게 봤습니다.

극 중 자신도 모르는 사이에 나쁜 쪽으로 빠져 파멸하는 박태영이 고교 시절, 자신의 불우한 환경을 암시하며 부르는 곡이 바로 퀸의 'Bohemian rhapsody' 입니다. 어려워서 웬만하면 따라 하기도 힘든 곡을 극 중 박태영은 또 다른 태영인 장태영의 누나가 '지릴' 정도로 빠져들게 부릅니다.

자칫 전업에는 소홀하지 않았을까 하는 독자가 계실 듯하여 약간의 이야기를 덧붙입니다. 필자에게도 밤새워 실험하던 때가 있었습니다. 20대 후반 실험실에서 라면을 끓여 먹으며 밤새고 지쳐서 퍼질 때쯤인 새벽 5시에 들었던 음악이 KBS 클래식 FM의 하루 방송 시작 시그널이었습니다. '지금부터(혹은 곧) KBS 클래식 FM을 시작하겠습니다'라는 멘트와 함께…. 메르카단테(Saverio Mercadante)의 '플루트 협주곡 E장조 중 3악장'이었는데, 빠른 템포에 기운을 차렸던 기억이 새롭습니다. 전체가 부담스러우면 3악장 'Rondo' 부분만 들으셔도 좋습니다.

실험을 할 때 당시 과학원에서조차 안전에는 요즈음 기준으로는 턱없을 만큼 관심이 없었던 듯합니다. 실험 전 안전교육을 별도로 받은 기억이 없었고, 큰 사고로 이어지지 않아서 다행이었지만 수분에 민감한 화학물을 다루던 필자는 아세톤, 묽은 황산 등에 의한 면바지 손상 등 자잘한 사고를 몇 번 당했습니다. 번거로워서 장갑도 안 끼고 세척하는 게 다반사였죠. 안전을 전공하는 입장에서 돌이켜 보면, 큰 사고 없이 졸업한 것이 하나님의 도우심이었던 듯합니다.

한 가지 염려스러운 것은 정부의 담당부처 과가 팀으로 오래전 격하되고 그나마 팀장의 재임기간이 6개월을 넘지 않는 등 연구실 안전이 홀대를 당하는 듯하여 대형 사고에 대하여 사각지대화되는 점입니다. 2015년 생명공학연구소의 부설기관으로 출발한 국가연구안전관리본부가 당초에는 2019년인가 국가연구안전관리연구원으로 독립하게 되어 있었으나 2021년에도 여전히 본부라는 꼬리표를 달고 있어서 장차 과학기술을 이끌 인재들이 안전을 소홀하게 여기고 결과적으로 안전을 위협받을까 매우 염려됩니다.

참고로 'Bohemian rhapsody'는 필자에게 넘버 2인 곡입니다. 필자의 목록에서 1~5위 클래식한 록은, 발라드 부분과 전자기타의 독주를 포함하고 있으며 다음과 같습니다.

1. Stairway to Heaven (Led Zeppelin)

2. Bohemian Rhapsody (Queen)

3. April (Deep Purple)

4. Time (Pink Floyd)

5. July Morning (Uriah Heep)

안전, 문화를 넘어 제2의 천성으로

사과는 예측하지 못한 순간에 우리 앞에 떨어지지만
당신이 직접 과수원에 가서 나무를 약간 흔들어 준다면
사과가 떨어질 가능성은 더욱 많아지게 된다.
—찰스 핸디

미국 앨러배마주 엔터프라이스시에는, 세계에서 유일하게 농작물 해충을 기리는 기념물이 〈그림 22〉의 사진과 같이 서 있습니다. 사진에서는 여인이 받침대 위에 '볼 위빌(Boll weevil)'이라는 목화 바구미를 받쳐 들고 있는 모습입니다. 〈그림 23〉의 사진은 그 기념비 옆의 설명인데, 1919년 도심에 세웠으며 볼 위빌이 번영을 가져다준 것에 대한 깊은 감사를 표하는 내용입니다. 그 사연은 이렇습니다.

원래, 볼 위빌은 멕시코 원산으로 1915년 앨러배마에 나타났습니다. 당시 목화는 매우 수지맞는 작물이었고 대부분의 엔터프라이스 시민들은 목화를 재배하고 있었는데, 1918년 말이 되자 이 해충이 목화 농사를 거의 망쳐놓게 되었습니다. 그러자 농부들은 새로운 길을 모색하여 땅콩 농사로 눈을 돌렸는데, 이것이 목화보다 훨씬 더 이익이 남는다는 사실을 알게 되었습니다. 본 플레밍(Bon Fleming)이라는 지역 상인이 기념비 수립을 제안하고 그 비용을 지원하여 1919

〈그림 22〉 세계 유일의 농작물 해충 기념상.

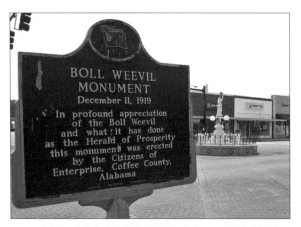

〈그림 23〉 기념비 내용 문구. 오른쪽 뒤편으로 기념상이 보임.

년 12월 11일 도시 한가운데에 기념비를 건립하였습니다. 재난을 변화의 계기로 삼아 엔터프라이스시가 역경을 맞았을 때 어떻게 이를 극복했는지를 상기시켜 주는 기념물이 되었습니다.

위의 사례에서 알 수 있듯이, 어려움은 활용하기에 따라 좋은 기회가 됩니다. 최근 들어 우리나라에서도 안전사고가 여전히 빈번하게 발생하며 이에 따라 국민과 정부의 관심도 높아져 가는데 거기에 걸맞은 안전대책을 잘 수립하여 추진하고 있는지는 살짝 의문이 듭니다. 안전이 시스템과 문화를 넘어서 제2의 천성(Second nature)으로 자리 잡게 하기 위해 어떤 점을 고려할지에 대하여, 필자가 1995년부터 안전을 접해 오면서 중요하게 느꼈던 키워드를 중심으로 몇 자 적고자 합니다.

안전사고의 특성 중 하나는 반복해서 발생하는 것입니다. 예를 들면 질산암모늄 폭발사고입니다. 질산암모늄은 비료뿐만 아니라 공업적 원료로써 자주 이용되는 물질이며 운송, 저장 및 사용 시에 기본적인 안전수칙을 지키면 비교적 안전하게 취급할 수 있는 물질로 알려져 있습니다. 문제는 기본적인 안전수칙을 지켜야 한다는 것입니다.

가깝게는 2020년 레바논 베이루트항 폭발사고, 2015년 중국 톈진항 폭발사고나 그 전인 2001년 프랑스 툴루즈 비료공장 폭발 등이 있고, 잘 알려진 것만 보더라도 1947년 미국 텍사스시의 부두 폭발, 그리고 1921년 독일 오파우의 비료공장 폭발 등이 있습니다. 이처럼 대형 참사가, 그것도 기본적인 수칙만 지켰으면 괜찮았을 사고가 반복·지속적으로 발생한다는 것은 무엇인가 근본적으로 부족한 점이 있다는 것입니다. 필자는 이를 극복하기 위하여 다음의 몇 가지를 짚고 넘어가고자 합니다.

20여 년 동안 국내외에서의 현장 및 교육 경험으로 필자에게 안전관리 하면

〈그림 24〉 연구실에 있는 각종 자문위원 임명장.

떠오르는 것은, 다소 엉뚱하지만 경제 용어인 파레토 법칙과 『장자(莊子)』의 '달생편(達生篇)'에 나오는 고사를 인용한 호식병공(虎食病攻), 그리고 『전국책(戰國策)』에 나오는 백락일고(伯樂一顧)라는 말입니다.

파레토 법칙이란 흔히 우리에게 80 대 20 법칙 즉 '전체 결과의 80퍼센트가 전체 원인의 20퍼센트에서 일어나는 현상'으로 잘 알려져 있습니다. 예를 들어, 20퍼센트의 고객이 백화점 전체 매출의 80퍼센트에 해당하는 만큼 쇼핑하는 현상을 설명할 때 이 용어를 사용합니다. 8 대 2 법칙이라고도 합니다. 이 용어를 경영학에 처음으로 사용한 사람은 조셉 M. 주란이며 '이탈리아 인구의 20퍼센트가 이탈리아 전체 부의 80퍼센트를 가지고 있다'고 주장한 이탈리아의 경제학자 빌프레도 파레토(Vilfredo Pareto)의 이름에서 따왔습니다. 숫자가 반드시 80/20일 필요는 없다고 보며 '소수의 핵심 포인트가 대부분을 설명할 수 있다', 혹은 나아가서 '소수의 핵심에 집중하면 대부분의 문제를 해결할 수 있다' 정도로 해석하면 될 듯합니다.

필자가 한국한국가스안전공사에 오래 몸담았던 인연으로 가스사고를 분석해 본 결과, 사고 원인 중 대다수를 차지하는 핵심 원인 몇 가지(Lethal few)를 집중적으로 관리해서 안전관리 수준을 효율적으로 높인 것으로 나타났습니다. 물론 사소한 다른 원인들(Trivial many)도 관리가 필요하지만, 한정된 재원으로 최적의 효율을 생각하자면 파레토 법칙을 따르는 것이 보다 합리적이라고 봅니다. 한국가스안전공사에서는 이 점에 착안하여 1990년대 후반부터 3대 중대 가스사고인 막음조치 미비 사고, 가스보일러 일산화탄소(CO) 중독사고, 이동식 부탄연소기 관련 사고를 집중 관리하고, 사고 시 파급 효과가 매우 큰 타공사 사고도 특별히 관리했습니다. 이러한 전략은 매우 적절하여 상당한 효과를 거두었습니다.[*] 가스사고를 줄이기 위하여 가스보일러의 일산화단소 중독사고 및 타공사 사고를 집중적으로 관리한 결과 가스사고가 큰 폭으로 줄어든 것을 볼 수 있습니다. 다만 이 기간 중 마감처리 미조치와 이동식 부탄연소기 사고의 경우 개선된 점이 보이지 않아서 이에 대한 특단의 조치가 필요한 것으로 보입니다.

『장자』 '달생편'의 호식병공(虎食病政)[**]이란 고사는 원래 옛 선도에 나오는 양생법에서 비유를 든 것으로 해석의 차이는 있으나, 취약한 부분을 집중적으로 보완해야 한다는 의미에서 여기에 인용합니다.

---

[*] 『가스사고 유형별 분석집』, 1997~2015, 한국가스안전공사.
[**] '정민의 세설신어 311', 조선일보, 2015. 4. 22.

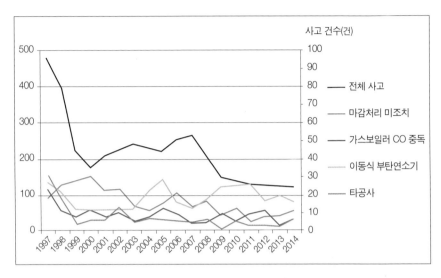

〈그림 25〉 가스사고 추이 분석.

전개지(田開之)가 주위공(周威公)에게 말했다.

"양생은 양 치는 것과 같습니다. 뒤처지는 놈을 살펴 채찍질하는 것이지요."

위공이 무슨 말이냐고 다시 물었다.

"노나라 사람 선표는 바위굴에서 물마시고 살며 백성과 이끗을 다투지 않았지요. 70세에는 어린아이의 낯빛을 지녔습니다. 하지만 불행하게도 주린 범을 만나 잡아 먹히고 말았습니다. 장의(張毅)는 부잣집 가난한 집 가리지 않고 사귀었는데 나이 사십에 속에 열이 치받는 병으로 죽었습니다. 선표는 안을 길렀지만 범이 밖을 먹어 버렸고(虎食其外) 장의는 밖을 길렀는데 병이 안을 공격했습니다(病攻其內). 두 사람 모두 뒤처지는 것에 채찍질하지 않았습니다."

위의 사례 또한 안전관리에도 적용됩니다. 즉 사고에 대한 전략적인 안전관리를 통하여 일정 수준까지는 사고를 줄일 수 있으나, 여기에서 한 발자국 더 나아가려면 취약한 부분에 대한 보다 선진화되고 체계적인 관리방법론이 도입되어야 한다는 것입니다. 가스사고를 예를 들어서 그 추이를 살펴보면 1997년 480여 건을 정점으로 점차 감소하나 2010년 전후로는 120여 건 내외로 좀처럼 줄어들지 않고 있습니다. 대표적인 원인으로 마감처리 미조치를 들 수 있는데, 이 경우 2000년 들어 20~30건에서 2010년 전후에는 10여 건 내외로 줄어들었으나 그 이후에는 더 이상 줄어드는 경향을 찾기 힘듭니다. 또한 이동식 부탄연소기로 인한 사고 역시 2000년대 전후로 5년 동안 줄어드는 경향을 보이다가 2010년 전후 다시 20여 건 내외로 감소세를 보이지 않고 있습니다. 즉 이들은 다른 가스사고가 줄어드는 2010년 전후에도 여전히 줄어들지 않거나 혹은 1990년대 말 수준으로 늘어나는 현상까지 보입니다. 마치 내공을 잘 닦아도 외부의 위협인 범에게 잡아먹히거나(虎食), 대외적인 관리를 잘하여도 병에 들어 죽는 것처럼(病攻) 가스사고 관리에 있어서 위의 두 영역은 여전히 취약한 부분으로 남아 있는 것입니다. 최근 들어 많은 사고의 원인인 협력업체에 의한 사고도 좋은 사례입니다. 원청기업이 아무리 좋은 안전관리 시스템을 갖추고 있어도 협력업체의 안전관리 수준에 따라서 사고가 날 수도 있는 것입니다.

백락일고(伯樂一顧)란 『전국책(戰國策)』에 나오는 이야기입니다.* 주(周)나라 때 어느 날 말 장수가 백락에게 찾아와 사정을 했습니다. 자신에게 훌륭한 말 한 필이 있어 이를 팔려고 시장에 내놓았는데, 사흘이 지나도 아무도 사려고 하지 않으니 사례는 충분히 하겠으니 감정해 달라고 신신당부했습니다. 백락은 시장에 가서 말 주위를 여러 차례 돌면서 요모조모 살펴보았습니다. 다리, 허리, 엉덩이, 목덜미, 털의 색깔 등을 감탄하는 눈길로 그냥 쳐다보기만 하였습니다. 그러고 나서 아무 말 없이 갔다가는 다시 돌아와서 세상에 이런 명마는

---

* http://terms.naver.com/entry.nhn?docId=1168501&cid=40942&categoryId=32972

처음 본다는 듯이 또 보곤 하였습니다. 당시 최고의 말 감정가가 찬찬히 살피는 것을 보자 이를 지켜본 사람들은 구하기 힘든 준마(駿馬)라고 여겨 앞다투어 서로 사려고 하여 말의 값은 순식간에 껑충 뛰었다고 합니다.

백락이 살던 시기에 천리마가 많았다고 합니다만, 상식적으로 특정 시대에만 좋은 말이 나타난다는 것은 이치에 맞지 않습니다. 말을 알아보는 백락의 안목이 준마를 가려냈다고 보는 것이 보다 타당합니다. 결국 이 준마는 백락이 있기 때문에 그 진가가 나타난 것이었습니다.

'한 마리 사슴이 이끄는 사자들의 군대보다 한 마리 사자가 이끄는 사슴들의 군대가 더 위협적이다'는 말은 알렉산더 대왕의 아버지인 필립 왕이 한 말로서, 한 조직에서 리더의 역할이 얼마나 지대한지 보여 주는 말입니다. 우리 속담에도 '깨알 백번 구르는 것보다 호박 한 번 구르는 것이 낫다'는 말이 있습니다. 문제는 구르는 방향일 것입니다.

경영진의 역할은 안전에서도 절대적입니다. 경영진은 안전경영에 대한 탁월한 식견을 가지고 안전전문가를 양성하여 임원으로서 경영에 참여시켜야 합니다. 그동안 비교적 조명을 덜 받던 안전·환경이 기업의 경영목표 제1선에 등장하고 발 빠른 곳에서는 안전경영 실적이 임원을 비롯한 직원들의 평가에 반영되는 등 안전·환경 분야가 주변에서 점차 경영의 중앙무대로 본격적으로 진출하기 시작했습니다. 심지어 안전·환경 담당 전문인력을 우선적으로 승진시켜 해당 분야 우수인력을 확보하려는 움직임도 있는데, 매우 바람직한 현상이라고 봅니다.

몇 년 전 모 유명 기업에서 안전 경력자를 대거 채용하여 그동안 저평가 받던 우량 안전인력들이 좋은 기회를 맞은 것은 사실입니다. 그러나 그 인력이 빠져나간 자리에 공백이 생기는 등 좋은 면만 있는 것은 아니란 점이 아쉽습니다.

안전인력의 지속적인 확보를 위하여, 산업체에서는 국가에 인력 양성을 요청하고 학계와 연계하여 안전 전문인력이 지속적으로 배출되도록 해야 합니다. 최근 각 부처에서 경쟁적으로 마련하는 인력양성지원 프로그램에 안전 분야를 확대하거나 안전교육을 필수과목으로 포함하도록 하는 것입니다. 앞에서 언급했듯이 대학을 졸업한 인력을 현장에서 안전교육을 시키기보다는 대학에서 안전과목을 필수로 전공하게 하는 것이 훨씬 효과적입니다. 이미 미국에서도 공학인증에 안전과목을 필수로 추가하여 시행하고 있습니다. 이런 점을 참조하여 우리도 시급히 안전과목을 전공필수로 도입하도록 교육기관이나 정부에 요청해야 할 것입니다. 종말처리방식(End-of-pipe technology)이 고비용이 들듯이 대학의 전공교육을 마치고 취업한 이들에게 안전을 추가로 교육하면 비용대비 효과가 현저히 떨어지게 마련입니다.

중국 본토에서 패주하고 대만으로 건너간 장제스의 군대는 수도꼭지를 돌리기만 하면 물이 콸콸 쏟아지는 것을 보고 신기하게 생각했습니다. 중국에서는 한 번도 수도꼭지를 보지 못했기 때문이었습니다. 그들은 너도 나도 철물점에서 수도꼭지를 사다 벽에 박았습니다. 그런데 아무리 수도꼭지를 틀고 기다려봐도 한 방울의 물도 나오지 않는 것이었습니다. 군인들은 장사꾼들에게 속은 줄 알고 철물점으로 쳐들어가 총을 겨누었습니다. 수돗물이 땅속에 묻혀 있는 수도관을 통해 나온다는 사실을 알지 못한 채 수도꼭지만 벽에 박아 놓으면 물이 나올 것이라고 착각하여 이런 어처구니없는 일을 벌였던 것입니다. 대학의 전문인력 양성 없이 안전의 수준을 올리는 것은 수도관도 안 묻고 벽에 수도꼭지를 다는 것과 다를 바 없습니다.

'우리가 직면한 중요한 문제들은 우리가 문제를 만들었을 때와 동일한 수준의 사고방식으로는 풀리지 않는다(The significant problems we have cannot be solved at the same level of thinking with which we created them)'는 말이 있습니다. 사고나 재해가 빈번함에 따라 국가는 규제에 의한 안전관리를 강화하면 이를 통해 사고를 일시적으로 줄일 수는 있으나 근본적인 대책은 되지 못합니다. 사고가 발생하면 이에 대비하는 여러 가지 공학적인 기술 개발을 개발·적용함으로써 수용 가능한 범위까지 안전 수준을 높입니다. 1990년대 중반 우리나라에서는 여러 분야에서 사고가 많이 발생했으며 장치산업의 안전 확보를 위하여 공정안전관리제도(PSM)를 도입하였습니다. 현재 우리나라는 정부와 산업계가 수용 가능할 만한 위험범위(ALARP, As low as reasonably practicable)에 대한 의견 수렴을 거치는 과정에 있다고 봅니다. 여기서 짚고 넘어갈 것은 안전 수준과, 국가 혹은 국민의식 수준과의 관계입니다. 이 둘은 마치 닭과 달걀 논쟁처럼 서로 선후를 따지기 어려워 보입니다. 선진국의 안전 수준은 분명히 후진국보다 높습니다. 그러나 거꾸로 말하면 안전을 일정 수준까지 (물론 다른 분야도 동반해서이겠지만) 올리지 않으면 진정한 선진국이 되기 어렵습니다. 어느 것이 맞든 우리는 하루 빨리 안전 수준을 올리는 것이 바람직하며 이를 위해서는 안전문화를 조성하고 이를 바탕으로 안전을 생활화하여 제2의 천성으로 자리 잡게 하여야 합니다.

안전에 대한 접근 방식은 '상호의존적인(interdependent)' 문화를 만드는 것입니다. 이는 단순히 정해진 안전 수칙을 지키는 '의존적인(dependent)' 상태나 스스로 어떻게 해야 안전한지 판단하는 '자립적인(independent)'인 상태를 넘어, 동료가 안전하지 않은 행동을 했을 때 이를 지적하고 수정해 주는 상태를 말합니다. 전공으로, 그것도 필수로 안전을 배우고 대학을 졸업했을 때와 그렇지 않고 직장을 가진 이후 배운 안전에 대해서는 마음가짐부터가 다를 것입니다. 같은 공대를 졸업하였지만 화공과를 졸업한 필자와 전기, 기계, 컴퓨터 등 다른 전공을 한 친구들과 얘기하다 보면 문제를 대하거나 푸는 방식에서 근본

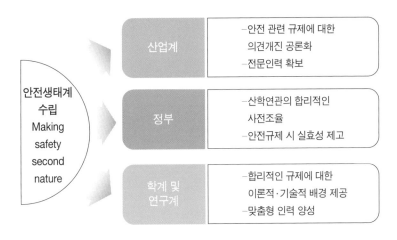

<그림 26> 안전생태계 수립 및 원활한 지속을 위한 기관 간 주요 역할.

적인 차이점이 있음을 볼 때 분명히 전공과목의 효과는 지대합니다.

우리나라의 안전 수준을 근본적으로 향상시키기 위한 방안으로 안전 생태계를 수립하고 활성화하는 것이 필요하며 그것은 인력, 기술, 그리고 규제 등 필수 요소를 선순환적으로 지속시켜 안전을 제2의 천성으로 자리 잡게 함으로써 가능하다고 봅니다. 구체적으로 나이나 환경 등에 따른 생애주기별 맞춤형 교육을 실시하고 산학 연관이 머리를 맞대고 필수 요소인 인력, 기술, 규제에 대한 수요와 공급을 포괄적으로 해결할 수 있는 공동체를 구성하고 이를 활성화시켜야 할 것입니다.

두 번째 마디

음악과 살아가는 이야기

요람기(搖籃記)

Happiness isn't something you experience;
it's something you remember.
행복은 네가 경험하는 것이 아니라
네가 기억하는 것이다.
－오스카 레반트

필자는 아버지가 교사로 지내시던 시골에서 주로 어린 시절을 보냈습니다. 가끔 명절에 대구에 계신 할아버지 댁에 찾아뵙는 정도였고, 필자의 기억이 닿는 한 어린 시절은 주로 시골에서 지냈습니다. 그야말로 이용복의 노래 '어린 시절'처럼, 진달래 먹고, 물장구치고 다람쥐 쫓던 시절이었습니다. 이 곡의 원곡은 클린트 홈즈의 'Playground in my mind'로서, 가사 내용은 어른이 되어 삶에 지칠 때 어린 시절을 되돌아봅니다. 맘껏 웃고 뛰놀고, 작은 동전 하나로 여자 친구에게 캔디를 모두 사 주며 뽐내기도 하죠. 당시 아버지의 부임지에서 외가까지 걸어 다니는 거리는 왜 그리도 멀었는지요. 근처에 출장 갔던 길에 가보니 차로 겨우 20분 거리였는데…. 한여름에 송이버섯 캐러 가는 친구들을 따라 갔다가 비를 흠뻑 맞고 하루 종일 소득이 엄지손가락 크기의 송이 몇 개였던 기억, 닭장 철사로 낚시 바늘 만들어서 버들치 낚던 기억, 겨울철에 언 논바닥에서 축구하던 기억, 여름철 물놀이 후 논둑의 수박을 따다가 그 자리에서 깨어 먹던 맛, 감기 걸렸다고 외할머니가 해 주시던, 무 속 파낸 후 꿀 넣어 화롯불에 익혀 주시던 할머니표 감기약, 중간에 화장실 가면 맛 버린다며 뜨거운 장작불 앞에서 외할머니가 10시간여 공들여 손수 달여 주시던 엿, 엿을 보관하던 부엌의 광(창고), 마당에 열린 대추를 털 때 신나던 일 등등 어린 시절은 참으로 걱정 없고 풍요로웠습니다.

외가가 가까이 있어서인지 초등학교 입학 전에 외할아버지께 한자를 배웠습니다. 어린 나이에 집중하지 못하자 재미있는 이야기로 필자를 붙들어 두시곤 했는데, 특히 한자를 파자(破字)하여 풀어주시거나 김삿갓이 지었다는 재미있는 한시를 들려주시곤 했습니다. 불혹(不惑), 고희(古稀) 등을 얘기하시며 88세를 미수(米壽, 풀어쓰면 八十八로), 99세를 백수(白壽, 百에서 하나 빠짐)로 한다는 이야기 등이 지금도 기억에 남습니다. 특히 김삿갓이 구두쇠 친구와 그 부인이 주고받은 말을 듣고 '가소롭다'고 일침을 가한 스토리를 떠올리니 아직도 웃음이 납니다. 감히 김삿갓에게 한자로 덤비다니요.

人良卜一(食上, 밥을 올리리까?)
月月山山 (朋出, 벗이 나가거든 하세요)
丁口竹天(可笑, 가소롭구나)

흰 눈이 오는 밤에는 김삿갓이 방랑 끝에 산골에서 눈에 갇혀 지은 손쉬운 시도 들려 주셨습니다.

月白雪白天地白(달도 눈도 온 세상도 모두 흰데)
山深夜深客愁深(산도 밤도 나그네의 시름도 깊네)

참으로 간결하고 깊은 맛이 느껴집니다. 그런가 하면 생활의 지혜를 주는 시

구도 있었습니다. 어린애가 뭘 알았겠습니까마는 지금 생각하니 소위 꽃뱀에 걸려 곤란할 때 이를 재치 있게 벗어난 얘기 같습니다.

長安日暮大醉歸(저녁 때 크게 취하여 집으로 가는데)
桃花一枝向人飛(복사꽃 가지 하나가 날 향해 오네)
君何種樹大路邊(그대는 어찌 큰길에 꽃나무를 심었소)
折者非非種者非(꺾은 이 잘못 아니고 심은 이 잘못이네)

그런가 하면 복합 장르 한시도 있어서, 공부를 게을리 했지만 재치는 있고 기 죽기 싫은 양반의 솜씨인데, 아래와 같은 이상한 시도 있었습니다.

南山虎伏人去黃(남산에 호랑이가 엎드렸다가 사람이 가니 눌렀다,
'누를 황' 자는 사투리가 섞인 음독)
北岳蛇臥兔來玄(북악산에 뱀이 있는데 토끼가 오니 감았다,
'검을 현' 자를 사투리 감을 현으로 음독)

저녁 시간엔 다이얼을 돌려 맞추던 라디오에서 성우의 한마디 대사에 온 식 구들이 상상의 나래를 폈고, 그중 '전설따라 삼천리' 프로그램은 가장 즐겨 듣 던 것이었습니다. 시그널인 드뷔시(Claude-Achille Debussy)의 '조각배'를 추 천합니다. 성우 구민과 유기현이 해설을 맡았던 걸로 기억합니다. 비슷한 분위 기 곡으로 포레(Gabriel Fauré)의 'Sicilienne', 마스네(Jules Massenet)의 '명상 곡'을 추천합니다. 이 밖에도 연속극 '빨간 마후라'는 그 인기에 힘입어서 영 화로도 제작되고 우리 공군의 공식적인 군가가 되기도 하였습니다. 연속극 '총 각 선생님'도 '섬마을 선생'으로 영화화된 라디오 드라마입니다. 이 밖에도

'김삿갓북한방랑기', '재치문답', 장소팔·고춘자의 만담도 재미있는 프로그램
이었습니다.

2020년 6월 국민안전대진단 프로그램의 일환으로 삼척가스공사 LNG 기지
진단에 참여했었는데, 삼척에서 차로 2시간 이내 거리에 어린 시절을 보냈던
곳이어서 다녀왔습니다. 용화분교는 흔적만 있고 사택과 학교 자리에는 개인
이 살고 있었으며 마침 근처에 있던 마을 주민과 얘길 나눴는데, 아버지나 필자
를 아는 이가 없더군요. 문암초등학교 자리에도 마을회관이 들어서 있었으며
어릴 적 크게만 보였던 문암삼거리 소(沼)도 그냥 작은 개울의 일부였습니다.

〈그림 27〉 어릴 때 크게만 보였던 문암삼거리 소(沼).

〈그림 28〉 오른쪽 집 뒤 외갓집 터. 지금은 밭이 됨.

천상에서의 이틀 밤,
히말라야 트레킹

생애 최고의 여행 경험을 꼽으라면 서슴지 않고 히말라야 트레킹을 들 것입니다. 비록 3박 4일의 짧은 일정이었고 등산하면서 압축된 고생이 있었지만 평생 잊지 못할 풍광을 눈에 담고 왔으며, 지금도 그때 찍은 사진을 필자가 가진 모든 주변기기의 배경화면으로 해 놓아서 연구실에서, 집에서, 노트북으로, 핸드폰으로 보면서 그때의 행복감을 반추해 봅니다. 2020년 2월말, 코로나로 여행이 닫히기 직전 다녀왔으니 운이 좋기도 하였지만 갔다 와서 1개월여를 아팠던 기억이 납니다. 그건 필자가 나름대로 정신적으로 자라는 성장통이었다고 봅니다.

첫날은 카트만두를 출발해 포카라로 이동하였습니다. 아침 일찍 공항에 나갔지만 산악 일기가 워낙 변화무쌍해서인지 2시간 이상 지연되어서야 출발했는데, 요행히 비행기 오른편에 앉아서 가는 내내 히말라야 산맥 전경을 볼 수 있어서 좋았습니다.

〈그림 29〉 비행기에서 바라본 히말라야 산맥 전경.

포카라에 도착하니 구룽족 포터인 사가가 기다리고 있었습니다. 그가 영어를 약간 할 줄 알아서 가이드 없이 포터만 같이하는 일정을 잡은 것입니다. 공항에서 나야풀까지 택시로 3시간 정도 거리였으며 그곳에서 점심식사 후 곧바로 티케둥가까지 슬슬 3시간 반 정도 걸어 올라갔습니다. 가는 길에 쉬면서 차도 마시고 앞으로의 3일에 대하여 시동을 거는 과정이었는데, 굳이 말씀 드리자면 나야풀에서 티케둥가를 지나서 올레리까지 차량으로 이동하는 것을 권하고 싶습니다. 경치가 딱히 좋은 것도 아니어서 마치 오색약수터에서 대청봉까지 가는 느낌이었고 중간에 비를 만나서, 걷는데도 추워서 손이 저리는 경험을 했습니다.

첫날은 힐레 티케둥가 산장에서 보냈는데 이름 모를 꽃으로 뒤덮인 건물이 인상적이었지만 밤에 난방이 안 되어 침낭 안인데도 옷을 입고 자야 될 정도였습니다.

다음 날 아침 일찍 일어나서 티케둥가 산장에서 올레리까지 가파른 산길을

〈그림 30〉 이름 모를 꽃으로 뒤덮인 힐레 티케둥가 산장.

〈그림 31〉 산장 내 난방이 안 된 방과 침낭.

〈그림 32〉 고레파니 숙소 창밖으로 내다본 풍경.

4시간 비를 맞으며 걸었고 그 뒤 눈으로 바뀐 길을 2시간 더 걸어서 고레파니에 도착했습니다. 올라가며 비를 맞았지만 일기가 맑아져 주변 풍광을 만끽할 수 있었습니다. 지루한 트레킹을 마치고 숙소에 도착하여 창밖을 내다본 순간, 아 지상에 만일 신이 있다면 바로 여기에 계실 것이란 생각이 들었습니다.

3일차에는 새벽에 일찌감치 랜턴을 가지고 푼힐 전망대로 출발했습니다. 일행이 상당히 많았는데 모두 히말라야의 장엄한 일출을 보기 위해서였습니다. 해발 4,000미터가량 되는 곳이고 새벽이어서 쉽지 않은 산행이었습니다만, 정상에서 맞이한 일출과 눈을 덮어쓴 히말라야 연봉들의 장관을 본 순간, 충분 이상으로 보상이 되었습니다. 지금도 전망대에서의 시간을 생각하면 입가에 슬며시 미소가 돕니다.

아침식사 후 고레파니를 출발하여 타다파니로 6시간가량 걸었습니다. 아침에 전망대에서 본 풍광만으로는 많이 아쉬웠는데 트레킹의 많은 부분을 안나푸르나를 비롯한 히말라야 연봉들을 보며 하산했습니다. 등산로 부근의 나무는 대부분 네팔의 국화인 '랄리구라스'인데 4월경 꽃이 핀다고 하니, 그때 다시 오면 꽃과 만년설을 동시에 보는 행운이 따를 듯합니다.

숙소인 타다파니에 도착하니 거의 탈진 상태가 되었습니다만 거기서 본 일몰과 다음 날 아침에 본 일출 광경이 또다시 필자에게 힘을 주었습니다. 안나푸르나봉과 네팔인들이 신성시하여 정상 등반을 금한 마차푸차레봉을, 어제의 푼힐 전망대에서 본 것보다 훨씬 더 가까이에서 보는 호사를 누렸습니다.

4일차에는 간드룩까지 거의 내리막길을 3시간 정도 걸었으며 중간에 만난 일본인 여학생이 예약해 놓은 에스유브이(SUV)의 남는 자리에 타고 포카라 시내로 바로 이동했습니다.

다양한 코스가 있으나 자신의 나이에 알맞은 코스를 선택하는 것이 중요할

〈그림 33〉 푼힐 전망대에서 포터 사가 구룽과 함께.

〈그림 34〉 히말라야의 장엄한 일출.

듯합니다. 필자는 3박 4일 일정이었으나 이를 하루 정도 줄일 수 있으며 1일차
에 포카라에서 올레리까지 차량으로 이동하여 고라파니까지 2시간 트레킹하는
것이 가장 적절할 듯합니다. 나머지 일정은 같으며 그러면 2박 3일이 되는데 짧
은 기간에 히말라야의 진수를 맛보는 일정이 될 듯합니다. 계절은 4월이 좋으
며 이때에는 네팔 나라꽃인 랄리구라스 나무 군락이 푼힐에서 타다파니까지 있

〈그림 35〉 타다파니 산장에서 본 안나푸르나봉.

〈그림 36〉 타다파니 산장에서 본 마차푸차레봉.

어서 만년설과 초록 나뭇잎, 빨간 꽃이 잘 어우러진다고 들었습니다.

　가장 중요한 점은, 당연하겠지만 장비를 충분히 준비할 필요가 있다는 점입니다. 모든 산장이 난방이 안 되고 이런 산장에서 쉬며 식사는 물론 잠자리까지 해결해야 하니, 작은 전기담요 같은 보온용품은 필수입니다. 고산 지대여서 입맛이 없으므로 컵라면, 비스킷, 초콜릿, 김치, 볶은 고추장 등 비상식량을 넉넉

〈그림 37〉 고레파니에서 타다파니로 가는 중 능선에서.

히 준비할 필요가 있습니다. 일부 장비 및 용품은 포터를 주선해 주는 한인 민
박에서 빌려주기도 한답니다.

트레킹하며 힘들었던 순간보다 푼힐 전망대와 거기서 타다파니까지의 트레
킹 도중, 그리고 타다파니에서 본 히말라야의 연봉들이 준 감동이 너무 커서 평
생 간직할 만한 소중한 여행이었습니다.

대강의 비용: 네팔 내 이동은 항공료 포함 20만원, 트레킹 프로그램 50만원, 숙박(1일 숙식이 2만
원 이내) 10만원, 포터 팁 3만원 등 총 100만원 이내.

천재와 사이코

Life is a foreign language;
all men mispronounce it.
인생은 외국어이다.
모든 사람이 그것을 잘못 발음한다.
—크리스토퍼 몰리

2017년 개봉되어 재미있게 봤던 영화 '러빙 빈센트(Loving Vincent)'에 나오는 이야기로 시작합니다. 간단한 줄거리는, 살아생전 단 한 점의 그림만을 팔았던 화가 빈센트 반 고흐의 죽음 후 1년 뒤 이야기입니다. 이야기를 이끌어 가는 아르망은 고흐의 그림을 사랑했던 아버지의 부탁을 받고, 그가 마지막으로 살았던 장소로 찾아가 미스터리한 죽음을 추적해 나갑니다. 빈센트를 그리워하는 여인 마르그리트, 빈센트를 가장 가까운 곳에서 지켜봤던 아들린, 빈센트의 비밀을 알고 있는 닥터 폴 가셰 등을 차례로 혹은 번갈아 만나면서 아르망은 그들의 이야기를 듣고, 인간 빈센트에 대해 잘 알려지지 않았던 사실들을 알아가게 되는 내용입니다.

긴 여운이 남는 장면들이 이어졌습니다. 고흐의 작품을 연결하면서 만든 스토리는 큰 역할을 못한 듯(혹은 안한 듯)하나 고흐의 그림풍으로 만든 애니메이션은 너무 좋았습니다. 정신이상으로 자살했다는 '내용'보다는 천재의 명화를 긴 시간 감상했다는 만족감으로 며칠이 뿌듯했습니다. 또한 엔딩 롤이 올라갈

〈그림 38〉 고흐의 '별이 빛나는 밤'.

때 나왔던 여가수가 부른 곡은 돈 맥클린이 만들고 불렀던 곡 'Starry night(별이 빛나는 밤)'이며 고흐의 그림에서 영감을 얻어 만들었다고 하지요.

배경이 된 고흐의 그림은 우리가 보는 밤하늘과 많이 다릅니다. 달과 별 주변의 밤하늘에는 빛이 흐릅니다. 별도, 달도, 그리고 사이프러스 나무도 모두 불타는 것처럼 보입니다. 당시 앓고 있던 약한 정신병적인 영향이 있었다고도 하지만 필자의 생각은 약간 다릅니다. 즉 실제 고흐 눈에는 실제로 그렇게 보였을 수도 있다는 것이죠. 어쩌면 고흐를 비롯한 많은 천재 미술가들이 테트로크로맷(Tetrachromats, 사색형 색각자)이었기 때문일지도 모릅니다.

인간이 색깔을 자세히 구별할 수 있는 것은 망막 위에 존재하는 약 700만 개의 원추세포 덕분입니다. 대개의 사람들은 세 종류의 원추세포를 지닌다죠. 빨강, 녹색, 파랑색의 가시광선을 인식하는 적추체, 녹추체, 청추체가 바로 그것입니다. 정상인 삼색자(三色者, Trichromat)와 구별해 원추세포가 두 종류밖에 없는 이를 이색자(二色者, Dichromat)라고 한다네요. 거의 모든 동물은 이색자이며, 인간의 색깔 구분 능력과 대적할 수 있는 동물은 새들과 자외선 영역을 감지할 수 있는 일부 곤충뿐이라고 합니다.[*]

한 개의 원추세포가 100가지 색상을 구분한다고 하며 그래서 일반인들은 약 100만(100×100×100) 가지의 색을 구분합니다. 색맹은 원추세포가 2개여서 1만(100×100) 가지 색상만 구분 가능합니다. 만일 원추세포가 4개인 사람이 있다면 이들이 구분하는 색은 1억(100×100×100×100) 가지가 됩니다.

사색자의 존재가 최초로 확인된 것은 2010년 영국 뉴캐슬대학의 신경학자 가브리엘데 조던 박사팀에 의해서입니다. 조던 박사팀은 무려 20년간의 연구

---

[*] '색맹이 부러워하는 초능력 '사색자'', The Science Times, 2016. 9. 23.

끝에 마침내 완벽한 사색자를 발견했다죠. 영국 북부에 사는 의사인 이 여성은 'cDa29'라는 실험실의 명칭으로만 세상에 공개됐습니다. 색맹이 X염색체가 하나뿐인 남성들에게서 더 많이 나타나듯이, 사색자는 2개의 X염색체에 모두 변이가 있어야 네 종류의 원추세포를 가지게 되므로 이론적으로는 여성들 중에서만 존재할 수 있다네요. 색을 인식하는 원추세포의 유전자는 X염색체에 존재하기 때문이죠.

2012년에 사색자임이 확인된 콘세타 안티코라는 여성이 운영하는 웹사이트를 방문해 보면 그녀의 그림이 놀랍도록 고흐의 그림과 닮았다는 것을 알 수 있습니다. 그녀가 그린 은하수인 'To Infinity and Beyond'라는 그림의 제목은 영화 '토이 스토리(Toy Story)'에 나오는 대사 같기도 합니다. 그녀는 나뭇잎을 볼 때 그저 녹색만 보이지 않는다고 털어놓았습니다. 가장자리를 따라 주황색과 붉은색, 자주색이 보이며, 잎의 그림자 부분에서는 짙은 녹색 대신 보라색, 청록색, 파란색이 보여서, 마치 인상파 화가의 작품처럼 온 세상의 색이 모자이크 처리가 되어 있듯이 보이는 모양입니다. 어린 시절 색맹검사 때 표를 보면서 어떤 이는 왜 저런 걸 읽지 못하지? 하고 의문을 품었는데, 테트라크로맷들이 우릴 보면서 참 한심하게 봤을지도 모릅니다. 때때로 우리는 평범한 우리의 잣대로 천재들을 대하고 있지는 않은지 되돌아봅니다.

조연으로 역사 보기

어느 철학자가 행복하게 살아가기 위한 조건으로 다음의 5가지를 들었다.
첫째는 먹고 입고 살기에 조금은 부족한 재산이고,
둘째는 모든 사람이 칭찬하기에는 약간 부족한 외모이다.
셋째는 자신이 생각하는 것보다 절반밖에 인정받지 못하는 명예이며,
넷째는 남과 겨루었을 때 한 사람에게는 이기고 두 사람에게는 질 정도의 체력이다.
마지막으로 다섯째는 연설을 했을 때 듣는 사람의 절반 정도만 박수를 보내는 말솜씨이다.
―플라톤, 윤영걸, 『30대가 아버지에게 길을 묻다』에서 재인용.

독자 분들 중 필자보다 연배가 높으신 분들에게는 죄송한 표현이지만 새해를 맞이한 필자에겐 최근 들어 나이가 들었음을 느끼게 하는 몇 가지가 있습니다. 우선 정서적으로는 주연보다는 조연의 입장에서 생각하는 경우가 많아졌습니다. 또 친구와 이야기를 나누다가 역사에 관심이 많아졌다니까 그게 나이가 들어서 그렇다는 말을 들었는데, 부정하고 싶지 않았습니다. 식성에 있어서 가지와 같은 담백한 것을 좋아하게 되었다고 하니 한의사인 친구가 나이 들면 그렇게 된다고 또 그러더군요. 마지막으로 몇 년 전부터 머릿속에 맴돌던 생각을 기록으로 남겨두고 싶어지는 것도 같은 맥락이라 봅니다.

역사에 기록된 것은 얼마만큼 객관적일까요? 전에는 일방적인 기록이나 그걸 바탕으로 만든 영화를 주연의 입장에서 있는 그대로 즐기는 편이었으나 요즘 들어 가끔은 패자나 조연의 입장에서 역사나 영화를 다시 생각해 보게 됩니다. 최근 케이블 TV에서 영화 '300'을 다시 보며 같은 생각을 했습니다. 미국 만화를 영화화했다고 하며 줄거리는 익히 알려진 대로 페르시아 100만 대군의

침공을 스파르타의 300의 결사대가 막다가 장렬하게 전사했다는 내용입니다. 100만 대군이 어느 정도일지 대략 계산해 봤습니다. 당시 도로 사정에 비추어 5인씩 종대로 행진한다면 2열(10인)의 거리를 1.5미터로 어림잡고 100만 명이라면 150킬로미터 정도, 즉 서울에서 대전까지 거리입니다. 하루 12시간 행군에 하루 100리 즉 40킬로미터를 걷는다고 가정해도 선두 출발 후 8일은 지나야 후방이 진군 가능합니다. 게다가 보급부대까지 고려하면…, 참 어마어마하죠?

이러한 만화나 영화는 모두 역사적인 사실을 바탕으로 했을 것이나 작자의 입맛대로 상당히 각색되었음 또한 짐작 가능한 것입니다. 유럽의 기록에 의해 알려진 다른 나라의 역사는 얼마나 사실을 객관적으로 기록했는지 살짝 의문이 듭니다. 예를 들면 영화에서 조연의 대표격인 크세르크세스(Xerxes) 페르시아 황제는 얼굴에 온갖 피어싱을 한 채 주인공인 스파르타왕 레오니다드가 던진 창이 얼굴을 스치자 움찔하는 찌질로 나옵니다. 헨델(Georg Händel)의 오페라인 '세르세(Serse, Xerxes)'에 나오는 아리아 '라르고(Largo)'에서 황제는 'Ombra mi fu(그리운 나무 그늘이여)'를 부르며 '너만큼 정답고 달콤한 나무 그늘은 없도다'라며 나무 그늘을 칭찬합니다. 이 아리아는 음역대가 카운터테너여서 메조소프라노가 부르기도 한답니다. 일국의 황제를 여성화하며 살짝 비하하였다고 짐작이 가죠.

영화에서는 스파르타에 사신을 보내어 '흙과 물을 가지러 왔다'고 해서 주인공의 분노를 사는데, 당시에 흙과 물은 국토 자체를 의미하며 이는 곧 항복하라는 통보인 셈이죠. 임진왜란 발발 시 일본이 구실로 내세운 정명가도(征明假道) 즉, 명나라를 치러 갈 길을 빌려 달라는 구절이 떠올랐습니다. 헤로도토스의 『역사』에 의하면, 크세르크세스는 자신을 능멸한 바다에 채찍질을 300번이나 하고, 달군 쇳덩이를 던졌다고도 하니 유럽의 역사 기록자들에게 권위보다는 허세에 가까운 이미지였던 듯합니다. 선제인 다리우스 황제가 못 이룬 그리스

원정에 본인도 실패한 후 수도인 페르세폴리스에 머물며 방대한 건축 사업을 벌였다고 합니다. 페르세폴리스는 그리스어로 '페르시아인들이 사는 도시'란 뜻인데 페르시아어로는 '파르사'라고 한다네요. 기원전 5세기에 그 정도 규모의 도시를 지을 정도로 문명에서나 부에서나 당시 유럽에 비해서 매우 앞섰던 곳이 페르시아였음을 짐작할 수 있습니다.

이 영화를 떠올리니 2000년대 초 필자가 유일하게 TV에 출연했던 기억으로 연결됩니다.

다리우스 1세는 마라톤 전투에서 그리스에 패하고, 그리스에서 발생한 올림픽은 이를 기념하여 올림픽의 꽃이라는 마라톤을 도입합니다. 이런 이유로 페르시아의 후예인 이란에서는 지금도 마라톤이 금지되어 있다고 하네요. 실제 1974년 테헤란에서 열린 아시안게임에서는 마라톤이 제외되기도 했습니다.

마라톤이 금지된 나라에 관한 문제가 필자가 출연했던 '생방송, 퀴즈가 좋다'의 선다형 다섯 번째 마지막 문제였는데, 당시 시청자의 의견을 선다형 문제 중 한 번만 물을 수 있었습니다. 시작 전 한 번은 시청자 의견을 듣자고 결심한 터여서 아는 문제였지만 시청자 의견을 들었는데… 이런, 터키가 압도적으로 많아서 진행자가 상당히 신중하게 필자의 답을 물었던 기억이 납니다. 결과가 어땠냐고요? 선다형을 끝내고 주관식 문제를 잘 풀다가 마지막 단계에서 카뮈의 키워드인 '반항'을 몰라서, 그만 상금은 날려버리고 말았습니다.

다리우스 1세 때 조로아스터교가 페르시아 전역에 퍼지기 시작했으나 지금은 이슬람교에 밀려 소수만이 믿고 있다고 합니다. 조로아스터가 깨달음을 얻었을 때를 묘사한 듯한 음악이 '차라투스트라는 이렇게 말했다'인데 짧지만 강렬한 사운드를 전해 줍니다.

오래전으로 기억됩니다만, 주먹 세계를 다룬 영화 중에 '강한 자가 살아남는

게 아니라 살아남은 자가 강한 것'이라는 대사가 있었습니다. 필자는 여기에 '기록하는(혹은 여기에 더하여 보여 주는) 자가 살아남아 오래간다'는 말을 덧붙이고 싶습니다. 지금의 이란 지방을 호령하던 페르시아 황제가 영화 '300'에서처럼 과연 적장의 창 한 방에 움찔한 것인지, 기록 '당한' 역사는 왜곡될 수밖에 없는 듯합니다.

역사를 탐독하지는 않습니다만, 중국이 역사를 기록하는 태도를 보면 가끔 여러 가지 생각을 하게 됩니다. 역사가가 거짓을 기록하지 않으면서 자국의 자존심을 살려야 하는 고민을 엿보는 대목이 가끔 눈에 뜨입니다. 원문을 찾지 못했으나 역사책 『한서(漢書)』에 '황제가 오랑캐의 왕을 부마로 삼았다'는 대목이 있습니다. '춘래불사춘(春來不似春, 봄이 왔으되 봄이 아님)'이라는 구절과 연관된 당시의 사정도 그러하다 봅니다. 한나라 황제 원제는 흉노족 선우(왕) 호한야에게 공주를 시집보내게 됩니다. 아마도 꾀를 내어 공주를 보내는 대신 초상화를 보고 그나마 못생긴 궁녀를 골라 보내게 되는데 그녀가 바로 중국의 4대 미인 중 한 사람인 왕소군이었습니다.

흉노 땅에서 그녀가 고향을 그리며 지은 시 구절 중에 '(오랑캐 땅에) 봄이 왔건만 (마음은) 봄이 아니다'라는 대목이 있습니다. 초상화를 보고 못생긴 궁녀를 골랐는데 당사자가 중국 4대 미인 중 한 사람인 데에는 당시 궁중화가 모연수의 농간이 있었다고 하네요. 당시 궁녀들이 황제에게 예쁘게 보이기 위해 화가에게 뇌물을 바쳤는데 왕소군이 그러하지 않아서 일부러 못나게 그렸다고 하며, 실물을 본 황제가 아깝고 화가 나서 그 화가를 참수했다고 전해집니다. 왕소군이 국경에서 한나라 땅을 떠나기 전 비파를 타고 노래를 하자 그 소리와 미모에 기러기가 날개 짓하는 걸 잊어 떨어졌다 하여 '낙안(落雁)'이 왕소군의 별칭이 되었답니다. 참고로 중국의 나머지 미인 셋은 삼국지의 초선, 당나라 현종 때의 양귀비, 춘추시대 오나라의 서시라고 합니다.

위를 두고 몇 가지 생각을 해 봅니다. 예전에 승전국의 전리품 중에 여자도 있었다는 점을 고려하면, 사실은 황제가 흉노 왕을 부마로 삼은 게 아니라 화친의 조건으로 공주를 바친 굴욕의 역사가 아닐까 합니다. 물론 고려가 원나라의 부마국인 경우도 있지만 이는 원이 고려를 점령하고 그 지위를 유지하기 위한 수단으로 고려를 부마국으로 삼은 것으로서, 당시 한나라가 흉노 땅을 지배하지 못한 점을 고려하면 경우가 다르다고 봅니다. 결국 『한서』의 저자인 반고는 사실을 왜곡하지 않은 선에서 중국의 자존심을 한껏 세운 것으로 보입니다.

적절한지 모르겠지만 필자가 좋아하는 등려군의 곡 '월량대표아적심(月亮代表我的心)'을 추천합니다. 중화권에 대한 대만 출신인 그녀의 영향력은 다음 글귀로 대신합니다.

白天听老鄧, 晩上听小鄧
낮에는 등소평(老鄧)을 듣고, 밤에는 등려군(小鄧)을 듣는다.

큰아이가 어릴 때, 당시 유행하던 '인어공주' 만화영화를 같이 보면서 약간 이상한 생각이 든 적이 있습니다. 감초 캐릭터로 등장하는 공주의 시종인 소라게의 이름이 세바스찬(Sebastian)인데 그의 독일식 발음을 들으면서, 그가 부르는 'Under the sea' 노래와 연관시키면 바흐(Johann Sebastian Bach)를 떠올리게 됩니다. 또한 요리사는 프랑스어로 '레 프와송(물고기)'을 흥얼거리며 물고기 요리를 하다가 잡혀 온 세바스찬을 집어 들고는 '와티짓(Wa ti zit?, 이건 뭐지?)'라고 프랑스식 발음으로 중얼거리는데 누가 봐도 그는 프랑스인입니다. 영어를 쓰는 미국인(혹은 영국인)이 음악이 필요할 때는 독일인을, 요리가 필요할 때는 프랑스인을 부린다는 연상을 하게 되는 대목입니다.

할리우드의 보이지 않는 힘이 우리의 정신을 알게 모르게 바꿔 놓는 듯하여 씁쓸할 때가 많습니다.

필자가 유럽으로 출장을 다니면서 느낀 점인데, 유럽의 지명 가운데 오래된 지명일수록 현지의 표기와 발음이 영어식 표기와 발음과 현저히 차이가 난다는 것입니다. 아마 지금과 같이 통신이 발달하지 않은 예전에 산 넘고 물 건너가면서 약간의 구전이 있었지 않았을까 하고 추측해 봅니다. 스페인의 세비야를 앞에서 예로 들었지만 영어/현지어가 다른 예로, 가볍게는 마스코우/모스크바(러시아), 프라그/프라하(체코) 정도이며 좀 난이도가 올라가면 무니크/뮌헨(독일), 쥬릭/취리히(스위스) 등이 있는데, 가터버그/예테보리(스웨덴) 정도가 되면 같은 도시명이라고는 도저히 알아듣기 힘듭니다.

아는 만큼 들린다

지금도 그렇지만 학교 다닐 때도 여기저기 여행하는 것을 좋아했습니다. 산행을 좋아해서 과학원 재학 시절, 특히 박사과정 때에는 음악 동아리인 '석향(碩響)' 회원들과 두루 다녔던 기억이 납니다. 대개 산에 있는 절을 지나치기 일쑤였는데, 유홍준의 『나의 문화유산답사기』를 접하면서 배흘림기둥이나 맞배지붕(박공지붕)같이 새로이 보는 것들이 생겼습니다. 책에는 '아는 것만큼 보인다'는 구절이 있습니다. 그 유래를 찾아보았더니, 정조 때의 문장가인 유한준이 당대의 수장가였던 친구 김광국의 화첩 '석농화원(石農畵苑)'에 부친 발문에서 따온 것이라고 합니다. 참고로 원문은 '知則爲眞愛 愛則爲眞看 看則畜之而非徒畜也(지즉위진애 애즉위진간 간즉축지이비도축야)'로서, 이를 풀어 쓰면 '알면 곧 참으로 사랑하게 되고, 사랑하면 참으로 보게 되고, 볼 줄 알게 되면 모으게 되니 그것은 한갓 모으는 것은 아니다' 정도일 것입니다. 주로 필자가 직접 엔코딩한 것이지만 10여 년 모은 엠피스리 파일이 약 3,000곡에 이르며 이를 장르별로 분류해서 가끔 듣습니다.

오감 중 귀가 상대적으로 발달하다 보니 필자의 여행이나 출장은 음악과 함께 곧잘 기억되곤 합니다. 2018년 7월 초 헝가리 부다페스트에서 열린 제8회 『공학적인 결함분석 국제학술대회(8th ICEFA)』도 음악과 연관된 기억으로 정리해 봅니다.

헝가리는 훈족이 사는 지역이라는 뜻으로, 훈족은 4세기경 로마 제국을 멸망시킨 게르만 민족의 대이동을 유발시킨 민족이며 한때 불가리아 등 동유럽 대부분을 차지할 정도로 위세를 떨쳤습니다. 스스로 훈족의 일파인 '마자르'라고 부릅니다. 우리나라가 대외적으로는 코리아(Korea)로 불리나 우리 스스로는 대한민국이라 부르는 것과 비슷하죠. 그러나 당대의 강자이던 투르크, 오스트리아 등의 지배와 2차 세계대전 후 소련의 위성국 등을 거쳐 1989년에야 현 체제를 갖췄으니, 어쩌면 신생 국가인 셈입니다. 부다페스트의 상징적인 장소인 영웅 광장(Hösök Tére)에는 건국과 독립의 영웅(아르파드, 이슈트반, 마차시 등)과 가톨릭 국가답게 가브리엘 천사장상 등이 있습니다.

학회 이야기로 돌아와서, 2017년도에 행정안전부 과제를 수행했던 내용을 정리해 발표할 요량으로 국가위험성평가 관련 내용의 초록을 제출했는데, 학회 둘째 날 발표 세션으로 배정되었습니다. 학회장에서 중앙대학교 선배교수 등을 만나서 반갑게 인사도 나누었고 발표 후 이란의 원자력 전공자와 아르헨티나 교수 등과 활발하게 토론도 진행했습니다. 기계 전공자 위주이고 미세한 신뢰도를 많이 다루는 발표장이어서 약간의 이질감이 들긴 했지만 나름대로 좋은 경험을 한 자리였습니다.

발표장 명칭이 헝가리 출신의 유명한 음악가의 이름을 가져와서 총회장은 바르톡(Bartok) 실, 다른 발표장은 각각 레하르(Lehar)와 브람스(Brahms)로 붙

〈그림 39〉 국가위험성분석을 주제로 발표하는 필자.

인 것이 재미있었습니다. 그들이 얼마나 자국의 음악에 대하여 자부심이 높은 지를 간접적으로 느끼는 순간이었습니다. 그런데 다른 분야도 뛰어난 사람들 이 많은 듯합니다. 우리나라 전체와 비슷한 국토 면적에 인구는 2016년 기준 약 1,000만 명이 채 못 되는 수준이지만, 노벨상 수상자가 13명이며 그중 아스코르 브산(비타민 C)을 발견한 분도 있다고 합니다.

2018년 6월 서울 솔로이스츠 플루트 오케스트라 연주회에서 들었던 레하르 (Franz Lehar)의 곡 '금과 은의 왈츠'와 오페레타 '메리 위도(Merry Widow)' 중 '입술은 침묵하고'가 생각났습니다. 사랑하는 사람(다닐로)이 있었으나 부

〈그림 40〉 학회장 방의 명칭이 헝가리 출신 음악가(레하르)임.

자와 결혼한 뒤 하루 만에 미망인이 된 여주인공(한나)이 옛 사랑인 다닐로를 만나 부르는 이중창인 '입술은 침묵하고'를 추천합니다. 브람스(Johannes Brahms)는 '신세계 교향곡'으로 널리 알려진 작곡가로서 헝가리무곡 모음곡으로도 유명합니다. 총 21곡으로 구성된 모음곡 중 가장 유명한 것은 5번이며 1번과 4번, 6번을 많이 듣기도 합니다. 학회 둘째 날 학회의 공식 만찬장으로 안마당이란 의미인 우드바르하즈(Udvarhaz) 식당에서 식사 중에 집시 악단의 공연이 있었는데 공연 목록에 5번 무곡이 있었습니다. 만찬은 학회 신청 시 별도로 하게 되어 있었는데 현장에서 하려다가 사정이 여의치 않아 식당에 직접 전화로 예약을 한 덕분에 별실에서 오붓하게 공연을 즐겼습니다. 식사하며 2시간여를 가벼운 클래식과 재즈로 즐긴, 입과 귀가 행복한 시간이었습니다. 찾아가는 길이 약간은 번거로웠지만 일반 관광객들이 자주 가지 않는 부다 지역의 북쪽을 대중교통으로 다니는 경험을 했습니다.

헝가리무곡은 'Hungarian dance'의 번역이나 정확히는 헝가리무용곡으로 하는 것이 맞다고 봅니다. 무용은 손동작 위주의 무(舞)와 발동작 위주의 용

〈그림 41〉 우드바르하즈 식당.

〈그림 42〉 하구 쪽에서 본 부다페스트시 야경.

(踊)을 합한 단어로서, 식당 공연에서도 보았지만 활발하게 발로 움직이며 뛰는 것을 많이 포함하고 있어서, 헝가리 춤곡을 굳이 한 글자로 나타내면 '용(踊)'에 더 가깝습니다. 예를 들면 '가을 황금들판이 춤춘다'의 표현에서 보듯이 우리의 전통 춤을 보면 거의가 손동작입니다. 곡식들이 바람에 일렁이지 뛰어다니지는 않죠. 물론 설장고춤 정도는 예외이지만 말입니다.

칸쿤에서의 오 솔레 미오

골프 클럽을 잡을 때마다 신중한 판단을 하기 위해 노력한다.
경기 도중 '하고 싶은 샷'과 '할 수 있는 샷', '해야 하는 샷'을 놓고 갈등할 때가 있다.
그럴 때마다 하고 싶은 샷은 우선 절제했다.
그리고 나서 나머지 선택지 중 한 개를 캐디와 함께 선택한 뒤 집중한 것이
좋은 결과로 이어진 것 같다.
─고진영

매년 8월에는 고향 근처에서 고등학교 동기들이 수련회를 가집니다. 2018년 여름은 반가운 얼굴들을 합천 해인사 근처에서 만났는데, 그 더운 여름 중년의 남자들 50여 명이 내뿜는 열기와 땀내에도 모기 한 마리 없는 좋은 장소였습니다. 매번 느끼는 것이지만 고등학교 동기들을 보면 이름이 바로 생각나는 것이 참 신기합니다. 고향 동기들이 많이 준비해 준 덕분에 편하게 잘 놀고 좋은 기억을 안고 귀경했습니다. 고맙게도 많은 친구들이 필자가 밴드에 올리는 음악을 듣는다며 얘깃거리로 삼아 줬습니다. 해외 출장이나 경험 이야기가 많다고도 했는데 아마도 자랑이 담긴 얘기란 생각에서 살짝 불편했을 수도 있다는 생각이 들더군요. 보통 누구에게나 오래 기억하고 싶은 순간이 있을 것이고 불편한 시간들도 있는데, 이게 우리의 일상이 아닌가 싶습니다.

그런데 불편했던 순간을 글로 옮기며 음악 이야기를 하기보다는, 필자가 아끼는 기억과 함께하며 많은 분들이 즐길 수 있는 밝은 부분만을 함께하고자 합니다.

필자는 음악을 들으면서 스트레스도 많이 풉니다. 운전 중일 때엔 저속 차선으로 붙여 놓고 딥 퍼플의 'Highway star'나 '결혼은 미친 짓이야~'로 시작하는 '화려한 싱글'이란 번안곡의 원곡인 앤지의 'Eat you up' 등을 틀어 놓고 목청껏 따라 부르고 나면 개운해집니다. 앞의 곡은 1985년 배창호 감독의 '깊고 푸른 밤' 중 주인공이 미국 고속도로를 질주하는 도입부에 나오기도 하며, 간주가 특히 유명해서 수많은 팬들이 리치 블랙모어의 화려한 손놀림을 따라 하기도 한답니다. 물론, 필자는 운전 중에는 노래를 부르더라도 헤드뱅잉은 안 합니다. 어떤 때는 조지 윈스턴이나 케니 지의 조용한 음악을 듣기도 하죠.

고등학교 때를 돌아보면 이른바 범생(절대 좋은 의미가 아니라고 생각합니다)으로 지낸 필자로서는 다른 기억보다 음악에 관한 기억이 많은 편입니다. 음악을 가르치셨던 김으융 선생님은 약간 개구쟁이 같은 웃는 모습으로 공부를 떠나서 재미있는 시간을 주신 분입니다. 실기 시간에는 헨델의 '라르고(Largo)'나 슈베르트의 '흘러내리는 눈물(Wasserflut)', 나폴리 민요 '오 솔레 미오(O sole mio)' 등을 부르게 하셨습니다. 이 중 '라르고'는 특정 차(현대자동차 소나타)의 CF에 쓰이기도 하여 귀에 낯설지는 않습니다. 고교 시절은 듣는 대로 외우던 때여서, 위의 곡들을 당시엔 뜻도 몰랐는데 지금도 그야말로 줄줄 외우고 있습니다.

2017년 10월, 휴양지로 유명한 멕시코의 칸쿤에서 열린 학회가 생각납니다. 학회 운영자인 콩글리 박사는, 엔지니어들이 하는 일이나 이룬 성과에 비해 대우가 매우 열악하다면서 이런 학회 활동 시에나마 좋은 경험을 해야 한다는, 무척 바람직한 학회관을 가진 분입니다. 학회 공식 만찬이 학회장에 면한 카리브 해변에서 열렸는데 마리아치*를 비롯해서 다양한 공연을 보여 주었습니다. 그때 마리아치들이 부른 곡 중 하나가 바로 그들의 대표곡인 'Cielito lindo(작은

〈그림 43〉 카리브 해변에서의 마리아치 공연.

하늘)'입니다. 사랑스런 연인을 하늘에 비유하며 바치는 연가의 일종입니다.

학회 마지막 날, 오전에 프로그램이 끝나서 유명한 놀이공원이자 동식물원
인 '엑스카렛(X-Caret)'이란 곳을 다녀왔습니다. 거기서 특이한 경험을 했는데
바닷물로 공원 아래쪽에 물길을 만들어서 구명조끼만 입고 흘러내리는 물길을
따라 2킬로미터 정도 어두운 동굴 속을 떠내려가는 것이었습니다. 가끔 아마득
한 조명창에서 흐린 빛만 올 뿐인 어둠 속에서 여러 개 국어로 떠드는 주변 사
람과 심리적으로 상당히 긴 시간을 함께했던 것은 매우 색다른 경험이었습니
다. 중간 쉼터에서 햇빛이 좀 길게 비추는 동안 누군가 이탈리아(정확히는 나폴
리) 민요 '오 솔레 미오'를 멜로디로만 흥얼거렸습니다. 나폴리 민요는 사투리
로 되어 있어서 노래 좋아한다는 이탈리아 사람들도 가사로 부르는 경우가 드
뭅니다. 그 멜로디를 듣고 필자가 '그야말로' 외운 가사를 그대로 불렀습니다.
캄캄한 동굴로 흘러 내려가며 부르니 어찌나 잘 울려 퍼지던지요. 문제는, 노래

---

* 솜브레로 모자 등 멕시코 전통 복장을 입은 소규모 밴드.

〈그림 44〉 '엑스카렛(X-Caret)'의 지하 물길 입구.

가 끝나자 누군가가 유창한 이탈리아어로 말을 거는 것이었습니다. 어이쿠, 그 래서 필자가 아는 이탈리아어는 이것뿐이라고 하며 웃었던 즐거운 추억이 있습 니다.

우리도 외국인이 '날 좀 보소'라며 사투리로 노래한다면 훨씬 더 재미있고 친근감을 갖지 않았을까요? 이런 좋은 기억의 바탕을 주신 김 선생께 다시 한번 감사드립니다.

참고로 나폴리 민요 중 널리 알려진 것은 '산타루치아(Santa lucia)', '무정한 마음(Core 'ngrato)', '푸니쿨리 푸니쿨라(Funiculi funicula)' 등입니다.

리우의 추억 및 연관된 이야기들

낯선 곳에 대한 호기심이 많은 편인 필자는 해외 출장의 기회가 생기면 놓치지 않으려는 편입니다. 장시간의 비행 등 이동에 따른 불편은, 물론 감수하죠. 제8차 지속가능 산업공정기술 학술대회(SIPS 2018)가 브라질 리우데자네이루에서 2018년 11월 초 개최되어 다녀왔습니다. 노벨상 수상자 7명을 기조 연설자로 초청하는 등 학술대회의 운영에 공을 상당히 들인 듯해 먼 거리와 만만찮은 등록비에도 초록을 제출했습니다. 낯선 곳에 대한 호기심, 특히 노래로 접했던 코파카바나, 이파네마 해변을 직접 대한다는 설렘도 큰 몫을 했습니다.

일요일 저녁에 있은 환영 만찬장에서 식사가 끝날 무렵, 노벨상 수상자를 단상에 초빙해 수상에 따른 여러 가지 이야기를 토크쇼 식으로 자유롭게 진행했습니다. 2016년 분자 간 상호작용을 이용한 의약전달체계로 화학상을 수상한 프레이저 스토다트(Fraser Stoddart) 교수는 의외로 자신의 수상을 상당 부분 운으로 돌렸고, 2010년 그래핀 연구결과로 물리학상을 수상한 앙드레 가임(Andre Geim) 교수는 나노 물질의 중요성, 특히 그래핀*과 유사 화합물의 향후

〈그림 45〉 학회 환영만찬에서의 노벨상 수상자 대담.

활용성에 대해 약간은 익살스럽게 그러나 가볍지 않게 툭툭 이야기를 던졌습니다. 또한 2002년 용액 중 거대 생체분자의 구조를 판독하는 핵자기공명 분광학으로 화학상을 수상한 쿠르트 부트리히(Kurt Wuthrich) 교수와 1998년 혈관 확장 관련 물질로 의학상을 수상한 페리드 무라드(Ferid Murad) 교수는 자신의 전공 분야를 인류의 보건과 환경에 어떻게 적용할 수 있는지에 대해 의견을 나누어주어 좋은 경험을 이어받은 자리였습니다.

비행기가 새벽 6시에 도착한 덕분에 하루를 넉넉히 사용할 수 있어서, '리우' 하면 연상되는 코파카바나 해변과 구원자 예수상, 그리고 이른바 '빵산'을 둘러보았습니다. 우리나라에서 흔히 '빵산'이라 부르는 '팡데아수카르(Pão

---

*탄소의 동소체 중 하나이며 탄소 원자들이 모여 육각형의 격자를 이루며 벌집구조(honeycomb structure)를 이루는 물질.

위에서부터 〈그림 46〉 코파카바나 해변과 구원자 예수상 모형. 〈그림 47〉 세계 3대 미항의 하나
인 리우항. 〈그림 48〉 팡데아수카르산에서 본 리우의 일몰.

de Açucar)' 정상에서 본 일몰이 장관이어서 사진을 첨부했습니다. 자세히 보면 오른편 가운데 어디쯤 예수상이 실루엣으로 보입니다. 세계 3대 미항이라는 리우항의 장관과 잘 어우러져서 아마추어가 찍어도 그야말로 작품이 나오는 구도입니다.

코파카바나는 반달형의 수 킬로미터에 달하는 고운 모래사장이 무척 인상적이었는데, 날씨에 따라 파도가 엄청날 때도 있다는 점, 물고기가 없는지 갈매기가 없다는 점이 인상적이었습니다. 배리 매닐로의 'Copacabana'는 우리나라의 '이수일과 심순애'와 비슷한 얘기인 듯하며, 로라라는 나이 든 무희가 과거를 회상하는 내용입니다. 토니는 이수일, 리코는 김중배 정도로 대치되는 듯합니다. 리우에는 또 다른 유명한 이파네마 해변이 있습니다. 코파카바나 해변과는 리우 요새가 있는 큰 바위 하나 사이에 두고 바로 옆 남쪽에 위치하는데, 규모 면에서 코파카바나보다 약간 작았지만 고운 모래와 아름다운 풍광이 인상적이었습니다. 이곳 역시 '이파네마에서 온 소녀'라는 보사노바 춤곡으로 잘 알려져 있는데, 아름다운 소녀에게 말 걸지 못하는 젊은이의 안타까운 사연이 담겨 있습니다.

리우를 배경으로 한 영화로 '흑인 오르페'도 다시 보고 싶어졌습니다. 오래전 김세원이 진행했던 영화음악실에서도 매우 자주 들려준 곡으로, 이 영화의 주제곡인 '축제의 아침' 또한 대표적인 보사노바곡입니다. 이 영화의 원작은 그리스 신화인 '오르페우스와 에우리디케'로서, 지옥신 하데스의 시기로 금슬 좋던 부부 중 아내인 에우리디케가 독사에 물려 죽게 되는 이야기로 시작합니다. 하프의 명연주가인 남편 오르페우스가 지옥에까지 가서 아내를 구출해 나오려는데, 절대 뒤돌아보지 말라는 당부를 잊고 지상 도달 직전에 뒤돌아보는 바람에 다시 아내를 지옥으로 보내고 슬픔에 젖어 죽게 되어 결국 별자리 거문고자리가 되었다는 신화입니다. 이 내용은 스토리가 많이 풍자되어 오펜바흐(Jacques Offenbach)의 오페레타 '지옥의 오르페우스'로 무대에 오릅니다. 이 오페레타의 서곡에 전체 내용이 함축되어 들어 있는데 곡의 2/3 정도에 귀에 매우 익은 캉캉춤 주제가 나옵니다. 원래의 신화와는 달리 오르페우스가 에우리디케를 떠나보내기 위해 일부러 뒤를 돌아봤고, 아내와 다시 떨어지게 되자 기분이 좋아져서 이 대목에 맞춰 흥겹게 춤추는 것입니다. 신화의 원래 줄거리도 좋지만 오페레타의 줄거리에 더 공감이 가는 것은 필자만 그런 건가요?

영화 '인크레더블 헐크'에서 주인공이 숨어 지내던 동네가 리우 빈민촌인 호시냐(Rocinha)여서 호기심 반으로 일행인 에너지기술연구원 박 박사님 내외분과 함께 터널을 지나 그 동네로 갔으나 중무장을 한 경찰들이 곳곳에 배치된 것을 보고는 동네 입구에서 바로 돌아왔습니다. 우리는 소중하니까…. 대신 라파 지역에서 트램을 타고 산동네 구경을 다녀왔습니다. 밤에 유명한 재즈 클럽인 리우 시나리움(Rio Scenarium)이나 카리오카 다 제마(Carioca da Gema)를 다녀오고 싶었는데, 혼자 가기도 그렇고 짬이 안 나서 매우 아쉬웠습니다.

페루 여행

A man is like a fraction whose numerator is what he is
and whose denominator is what he thinks of himself.
The larger denominator, the smaller the fraction.
인간은 분수와 같다.
분자는 자신의 실제이며 분모는 자신에 대한 평가이다.
분모가 클수록 분수는 작아진다.
- 레프 톨스토이

2000년대 중반, 미국에 1년간 파견 가 있는 동안, 친구이자 공정연구센터 소장인 매넌 교수는 크리스마스이브에 교수진 몇몇과 함께 필자의 가족을 집으로 초청해 주어서 즐거운 시간을 보내기도 했습니다. 아내와 아이들은 이웃의 줄리안이란 새댁 집에 마실 갈 겸 영어 레슨 받으러 갔었는데 연말에 그 집에서 저녁식사를 같이한 적이 있습니다. 그들은 텍사스 토박이였고 어쩌다 문화 얘기가 나오게 되었는데, 역사가 200년을 갓 넘어서인지 전통에 대한 목마름이 있는 듯했습니다. 우리의 설, 추석 등 명절에 대해 이야기하다가 미국의 전통 명절을 물었더니 약간의 생각 끝에 추수감사절이라고 하더군요. 400여 년 전, 유럽에서 오랜 항해 끝에 간신히 보스턴 근처에 닿았고 인디언에게 의지하여 첫 수확을 거둔 11월이 그들에게는 무엇보다도 기념할 만한 일이었을 것입니다. 그래서 미국에서의 추수감사절은 11월 셋째 목·금요일이며 그 주간에는 거의 모든 일정이 가족을 중심으로 돌아갑니다. 우리의 추석은 첫 추수한 것을 조상께 드리는 것이어서 미국의 추수감사절과 비슷하면서도 매우 다릅니다.

필자는 그 주간 월~수요일을 휴가를 내어 식구들과 페루를 다녀왔습니다. 휴스턴 공항에서 오후 늦게 출발하여 새벽에 페루의 수도 리마에 도착하는 일정인 것으로 기억합니다.

　리마 근교의 파차카막 유적지를 둘러보며 인신 공양은 일반 매장과는 달리 시신 얼굴을 땅을 보게 하여 묻는다는 이야기를 전해 들었고, 털 알레르기가 있는 사람들의 반려견으로 안성맞춤인 검정색 피부를 가진 페루의 국견 '페루비언 헤어리스 독'을 구경하기도 했습니다. 유적지 언덕 위에서 내려다본 팬 아메리카(Pan America) 고속도로를 타고 캐나다 로키에서 아르헨티나까지 가는 여행을 꿈꿨습니다. 리마에서 비행기를 타고 해발 약 3,400미터에 위치한 잉카 제국의 수도였던 쿠스코로 날아갔습니다. 해변에서 바로 고도가 올라가니 이틀 정도는 적응이 안 되어 몽롱하게 지냈습니다. 독일의 뉴에이지 음악 그룹인 쿠스코가 신시사이저로 잉카의 고유 악기인 팬플룻 음색으로 연주한 몇 곡을 추천합니다. 'Inca dance', 'Desert island', 'Virgin island' 등이 귀에 익은 곡들입니다. 잉카 음악 하면 바로 떠오르는 곡이 '철새는 날아가고(El condor pasa)'입니다. 뒷부분의 빠른 템포가 있는 원곡을 추천하며 '콘도르'는 지금도 페루인 사이에서는 영물로 대접받고 있습니다. 이 곡은 사이먼 앤드 가펑클의 곡으로도 잘 알려져 있죠.

　사진(〈그림 49〉)에서처럼 쿠스코 시내 도서관 담벽에 유명한 12면체 돌이 있습니다. 문자와 수레도 없이 어떻게 이런 큰 돌들을 옮기고 밀가루 반죽 주무르듯 이가 맞게 맞추어서 지진에도 끄떡없는 구조를 만들었는지요.

　예쁜 꽃들로 치장되어 있는 시내 광장을 둘러보다가 마음씨 좋은 택시 기사를 만나서 50달러에 하루 종일 네 식구가 같이 타고 다녔습니다. 잉카군과 스페

〈그림 49〉 쿠스코 시내 12면체 돌.

인군의 격전지인 삭사이와망, 음악으로만 접하던 우루밤바 계곡(성스러운 계곡)을 따라 올란타이탐보 유적지 등을 살펴보고, 현지 식당에서 잉카식 요리를 맛있게 먹었습니다. 다음 날은 마추픽추로 가는 새벽 기차를 타러 길을 나섰는데, 남반구로 치면 여름인데도 제법 쌀쌀했습니다. 강가의 마추픽추 기차역에서는 산 위에 그런 도시가 있다고 짐작조차 할 수 없는 위치에, 올라가서 보니 대규모 거주 흔적이 있었습니다. 이것은 한 비행기 조종사가 우연히 찾아낸 것이라고 하니, 스페인의 침략을 피해 잉카인들이 얼마나 고도의 기술로 산꼭대기에 살터를 마련했는지 짐작이 가는 대목입니다.

리마로 돌아와서 나스카 평원을 보기 위해 장거리 버스에 몸을 실었습니다. 팬 아메리카 고속도로를 타고 가는 길에 피스코에서 구아나로 뒤덮인 섬을 구경하고 하루를 묵었습니다. 비가 거의 내리지 않아서 지붕이 그늘막 정도이던 이카 지방은, 안데스에서 발원한 지하수와 풍부한 일조량을 바탕으로 과일 농

〈그림 50〉 마추픽추에서 아들 진우와 함께.

〈그림 51〉 진우·주영과 둔버기를 타고.

〈그림 52〉 와카치나 오아시스 인어상 앞에서, 16년 전 진우·주영.

〈그림 53〉 페루 파라카스 해변.

〈그림 54〉 우루밤바 계곡의 푸마상 앞에서.

〈그림 55〉 나스카 비행증명서.

사가 지천이었습니다. 가는 길에 사막의 와카치나 오아시스에 들렀는데 그야말로 사막 한가운데에 풍부한 수량의 호수가 자리 잡고 있었습니다. 모래 언덕에서 뒹굴기도 하고 아이들과 모래 언덕용 자동차인 둔버기(Dune buggy)를 타고 신나게 달리기도 했습니다. 저녁 늦게 나스카에 도착했더니 아뿔싸 모든 식당이 문을 닫은 후였습니다. 물어물어 통닭구이인 포요(Pollo)를 구해다가 겨우 허기를 채웠습니다. 하지만 다음 날에는 경비행기에 몸을 싣고 평원의 기하 문양과 동식물 형태로 그린 거대한 돌그림들을 보는 행운도 누렸습니다. 아메리카주에서 보냈던 유일한 추수감사절 기간 동안, 여행 마니아들이 뽑은 '꼭 가봐야 할 여행지 100선' 가운데 마추픽추와 와카치나, 나스카 등 세 군데나 들러볼 수 있었다니, 행복한 추억이었습니다.

멀고도 가까운 이웃

Repose is a good thing, but boredom is its brother.
휴식은 좋은 것이다. 그러나 권태가 그 형제다.
―볼테르

친구 중에 멀리 떨어져 있어도 마음은 늘 곁에 있는 친구가 있습니다. 물리적인 거리가 마음의 거리와 다른 탓이겠죠. 미국도 멀리 떨어져 있지만 많은 분들이 직·간접적인 인연으로 아마 지리적인 거리와 상관없이 친근하게 느끼시리라 봅니다. 우리가 흔히 영어라 부르며 사용하는 것은 사실 미국식 영어가 대부분입니다. 영국식과 차이를 설명하라면 구체적으로야 못 하겠지만 발음이나 사용 어휘, 혹은 표현에서 적지 않은 차이가 있다고 합니다. 언어를 배우면 배울 당시의 인격으로 새로운 인격이 생긴다고 하더군요. 필자의 경우 영어는 웬만큼 하니 이중인격인 셈인가요?

영어 표현은 우리말과 비교하면 자기중심적입니다. 대표적인 것이 Yes와 No의 사용입니다. 과학원 박사과정 중에 SDA 학원에서 1년 과정으로 영어를 배울 때 겪은 에피소드입니다. 반년 정도 지나면 가볍게 선생과 학생들 사이에 대화가 오갑니다. 수업 중에 미국 선생이 '자기는 열심히 가르치는데 왜들 불만이 많으냐'면서 반농담으로 'Don't you like me?'라고 물은 적이 있습니다.

참고로 이 선생은 학생들 사이에 가장 인기가 많았습니다. 우리말로 답하면 '아뇨, 그렇지 않아요'인데 영어에 익숙하지 못한 학생이 단답형으로 'No'라고 했습니다. 익히 아시겠지만 영어로 이것은 'No, I don't like you'의 뜻입니다. 순간 영어 선생의 낯빛이 확 변하고 말았습니다. 영어로는 부정으로 묻든 긍정으로 묻든, 본인 답이 긍정문이면 Yes로, 부정문이면 No로 답하면 됩니다. 우리는 명제 논리적으로 Yes와 No를 사용합니다. 아마 위에서 학생은 'No, I like you'라고 말하려는 의도였을 것입니다. 결론적으로 영어 문장에는 그런 표현이 없습니다.

다른 예로 옆의 빈자리를 가리키며 예쁜 숙녀가 '앉아도 되요?(Mind if I sit?)' 이렇게 물으면 어떻게 답해야 할까요? '앉으세요'라는 의미로 'Yes'라고 하면 상대방은 매우 멋쩍게 자리를 뜰 것입니다. '네, 앉는 걸 꺼립니다'라는 뜻이 되기 때문이죠. 'No, (I don't mind)' 정도가 정답이겠죠?

같은 맥락에서 영어식 표현은 상대방을 헤아리는 데도 인색합니다. '그 사람이 오지 않을 거라 생각해'는 우리말로는 전혀 어색하지 않으나 'I don't think he'll come'이 'I think he will not come'보다 좀 더 영어다운 표현이고 대부분 전자를 사용합니다. 즉, 그가 안 올 거란 표현보다는 그가 온다고 생각하지 않는 '내 생각'을 표현한 것입니다. 좀 더 나아가서, 낯선 사람이 본인에게 인사할 때 우리는 '(당신은) 저 아세요?'라고 표현합니다. 영어로는 내 행동이나 인식에 초점을 맞추어서 'Do I know you?(내가 당신 아나요?)'라고 하죠. 길을 물을 때도 우리는 '여기 어디죠?'라 묻는다면 영어로는 'Where am I?(나 어디 있죠?)' 정도입니다. 친구가 좋은 모자를 쓴 걸 보면 우리말로는 '여~ 모자 좋은데'라고 하지만 영어로는 'I like your hat'이라는 본인의 감정을 표현합니다. 이러니 또 다른 인격이 생길 만하다고 봅니다.

요즘 차 뒤에 'Baby in Car'라고 쓴 문구를 붙이고 다니는데 아마 '아기가

〈그림 56〉 오타와 시내 풍광.

〈그림 57〉 퀘벡의 세인트로렌스강 전망대.

〈그림 58〉 백악관 내 브리핑룸을 모방한
기념 촬영소.

〈그림 59〉 애틀랜타시 코카콜라 박물관.

타고 있어요'라는 의도인 듯합니다. 하지만 이 문장의 영어 뜻은 '차 안의 아기' 정도이므로, 올바른 영어식 표현은 'Baby on board'입니다. 대중교통 안내에 '어디어디 입구'라는 역이나 정류장에 내렸을 때, 목적지와는 상당히 멀어서 황당했던 기억이 한두 번쯤은 있을 것입니다. 영어로도 '~Entrance'로 번역하는데 이건 매우 잘못된 것입니다. 군이 번역하자면 부근을 뜻하는 '~Peripheral' 정도가 맞을 것입니다.

안전에서도 자기 나름대로의 방식이 맞다고 우길 것이 아니라 원칙에 맞게, 상대의 눈높이에서 표현하는 것이 맞지 않을까요?

한국가스안전공사 재직 시절, 감사하게도 미국 텍사스 A&M 대학교에 1년 연구를 가게 되었습니다. 사고분석의 대가이자 공정안전의 창시자인 트레버 클레츠(Trevor Klez) 교수님을 비롯한 여러 석학들과 직접 만나 의견을 나눌 기회가 있어서 좋았습니다. 방학을 이용하여 영화 '바람과 함께 사라지다'의 고장 애틀랜타에도 가보고, 블루리지 마운틴에서 섀년도어강도 내려다보면서, 뉴욕과 나이아가라, 오타와, 퀘벡을 여행한 적이 있습니다. 조지아주가 무대인 영화 '바람과 함께 사라지다'의 주제곡인 'Tara's theme', 존 덴버의 'Take me home, country road', 피아노 연주로 듣는 'New York, New York', 우리 곡 서수남·하청일의 '팔도유람'의 원곡으로 오타와를 미국식 발음 '아러와'로 발음하는 행크 스노우의 'I've been everywhere'를 추천합니다. 겨울방학에는 어머니가 오셔서 모시고 아름다운 도시 샌프란시스코와 와이너리로 유명한 소노마·나파 밸리를 들른 적이 있습니다. 줄리 런던의 곡 'I left my heart in San Francisco'처럼 마음을 두고 오거나 스콧 메켄지의 'San Francisco' 가사처럼 갈 때에는 머리에 꽃 장식을 할 만큼 여름이나 겨울이나 기억에 남는 도시입니다. 필자요? 물론 꽃 장식은 안 했죠.

생활 속의 클래식

'하루하루 계산을 해 보면 부족한데,
연말에 가서 총계를 따져 보니 남아돌아가더라'는
의미의 일계지손(日計之損)이나 연계지익(年計之益)은
『장자(莊子)』 '잡편(雜篇)'에 나오는 일계지이부족(日計之而不足)이요,
세계지이유여(歲計之而有餘)라는 말에서 유래되었습니다.
―조영탁, 『조영탁의 행복한 경영이야기』

클래식이란 단어를 사전에서 찾아보면 "형용사로 사용될 경우 '일류의', '최고 수준의', '대표적인', '전형적인', '유행을 타지 않는' 등의 의미를 가지며, 주로 무언가 시대를 초월하여 지속적인 가치를 지니는 것들을 표현한다" 정도로 되어 있습니다. 음악에서 클래식 뮤직은 오래전부터 사랑을 받아 오던 것이었는데 우리의 일상생활에도 아주 잘 녹아 있습니다.

가장 먼저 떠오르는 클래식 음악은 바로 베토벤(Ludwig van Beethoven)의 '엘리제를 위하여'입니다. 동아일보 기사에 의하면, 1982년 6월부터 1983년 2월 2일까지 12만여 대 서울시내 승용차의 절반가량에서 이 곡이 후진음으로 사용되었다고 합니다. 주인공인 엘리제에 대하여, 일설에는 루트비히 놀이 곡을 편곡할 때, 베토벤의 친구이자 연인 중 하나였던 테레즈 말파티 남작 부인의 'Therese'를 베토벤의 악필로 인해 'Elise'로 잘못 옮겨 적었다는 이야기가 있습니다. 이 곡에 카타리나 발렌테가 가사를 붙여 'Passion flower'로 불렀고 우리나라에서는 김수희가 '정열의 꽃'으로 불렀을 정도로 국적과 시대를 가리지

않고 사랑을 많이 받았습니다.

영화를 좋아하는 필자는 늦은 밤 시청이 허용된 나이에는 TV '주말의 명화'를 챙겨보곤 했는데, 그 시그널이 바로 로드리고(Joaquin Rodrigo)의 '아랑훼즈 협주곡 2악장'을 편곡한 것입니다. 원곡의 2악장과 느린 리듬에 익숙하지 않은 분들은, 재즈풍으로 변주한 곡이나 1980년대 우리나라에 꽤나 알려진 데미스 루소스가 가사를 붙여 부른 'Follow me'라는 곡을 들어보시면 좋을 듯합니다. 이 가수는 'Rain and tears'라는 곡을 부르기도 했는데 이는 아마 '엘리제를 위하여' 다음으로 우리나라 사람들에게 친숙한 곡인 '파헬벨의 캐논'을 편곡한 것입니다.

고교 재학 시절, 문제를 풀어가는 재미에 푹 빠져서 언젠가는 나가보고 싶다는 소망을 품으며 일요일 아침마다 '장학퀴즈' 방영을 지켜보곤 했습니다. 이 프로그램의 시그널은 하이든(Franz Haydn)의 '트럼펫 협주곡 3악장'으로, 리듬이 아주 경쾌합니다. 하이든의 모든 협주곡 가운데 마지막 작품으로, 빈의 궁정악단 연주자인 안톤 바이딩거를 위해 작곡하였는데, 초연은 그의 자선 연주회에서 이루어졌다고 합니다.

정확하게 어느 브랜드인지는 기억나지 않지만 어느 제빵 CF에는 비발디(Antonio Vivaldi)의 '홍방울새' 중 1악장이 배경음으로 사용되었습니다. 빵이 부풀어 오르는 과정을 주제와 싱크로시켜서 아주 기가 막히게 어울리는 장면을 만들어낸 것입니다. 이 곡은 1700년대 초 암스테르담에서 출판된 6곡의 플루트 협주곡 작품 10 중 세 번째 곡입니다.

꽤나 오래전이었지만 TV '개그콘서트'의 어느 고정 코너에서 사라사테(Pablo de Sarasate)의 '지고이네르바이젠'을 사용하더군요. 절망의 극적인 순간에 이 음악이 나와서 관객들에게 오히려 폭소를 유도한 것 같습니다. 천재들의 집합소였던 파리음악원을 수석으로 졸업한 전력이 말해주듯이 사라사테는 파가니니와 함께 천재적인 바이올리니스트로 불리지만, 그가 남긴 한마디가 더욱 유명합니다. "지난 37년간 하루도 빼먹지 않고 열네 시간씩 연습한 나에게 '천재'라니…."

백조가 물 위를 미끄러지듯 헤엄치는 것이 우아하게 보이지만 물 밑에서 수많은 발놀림으로 그 우아함을 유지한다고 합니다. 숭실대로 옮기고 나니 할 일이 무척 많네요. 백조는 감히 아니지만 능력에 부치어 일들을 놓치거나 소홀히 하지 않아야 할 텐데 이래저래 걱정이 많습니다.

양면성

『베이컨 수상록』 어디쯤인가 "빛이 밝으면 그만큼 그림자도 짙다"는 대목을 읽은 듯합니다. 유명한 록 그룹 가운데 잔잔한 발라드곡을 간간히 불러서, 서정적인 곡을 선호하는 우리나라 사람들에게는 발라드가 주 종목으로 잘못 알려진 그룹이 가끔 있습니다. 프로그레시브 록의 중흥기인 1970년에 결성된 미국 그룹 캔자스(Kansas)는 예스(Yes)나 제네시스(Genesis) 같은 영국 그룹의 영향을 받았다고 합니다.* 대표곡으로 'Play the game tonight'이 있으나 우리에게는 'Dust in the wind'가 훨씬 잘 알려져 있습니다. 뮤직 비디오에서 보면 뒤에 서서 무심한 듯 바이올린을 연주하는 이가 클래식 전공자라고 하네요. 이 곡은 세 개의 오른 손가락으로 연주하는 이른바 대표적인 스리핑거 기타 주법으로 잘 알려진 곡으로 각종 웹 사이트에서 소개되고 있습니다. 내친김에 이른바 포크 록의 개척자인 사이먼 앤드 가펑클의 또 다른 스리핑거 곡인 'The boxer'도 같

---

* https://wivern.tistory.com/549 [좋은 만남, 좋은 음악 Art Rock]

이 들어 보시길 권합니다.

영국의 록 밴드로, 하드 록의 선두 주자로 알려진 딥 퍼플의 곡 가운데 'Highway star'를 앞서 소개한 적이 있습니다만, 여기서는 'Smoke on the water'를 소개합니다. 인상적인 전자기타의 독주(Riff)로 시작하는 전형적인 록입니다. 이 곡을 듣던 중 해석이 잘 되지 않는 부분이 있어서 배경을 찾아봤더니, 1971년 당시 딥 퍼플이 스위스에서 녹음작업을 하기 위해 이동 중일 때 영감을 얻었다고 합니다. 몽트뢰(Montreux) 카지노 [곡 중에는 영어식으로 '모~토(몽트로)' 정도로 발음합니다] 옆을 장비가 실린 트럭을 몰고 지나갈 때 마침 그 장소에서 공연을 보던 관중이 날린 폭죽에 화재가 발생하여 그 카지노가 불타는 것을 목격한 것입니다.* 이러한 내용들이 가사에 있으니 배경을 모른 채 들으면 앞뒤가 연결이 잘 안 되죠. 아무튼, 재능을 받은 사람들은 지나는 길에 본 화재도 음악으로, 그것도 유명한 파워코드가 있는 명곡을 작곡한다니 참 대단합니다. 이런 인연인지 몽트뢰 카지노에는 딥 퍼플의 조각과 반복되는 연주를 뜻하는 기타 리프가 조각되어 있다고 합니다. 이들에게도 'Soldier of fortune'이라는 서정적인 곡이 있습니다. 용병이란 제목이 말해 주듯이 떠돌이의 쓸쓸한 이야기를 담은 곡입니다.

영국 버밍엄 출신의 하드 록 밴드인 블랙 사바스는, 재즈나 헤비 블루스를 기초로 사람들이 무서워하는 음악을 만들자는 의도로 작곡하여, 어둡고 무거우며 침울한 곡들이 많습니다. 필자가 이들의 대표곡으로 생각하는 'Heaven and hell'은 하드 록 기운이 강하게 뿜어져 나옵니다. 이들에게도 서정적인 곡인

---

*http://blog.daum.net/_blog/BlogTypeView.do?blogid=03Vgk&articleno=15673611&categoryId=
0&regdt=20160310182514

〈그림 60〉 몽트뢰 카지노의 기타 리프.

'She is gone'이 있습니다. 유사한 분위기로 같은 제목의 곡 가운데 스틸 하트가 부른 것이 있습니다. 노래방에서 가성을 섞어 가며 이 곡을 부르던 젊은 날의 치기가 떠오릅니다. 최고의 악기는 역시 인간의 보컬이 아닌가 합니다.

최근 영화로 잘 알려진 퀸의 'Love of my life'는 이들이 부른 'We will rock you'와는 사뭇 다른 분위기입니다. 앨범의 스테디셀러를 많이 보유한 것으로 알려진 그룹 이글스의 대표곡인 'Hotel California'나 'Heartache tonight'을 들어보면 분명 록 그룹입니다. 그러나 'Desperado' 등 수많은 서정적인 곡을 부르기도 했죠.

2019년 상반기엔 사람이 지닌 양면성에 대하여 많은 생각을 했습니다. 존경받을 만한 분이 완전히 다른 행동을 하면서 이중성을 보일 때 실망하기도 했고, 믿었던 사람의 양면성에 절망하기도 했습니다. 첫머리에 밝혔듯이 짙은 그림자 이면에는 밝은 빛이 있었으니 얻은 것 또한 많다고 하겠습니다. 필자의 지나온 나날도 이와 비슷합니다. 좋은 날이 있는가 하면 아주 힘들 나날도 있었으며 이들이 씨줄과 날줄처럼 얽혀서 오늘날의 필자를 만들었겠지요.

시그널 뮤직

Happy families are all alike;
every unhappy family is unhappy in its own way.
행복한 가정은 모두 엇비슷하고,
불행한 가정은 불행한 이유가 제각기 다르다.
－레프 톨스토이, 『안나 카레니나』

요즘은 많이 멀어졌지만 대학원 시절까지 라디오와 상당히 가까이해서 시간 대별로 애청하는 프로그램과 그때 흘러나온 시그널 뮤직을 좋아했습니다. 라디오 프로그램 시그널을 방송시간대별로 소개하면 다음과 같습니다.

아침 9시에, 당시 필자에겐 우상이었던 신은경 앵커가 진행하던 프로그램의 시그널은, 위스키를 탄 아일랜드식 커피를 연상하는 '아일랜드 여인'이었습니다. 11시에 최영섭이 진행하던 프로그램의 시그널은 라흐마니노프(Sergei Rachmaninoff)의 '파가니니 주제에 의한 광시곡 18번'이었는데, 필자가 개인적으로 제일 좋아하는 곡입니다. 클래식에 대한 쉬운 해설과 함께 듣기 편한 곡들을 소개하여 필자가 매우 좋아했던 프로그램이었습니다. 오후 2시엔 김기덕이 씩씩한 목소리로 진행하던 '2시의 데이트'가 있었는데, 씩씩함과는 약간 거리가 있던 영화 '엠마뉴엘'의 시그널을 사용해서 기억에 남습니다.

저녁 시간에는 CBS의 배미향이 진행하는 '저녁스케치'를 즐겨 들었는데, 다른 방송 프로그램과는 달리 퇴근 시간에 주로 들었던 방송입니다. 시그널은

'Whistler's song'이었죠. 가벼운 클래식에 경음악, 그리고 가요와 재즈 등 장르를 가리지 않고 듣기 편한 음악을 틀어 줘서 퇴근 시간에 아주 편안하게 들었던 기억이 납니다. 저녁 시간은 필자가 좋아하던 방송 프로그램이 몰려 있어서 골라 듣는 재미가 있었습니다. 그중 황금 시간대인 8시에 황인용이 진행하던 KBS '황인용의 영팝스'에서는 척 맨지오니의 'Give it all you got'이 시그널이었습니다. 구수한 목소리를 지닌 황인용은 지금도 TV 프로그램 중 설명을 맡아서 즐거움을 선사합니다. MBC에서는 같은 시간대에 박원웅이 너무도 나긋한 목소리로 '박원웅과 함께'라는 프로그램을 진행했습니다. 특이한 전자음을 시그널로 사용했다 싶었는데 일본 작가가 편곡한 것으로서 원곡은 드뷔시(Claude-Achille Debussy)의 '아라베스크 1번'이었습니다. 이 곡은, 나중에 안 것이었습니다만 대학원 시절 잠시 알고 지냈던 모 대학 기악과 여학생의 졸업 피아노 연주곡이었습니다.

영화 음악을 많이 소개하던 김세원의 '밤의 플랫폼'의 시작은 폴 모리아 악단의 'Isadora'였습니다. 영화와 얽힌 이야기들을 들으면서 나름대로 봐야 할 영화 목록을 만들어 보던 기억이 새롭습니다. 뭐니뭐니 해도 1980년대 이종환이 진행하던 '밤의 디스크쇼'가 당시 청취율 1위 프로그램이었을 것입니다. 무심한 듯 툭툭 던지는 시크한 목소리를 지닌 디제이의 멘트와 선곡이 잘 어우러진 프로그램이었죠. 프랑스어로 부른 원곡(Adieu Jolie Candy)을 경음악으로 편곡한 시그널은, 음악 자체로도 충분히 아름다웠습니다. 별밤지기가 지키는 '별이 빛나는 밤에'라는 프로그램을 최근 우연히 들어 봤는데, 공감이 가는 부분이 적어서 필자가 젊은이들과는 거리가 상당히 있음을 실감했습니다만, 시그널인 'Merci Cheri'는 지금 들어도 좋습니다. 마지막으로 어느 프로그램인지 기억이 가물가물합니다만, 'Kleine traum musik'란 제목의 곡을 시그널로 쓰는 프로그램도 잘 들었습니다.

우리의 우뇌는 우수하다

인생은 마치 사다리를 오르는 것처럼, 배우고 또 배워야 하는 과정이다.
겨우 네 번째 계단에 이르러서 제일 높은 곳에 왔다고 생각한다면
당신은 더 높이 올라갈 기회를 잃은 것이다.
다섯 번째 계단을 오르기 위해서는
네 번째 계단을 포기할 수 있는 지혜를 가져야 한다.
– 틱낫한

2019년 6월에 공동 연구자로 올라 있는 정부 부처의 안전교육 컨텐츠 개발 연구 착수회의에 참석차 이화여대에 갔습니다. 전철 2호선 이대입구역에서 내려 정문을 지나 구내를 상당히 거쳐서 학관까지 가는 길에 참 많은 여학생(혹은 여자)들이 있다는 것을 새삼 느꼈습니다. 딸애가 대학생이어서 그런지 지나치는 많은 학생들에게 느끼는 감정이 1980년대 초 대학 시절과는 많이 달랐습니다. 당시 공대생인 필자에게는 언감생심 들어가 볼 엄두를 못 내던 구역(?)이라 내심 규정지어 놓고 있었나 봅니다. 아니 당시의 대다수 남자 대학생들이 그러지 않았을까요? 당시 공대생들이 개사해서 부르던 노래 가운데 이미자의 '섬마을 선생님'이 원곡인 게 있었습니다. 1절 가사만 소개하면 이렇습니다.

해당화 피고 지는 섬마을에
철새 따라 찾아온 총각 선생님
열아홉 살 섬 색시가 순정을 바쳐

사랑한 그 이름은 총각 선생님

서울엘랑 가지를 마오, 가지를 마오.

    선배들이 부르는 걸 한 번 들은 것이라 정확하지는 않지만, '해당화'를 '배꽃', '섬마을'을 '신촌', '총각 선생님'을 'ㅇㅇ 공대생', '섬 색시'를 '여대생' 정도로 개사했던 듯합니다. 지금 생각하면 지나칠 정도로 순박하게 느껴집니다. 이 곡은 1968년 12월 일본 가요를 표절했다는 이유로 당시 방송윤리위원회에 의해 금지곡으로 지정된 후 1989년 해제될 때까지 21년간 방송에서 금지된 바 있습니다. 그러나 당시 원곡 작곡자는 일본에 확인하여 일본곡이 '섬마을 선생님'보다 오히려 더 늦게 나왔다는 사실을 알게 됩니다. 이를 근거로 방송 금지 취소를 요청했으나 당국에 받아들여지지 않았다고 전해집니다. 권위주의 시대의 전형적인 단면을 보는 듯합니다. 과거에는 권력을 가진 자들이 비전문가적인 잣대로 전문가들을 쉽게 재단하고, 자신들의 판단에 오류가 있어도 잘못을 수긍하거나 수정하지 않는, 아주 기묘한 상황이 상당히 많았었지요. 인허가 관련 많은 심사기관들이 혹시나 과거의 권위주의에서 벗어나지 못한 채 소위 '갑질'을 하고는 있지나 않은지요. 만에 하나 그렇다면 빨리 기술적인 컨설팅 위주로 전환해서 기업 활동에 윤활유 역할을 해 주시길 바랍니다. 다음의 영국 잠언에서 보듯이 모든 문제는 사소한 것에서부터 시작됩니다.

All for the want of a nail

For want of a nail, the shoe was lost,

For want of a shoe, the horse was lost,

For want of a horse, the rider was lost,

For want of a rider, a message was lost,

For want of a message, the battle was lost,

For want of a battle, the kingdom was lost,

And all for the want of a nail…

―George Herbert, 『Jacula Prudentum: Outlandish Proverbs, Sentences, Etc』, 1640.

즉 '못 > 편자 > 말 > 전령 > 메시지 > 전투 > 왕국'으로 전개된 이 잠언에는 사소한 못 하나가 왕국을 멸망시킬 수도 있다는 교훈을 주며 이를 볼 때 기술적으로 정부나 공기업은 일반 기업을 도와줘야함을 역설하고 있습니다.

최근 들어 미국 빌보드와 오리콘 차트까지 석권한 방탄소년단이나 아카데미 4관왕을 차지한 봉준호 감독은 물론, 아시아계 최초로 아카데미 여우조연상을 수상한 윤여정의 예를 보면 알겠지만 문화 방면에서 우리 민족의 저력은 만만찮습니다. 최근 들어 안 사실이지만 김현식의 '내 사랑 내 곁에'를 영어로 번안한 곡이 있었습니다. 테디 안드레아스라는 가수가 하모니카의 거장 리 오스카의 반주로 부른 'My love, beside me'가 바로 그것입니다. 들어보면 아시겠지만 가사 내용과 허스키한 김현식의 목소리를 거의 그대로 따랐습니다. 내친김에 덴마크 태생으로 뉴욕에서 활발하게 활동한 리 오스카의 유명한 곡 'Before the rain'도 같이 소개합니다. 곡 중에 흐르는 베이스 소리가 특히 기억에 남네요. 필자는 중학생 때 독학으로 하모니카를 배웠는데, 필자의 버킷 리스트 가운데 '하모니카 제대로 연주하기'가 있습니다. 제대로 배운다면 언젠가는 꼭 멋지게 연주해 보고 싶은 곡이 바로 이 곡입니다.

김종환의 '존재의 이유' 또한 투 웨이 스트리트가 'Reason to live'라는 곡으로 번역하여 불렀습니다. 우리의 감성적인 우뇌에 의한 창작물이 세계적으로 공감의 폭을 넓혀 가고 있어서 내심 뿌듯합니다. 여기서 '존재의 이유'를 '(You are) the reason to live'로 번역했습니다. 이는 햄릿의 유명한 대사 '사느냐 죽느냐, 그것이 문제로다'의 원문이 'To be or not to be, that is the question'인 것과는 사뭇 대조적입니다. 즉 '존재의 이유'를 단어에 충실하게 번역하면 'Reason to be'가 되어야 될 것이고 햄릿의 원문도 단어에 충실하게 번역된다면 '존재하느냐 마느냐' 정도일 것입니다. 문학적인 번역과 공학적인 번역에는 많은 차이가 있다고 느껴집니다.

Starting over

'저 사람 4차원이야'라는 말은 독특한 사고를 가진 평범하지 않은 사람을 흔히 일컫는 표현입니다. 우리는 3차원에 살고 있으며 이는 가로, 세로, 높이로 이루어진 공간의 세계입니다. 2차원은 가로와 세로만 있는 평면이고 이렇게 유추하면 1차원은 선의 세계가 됩니다. 굳이 표현하자면 0차원은 점이 되겠지요. 낮은 차원의 사고로는 높은 차원의 현상을 이해하지 못합니다. 예를 들면 평면을 기어 다니는 2차원 생물 A와 B가 마주보고 있는데 3차원 생물인 필자가 A를 집어 든다면 그 순간 B는 A를 볼 수 없습니다. 집어서 멀리 다른 곳의 평면에 둔다면 2차원 생명체에게는 순간적으로 사라졌다가 다른 곳에 나타나는 기적이 되는 것입니다. 우리에겐 당연한 것이 낮은 차원에서는 기적이 되는 순간입니다. 그렇다면 4차원의 네 번째 축은 무엇일까요? 이를 시간으로 보는 시각이 있는데 필자도 공감합니다. 의도적이지 않은 타임 슬립에서부터 공상과학 소설의 소재로 애용되는 의도적인 타임머신까지, 시간을 넘나드는 것은 많은 사람들이 꿈꿔 왔던 일입니다. 4차원이란 게 있다면, 그리고 그 생명체가 우릴 보고 있다면 많이 답답해할 거란 생각을 가끔 해 봅니다. 앞의 '4차원 사람'이란 표현은 이런 긍정적인 면보다는 비꼬는 느낌이 훨씬 많긴 합니다.

이외에도 사람들은 시간에 대하여 나름대로 편리한 개념을 적용해 온 것이 있습니다. 사실 시간은 (적어도 3차원인 우리 세계에서는) 지나가면 다시 돌아올 수 없이 한 방향으로 전개됩니다. 그러나 사람들은 이를 작은 단위로 쪼개서 1년, 한 달, 1주 하는 식으로 마치 반복하는 것인 양 만들어 놓고 사용하고 있습니다. 새롭게 시작할 마음의 명분을 준다는 점에서는 긍정적입니다. 통계를 찾지는 못했지만 매년 1월에 헬스장 등록 횟수가 평균을 훨씬 넘는 것도 같은 이유일 것입니다. 엔지니어 입장에서 말하면 새해에 뜨는 태양이 다른 날 뜨는 태양과 별반 차이가 없지만, 많은 이들이 굳이 새해 해돋이를 보러 이벤트를 기획하는 걸 심드렁하게 본다면, 필자의 정서가 너무 메마른 것인가요?

2010년 1월에는 오랜 인연의 두 여인과 이별을 했습니다. 7일에 26개월 침상에 계시던 어머니께서 감기를 이기지 못하고 돌아가셔서 필자는 그야말로 고아가 된 셈입니다. 어머니께서 안 계셨다면 지금의 필자가 없었으리만치 물심양면으로 아들을 후원해 주셨던 든든한 분입니다. 언제나처럼 준비해 두었던 홍시를 한 박스도 채 못 드시고 떠난 어머니께 니니 로소의 트럼펫 곡 'Il silenzio'를 띄워 드립니다. 곡 중간에 나오는 이탈리아어 독백은 사랑하는 연인에게 하는 것처럼 들리지만, 어쨌든 필자는 어머니께 이 곡을 드립니다.

Buona notte, amore (Good night, love)

Ti vedro nei miei sogni (I'll see you in my dreams)

Buona notte a te che sei lontano (Good night to you who are far away)

가사는 많이 다르지만 곡이 좋아서 사라 브라이트만의 이별에 관한 곡인 'Time to say goodbye'를 하나 더 추천합니다.

2019년은 필자에게 많은 부분에서, 영역이나 심도 모두 확장이 있었습니다. 공정안전을 주로 하던 필자의 안전 분야의 지식 영역에서 법원의 감정평가와 생애주기별 안전교육 모듈 개발이라는 교육 쪽 영역, 그리고 해외 송전망 건설 타당성 연구 시 환경영향평가라는 새로운 분야가 확장된 것입니다. 정신적으로는 2019년 7월부터 시작된 시험이 필자를 단단하게 했습니다. 우여곡절이 있었지만 이전에는 생각하지 못했던 생활 속의 지혜를 얻게 되었다고나 할까요. 그러나 이 나이에 새로운 세계나 분야를 느끼고 경험한다는 것은 축복만이 아니었습니다. 그에 따르는 노력이나 고통 또한 예상하지 못할 정도로 컸습니다.

어떤 깨달음을 얻었을 때를 묘사하는 곡인 리하르트 슈트라우스(Richard Georg Strauss)의 '차라투스트라는 이렇게 말했다'를 추천합니다. 이 곡을 배경으로 사용한 큐브릭 감독의 영화 '2001 스페이스 오디세이(2001: A Space Odyssey-The Dawn of Man)'를 함께 보신다면 더할 나위 없겠습니다. 이전까지 지구 역사의 변방에서 힘센 짐승에게 쫓겨 동굴에서 웅크리며 집단생활을 하다가 날이 밝아야 겨우 활동하던 인류가, '도구'를 사용하며 비약적인 발전을 거듭하여 마침내 우주선까지 쏘아 올리게 된 장면을 압축한 영상이 인상적입니다. 요즘 핫이슈인 인공지능을 장착한 우주선의 컴퓨터 할(HAL)이 문 밖에서 하는 사람의 대화를 입술 모양으로 읽는 등 재미있는 상상이 담긴 볼 만한 영화입니다.

비워진 곳은 새로운 것으로 채워지게 마련입니다. 지금까지 대부분 그러했듯이 필자의 삶의 빈자리에도 의미 있는 것으로 채워지길 한 해의 시작을 앞두고 간절히 소망해 봅니다.

가깝고도 먼 이웃, 일본

　우리나라와 일본은 일일이 예를 들지 않아도 될 만큼 서로가 서로에게 무수한 영향을 주었습니다. 단편적이지만 언어를 예로 들면, 일본어에는 옛날부터 쓰던 단어의 상당수가 우리말의 영향을 받아 유사합니다. 강과 가와, 구름과 구모(구르모), 씨름과 스모(시르모), 나란히와 나라비 등이 그 예입니다. 반면 우리말은 근대 일본의 침략으로 인해 많은 표현이 일본어의 영향을 받은 듯합니다. '～에 대한', '～적(的)' 등이 일본식 표현의 대표적인 예라고 하네요. 또한 일본의 앞선 기술이 들어오면서 함께 유입되었던 용어들이 상당수 우리말처럼 버젓이 통용되고 있습니다. 일본을 싫어하는 사람들조차 별 저항감 없이 사용하고 있어서 안타까울 따름입니다. 일반적으로 사용되는 용례들은 다음과 같습니다. 노가다와 막노동, 단도리와 단속, 땡깡과 투정, 고참과 선임, 엥꼬와 바닥 남, 구라와 거짓말, 빠꾸와 뒤로(혹은 퇴짜), 뻰치(원어는 꼬집다, 죄다는 뜻의 pinch)와 집게, 무뎁포와 무모함, 아나고와 곰장어, 입빠이와 가득, 물조로와 물뿌리개, 자바라와 주름관, 오뎅과 어묵 등 이처럼 쌍을 이룰 수 있는 단어는 다

열거하기 어려울 정도입니다.

메밀국수를 일부 식당에서 모밀국수로 표기한 것은 일본식 모리소바에서 따온 듯하여 서글프기까지 합니다. '곤색 바탕에 소라색 땡땡이 무늬가 있는 나시 티'란 표현은 '감(紺, 검은 빛을 띤 푸른 빛)색 바탕에 하늘색 점무늬가 있는 민소매 티셔츠'여야 맞습니다.

가끔 듣는 표현 중에 (당황해서) 머릿속이 하얘졌다는 표현을 쓰는 경우를 보는데 이 역시 '頭の中が白くなった(Atama no naka ga shiroku natta)'라는 일본식 표현임을 알고나 쓰고 있는지 궁금합니다. 요행수로 일이 되어서 멋쩍을 때 흔히 뽀록났다고 하는데 이는 일어 후루쿠가 원형이며 그 원형은 또 영어의 fluke(요행수)입니다. 예전 차장이 있던 버스에서 '오라이'는 'All right'의 일본식 발음에서 온 말이라니, 참 재미있죠? 요즘 우리는 3개 국어를 자연스럽게 일상에서 씁니다. '핸들 입빠이 꺾어.'

반면 발음 면에서는 지나치게 우리의 원칙을 고수하는 경향이 있어서, 특히 촉음(っ)을 표기할 때 '굳이' 우리 식으로 표기하기를 고집합니다. '北海道의 札幌'를 우리는 '홋카이도의 삿포로'로 표기합니다만 일본인들은 혹카이도의 삽포로로 읽습니다. 일본인들은 발음기관 구조상 홋카이도나 삿포로라고 발음하지 못합니다. 실제로 일본의 모든 자료에도 영어 표기가 필요한 부분에서는 'Hokkaido, Sapporo'라고 각각 표기합니다. 특정 국가의 발음을 희화화하는 것은 아닙니다만, McDonalds를 '마쿠도나루도'로 표기하고 발음할 수밖에 없는 가나 문자의 특성 때문이라 봅니다. (사실, 우리도 맥또날드로 읽지만 원어는 맥더어널즈에 가깝습니다.)

대학교 시절, 일본 여비서가 '사장님, 전화 왔어요'를 이상하게 발음한 우스갯소리가 생각납니다. 우리가 라면 먹을 때 넣는 '스프'도 사실은 영어의

soup(~을 말린 것)에서 온 것인데, 일본어로 スープ(수우푸와 스으프의 중간 발음)로 써 놓은 것을 우리가 스프로 사용하고 있는 형편입니다.

그래도 일본 노래 중에 필자가 노래방에 가면 즐겨 부르는(일본식으로 18번인) 곡이 있어서 번안곡과 함께 소개합니다. 복고풍의 춤사위가 인상적인 체커스의 '줄리아의 상심(傷心)'은 컨츄리 꼬꼬가 '오 마이 줄리아(Oh, my Julia)'라는 번안곡으로 불렀습니다. 대학원 시절 자주 들었던 신나는 곡으로는 곤도 마사오의 '긴기라기니', 발라드 곡으로는 이쓰와 마유미의 '고이비토요(연인이여)', 닉 뉴사의 '사치코' 등이 있었습니다. 가장 오래되었지만 아마 가장 많은 분들이 알 것 같은 이시다 아유미의 '블루라이트 요코하마(Blue Light Yokohama)'도 같이 추천합니다.

필자가 젊은 시절에 일본 노래를 즐겨 들었던 만큼, 아니 그 이상으로 지금은 K-Pop이 이웃 나라는 물론 세계적으로 널리 퍼졌으니 격세지감과 뿌듯함을 느낍니다. 코로나 바이러스로 많은 분들이 힘들어 하십니다만, 지구 자연계가 회복되는 조짐이 보이는 등 순기능도 더러 있습니다. 순기능 중 필자가 굳이 하나를 더 들자면 일본이 올림픽을 제때 개최하지 못한 것입니다. 올림픽을 개최했다면 그 여세를 몰아 수출 규제는 물론 독도를 비롯한 각종 이슈를 들먹으며 우리나라를 참 많이도 괴롭혔을 것입니다.

그런데, 본문 중에 필자 역시 모르고 사용한 일본식 표현이 있을 수도 있다는 걸 생각하니 좀 불안합니다.

친근한 왈츠

Let no one ever come to you without leaving better and happier.
당신을 만나는 모든 사람이 당신과 헤어질 때는
더 나아지고 더 행복해질 수 있도록 하라.
—마더 테레사

빈 신년음악회는 오스트리아의 대표적인 관현악단인 빈 필하모니 관현악단
이 매년 1월 1일 11시 15분에 빈 음악협회 황금홀에서 개최하는 음악회로, 정식
명칭은 빈 필하모닉 오케스트라 신년음악회(Neujahrskonzert der Wiener
Philharmoniker)입니다. 왈츠와 폴카 등으로 대표되는 빈 춤곡을 빈 필이 연주
하기 시작한 것은 1920년대 초반이었으며, 초기 공연 프로그램의 대부분은 슈
트라우스 일가의 작품이었다고 합니다. 한때, 나치의 선전장관인 요제프 괴벨
스의 열정적인 지원으로 단원의 거의 절반이 나치 당원이었던 적도 있다고 하
네요.

비엔나의 대표적인 춤곡 하면 왈츠를 연상하게 되며, 원무곡(圓舞曲)으로 번
역될 정도로 빙글빙글 돌면서 3박자에 맞추어서 춥니다. 가장 먼저 떠오르는
곡은 슈트라우스 2세(Johann Strauss II)의 '푸른 도나우'입니다. 우리나라의
'아리랑'처럼 오스트리아의 비공식 국가로 연주될 만큼 널리 사랑을 받고 있
죠. 슈트라우스 2세의 작품 가운데 좋아하는 곡을 몇 곡만 소개해드립니다. 우

선 '황제 왈츠'로서 도입부의 2/4박자는 무도장에 입장하는 장면을 연상하게 됩니다. 다음은 '비엔나 숲속 이야기'와 곧 올 봄을 연상하는 '봄의 소리 왈츠' 입니다. 이 밖에도 발트토이펠(Emile Waldteufel)의 '스케이터 왈츠'를 앙드레 리우의 연주로 소개합니다. 리우의 지휘 영상을 자주 소개하는데 연주도 잘하는 편이고 쇼맨십이 탁월해서 화려한 볼거리를 제공해서입니다. 요즘에는 심각한 것보다는 가급적 가볍게 터치하고 넘어가는 것이 부담이 없어서 좋습니다. 같은 작곡자의 '여학생 왈츠'도 소개합니다.

　발레곡으로도 사용되는 왈츠도 몇 곡 소개합니다. 차이코프스키(Pyotr Ilyich Tchaikovsky)는 발레를 매우 좋아해서 자신의 곡에 맞는 안무를 직접 하기도 했다고 하네요. '호두까기 인형' 중 '꽃의 왈츠', '잠자는 숲속의 미녀' 중 'Garland waltz', '백조의 호수' 중 'Grand waltz' 등 몇 곡을 소개합니다.
　발레용은 아니지만 베를리오즈(Hector Berlioz)의 '환상교향곡'과, 톰 크루즈가 전 부인인 니콜 키드먼과 극 중 부부로 주연한 영화 '아이즈 와이드 셧(Eyes wide shut)'에 주제가로 사용된 쇼스타코비치(Dmitri Shostakovich)의 'Second waltz' 등을 소개합니다. 오래전 영화여서 내용이 가물가물하지만, 무료한 의사(톰 크루즈 분)가 피아니스트 친구의 귀띔으로 알게 된 상류층의 외설 가면무도회에 참석하면서 겪는 이야기인데 긴장된 순간마다 왈츠 장면이 등장하여 묘한 여운을 남겼습니다. 도나우강은 유럽인에게 음악적 영감을 많이 주나 봅니다. 이바노비치(Iosif Ivanovici)의 'Danube wave waltz'도 추천합니다.

　피아노나 실내악으로 들으면 좋은 가벼운 왈츠로는 우선 브람스(Johannes Brahms)의 '왈츠 작품 39-15'가 있는데 요즘 특히 예식장에서 자주 듣습니다. 쇼팽(Frédéric Chopin)의 왈츠도 몇 곡 소개합니다. '작품 64-2, 올림다단조'가 유명하며 강아지가 꼬리를 잡으려고 빙빙 도는 모습을 표현한 이른바 '강아지 왈츠', 야상곡 중 가장 널리 알려진 '작품 9-2'도 자주 들었습니다. 피아노곡으로 잘 알려진 와이먼(Addison Wyman)의 '은파(Silvery wave)'는 설명할 필요도 없겠지요?

다시 빈 신년음악회 이야기로 돌아가 봅니다. 맨 마지막 곡은 슈트라우스 1세의 '라데츠기 행진곡'이 준비되어 있습니다. 관객들은 마지막 곡이 시작되기 전에 손뼉을 치며 뜨겁게 호응할 준비를 하곤 합니다. 지휘자는 단원들과 일일이 악수를 나누면서 음악회를 멋지게 갈무리합니다.

들으면 속이 후련해지는 록 발라드

In order that people may be happy in their work,
these three things are needed:
They must be fit for it. They must not do too much of it.
And they must have a sense of success in it.
사람들이 일에서 행복하기 위해서는 세 가지가 필요하다.
적성에 맞아야 하고, 너무 많이 해서는 안 되며
성취감을 얻을 수 있어야 한다.
-존 러스킨

추적추적 비가 내리는 어느 11월의 일요일입니다. 문득 건즈 앤 로지즈의
'November rain'을 듣고 있자니 가슴이 후련해집니다. 필자가 록 발라드로 분
류해 둔 곡 몇 곡을 더 꺼내들었습니다. 내친김에 이들이 부른 'Knocking on
heaven's door'를 들었는데 밥 딜런의 담백한 원곡과 비교해서 들어 보니 색다
른 재미가 느껴졌습니다. 록 발라드란 우리나라에서 주로 사용되는 용어로서,
록 음악의 색채를 띠며 전자기타 등의 사운드가 진하게 가미되어 있는 발라드
곡을 지칭하는 분야입니다. 이 장르 중 제일 애청하는 곡은 에어 서플라이의
'Making love out of nothing at all'입니다. 자그마한 체구의 러셀 히치콕이 폭
발적인 가창력으로 불러서 좋아하긴 하지만 도저히 따라 부를 수는 없는 '워너
비'이자 '넘사벽' 목록 중의 하나입니다. 비슷한 분위기의 곡으로는, 보니 타일
러의 'Total eclipse of the heart'가 있는데 둘 다 모두 짐 스타인만이 제작자이
더군요. 보니의 또 다른 곡 'To love somebody'는 비지스의 원곡과는 사뭇 다
릅니다. 스틸 하트의 'She's gone'은 앞서 소개해 드렸고, 핼러윈이 부른 'A

tale that wasn't right'도 우리나라 사람들이 좋아하는 곡입니다. 독일의 명기타리스트 미하엘 솅커가 있었던 독일 그룹 스콜피언스의 두 곡 'Still loving you'와 'Wind of change'를 소개합니다. 뒤의 곡은 독일의 베를린 장벽 붕괴와 구소련의 페레스트로이카를 주제로 한 노래라고 합니다.

보니 타일러 외에 파워풀한 여성 보컬의 곡을 몇 가지 더 추천합니다. 셀린 디옹의 곡 'Power of love'는 가사를 보면 아시겠지만 남자라면 누구나가 한번쯤 여성에게서 받아보고 싶은 곡입니다. 'I am your lady, you are my man, whenever you reach for me I'll do what I can do~.' 이 곡으로 셀린 디옹은 뛰어난 가창력을 세계적으로 인정받아 미국에서는 '가창력의 휘트니 휴스턴, 기교의 머라이어 캐리, 음색의 셀린 디옹'으로 대표되는 '3대 디바'로도 불린답니다. 내친김에 휘트니 휴스턴의 'I will always love you'와 머라이어 캐리의 'Without you'도 즐겁게 감상하시길 바랍니다. 머라이어의 곡 'Hero'가 있으나 귀에 익숙하지 않아서 이 곡을 대신 올렸습니다. 3대 디바의 음색은 각각 특색이 있습니다. 또 다른 힘 있는 목소리의 주인공인 마리에 프레드릭손이 속한 그룹 록시트의 'It must have been love'도 필자의 귀를 즐겁게 해 주었습니다. 짝사랑하는 심정을 노래한 하트 그룹의 'Alone'도 귀 기울여 볼 만합니다.

이야기의 시작점이었던 이번 달 'November'는 원래 9월이었다고 합니다. 라틴어 'novem'은 9를 뜻하는데 왜 11월이 되었을까요? 영어의 달 이름은 전반기에는 로마 신화 등에서 주로 따오고 후반기에는 로마 숫자에서 유래한 이름을 사용합니다. 그런데 태양력을 공표한 시저 황제가 본인의 이름을 따서 'July'를 가운데에 배치시키고 (당연히) 31일을 지닌 큰 달로 만듭니다. 다음 황제인 아우구스티누스도 달력에 자신의 이름을 넣었으나 감히 시저의 앞에는 두지 못하고 바로 뒤에, 역시 31일이 꽉 찬 큰 달로 둡니다. 이런 이유로 8월이었던 October(문어는 다리가 여덟 개인 이유로 octopus로 불렸죠)는 10월로, 10월이었던 December는 12월로 밀립니다. 그 결과 그 뒤의 두 개의 달은 역사 속으로 영원히 사라져 버리게 된 것입니다.

어쿠스틱과 경음악

때로는 담백한 음악이 듣고 싶을 때가 있습니다. 필자가 '나름' 분류해 놓은 음악 폴더 안에는 팝송 가운데 국내, 영어권 음악, 비영어권 음악 중 담백한 부류를 어쿠스틱(Acoustic) 폴더에 모아 놨더군요.

우선 여성이 부른 곡으로는 이른바 가장 미국적인 음색을 지녔다는 에밀루 해리스의 것이 몇 곡 담겨 있습니다. '사랑의 서약'이란 곡명처럼 사랑하는 이에 대한 간절한 마음을 담은 곡 'Pledging my love'가 있고, 가스펠송 같은 'Wayfaring stranger'에서는 'g'를 스페인식으로 'ㅎ' 음가에 가깝게 발음하는 특색이 있습니다. 2004년 비 내리던 늦은 밤, 샌프란시스코의 차이나타운 중국집에서 동양인 커플이 춤추던 장면과 함께 들었던 'Save the last dance for me', 앞의 곡과 함께 많은 남녀 가수들이 사랑한 곡인 'And I love you so', 돌리 파튼·린다 론스태드와 함께 한 남자에 대한 순애보를 부른 'To know him is to love him'를 추천합니다. 랜디 크로포드의 'Almaz', 1990년대 말 영화 '쉬리' 직후 폭풍적인 인기를 누렸던 캐롤 키드의 'When I dream', 나나 무스쿠리의 캐롤송인 'Mon beau sapin', TV 드라마에 삽입되어 귀에 익은 칼라 보노프의 'The water is wide', 청산별곡의 곡으로 붙여져 잘 알려진 줄리 레비의 'Erev shel shoshanim(밤의 장미)', 멕시코계 미국인인 티시 히노호사가 부른 TV 드라마 삽입곡 'Donde voy'를 추천합니다. 우리에게 '연가'로 알려졌으며 가사 내용도 비슷한 원곡인 남태평양 마우리족의 'Pokarekare ana', 사랑에 대한 여러 가지 해석을 하게 하는 베트 미들러의 'The rose', 에바 캐시디의 'Song bird', 그리고 연인들의 비극적인 이야기가 담긴 조안 바에즈의 'River in the pine' 등의 곡을 추천합니다.

남성 보컬의 곡으로는 대부분의 평론가들이 불후의 명곡으로 꼽는 비틀스의 'Yesterday', 사랑의 상처를 노래한 록웰의 'Knife', 사랑의 가사를 담은 브레드의 'If', 그리고 존 덴버의 'Annie's song', 'Sunshine on my shoulder', 'My sweet lady'를 추천합니다. 돈 매클린의 'Vincent', 스티브 포버트의 'I'm in love with you', 리처드 막스의 'Now and forever', 제임스 테일러의 'Handy man', 무정부주의자 곡이지만 용케 당시의 검열을 뚫고 방송된 존 레넌의 'Imagine'을 추천합니다.

요즘 로봇안전 인력양성사업, 친환경 인프라 구축 등 제법 규모가 있는 연구과제를 계약하고 준비하며 짬을 내어 듣는 음악이 주로 조용한 음악입니다. 경음악 폴더를 봤더니 800여 곡이 명상음악, 피아노, 현악, 관악, 빠른 박자곡 모음으로 분류되어 있더군요. 그중 음성이 들어간 곡은 어디에 분류할까 하다가 관악(Wind)으로 구분해 뒀는데 몇 곡 추천해 드립니다.

1990년대 중반 일명 '귀가 시계'로도 불리며 시청자, 특히 남성들을 매료했던 TV 드라마 '모래시계'의 주제곡 중 '혜린의 테마'와 원곡인 '파가니니의 바이올린과 기타를 위한 소나타' 곡을 같이 들어 보시길 추천합니다. 프란시스레이는 수많은 영화에서 좋은 음악으로 필자를 즐겁게 해 주었는데, 우선 영화 자체는 그리 완성도가 높지 않지만 음악이 돋보인 영화 '빌리티스(Bilitis)' 중 '사랑의 정경'과, 다른 영화 '하얀 연인들'의 주제곡, 영화 '러브스토리' 중 '눈싸움'을 추천합니다. 다시 보니 영화 음악이 참 많네요. 고교 시절에 즐겨 들었던 음악이 대부분인데, 요즘도 '힐링'하면서 듣기에 무척이나 좋습니다. 또 다른 영화 음악의 거장 엔니오 모리코네 곡으로 영화 '원스 어폰 어 타임 인 더 웨스트(Once upon a time in the west)'에서 'Jill's theme'과, 영화 '산체스 의 아이들' 중 제임스 골웨이의 주제, 영국 국교인 성공회를 만드는 등 영국 역 사상 가장 풍부한 얘깃거리를 선사한 헨리 8세에 대해 다룬 영화 '천일의 앤'의 주제 'Farewell my love'를 추천합니다.

스위스 출신의 스위트피플의 곡 가운데에는 듣고 있노라면 마음이 차분해지 는 곡도 몇 곡 있습니다. 'A wonderful day', '목소리를 위한 아리아', '노래하 는 새들', '마법의 숲', '치코를 위한 발라드' 등입니다. 박인희의 '목마와 숙녀 (박인환 시)'는 발표 당시인 1970년대 중반에는 다소 생소한 장르였으나 지금 들어도 좋으며, 다니엘 리카리의 '목소리를 위한 협주곡', 이브 브레너의 '강 가의 아침'도 추천합니다. 이 밖에도 폴 모리아 악단의 '위대한 사랑', 프랭크 밀즈 악단의 '시인과 나', 색소폰 연주의 'Tornero', 미구엘 라모스의 'Y tu te vas(그대 가버리고)'를 들어 보시길 바랍니다.

가끔 FM 라디오를 듣다 보면 별 얘기 없이 음악만 흘러서 좋을 때가 있습니 다. 오늘 필자가 그런가 봅니다. 사람의 목소리만 한 악기가 없으니 잔잔한 음 악에 목소리가 덤으로 들어 있는 음악을 들으며 마음의 안정을 찾으시는 하루 가 되시기를 바랍니다.

사과에 대한 잡기(雜記)

What a strange illusion it is to suppose that beauty is goodness.
아름다움을 선량함이라 여기는 것은 정말 이상한 환상이다.
―레프 톨스토이, 『안나 카레니나』

코로나 바이러스로 인하여 대구라는 지명이 여러 사람들의 관심에 오르내렸습니다. 대학교에 진학하면서 거의 떠나다시피 했지만 필자가 철들며 자라고 고등학교를 졸업한 곳이기도 하여 대구는 다른 도시보다 더 정감이 가는 곳입니다. 2018년 학회 등 행사로 망우공원에 위치한 인터ㅇ고 호텔에 가 봤더니, 예전에 초등학교에 다니며 길거리에 코스모스를 심던 흔적은 사라지고 훨씬 좋게 변모하여 기분은 좋았지만 아쉬움도 많았습니다. 필자가 어릴 때 대구 하면 사과의 고장이었습니다. 아니 정확히는 대구 능금이 유명했었죠. 지금은 온난화의 영향으로 충북까지 재배 영역이 북상했지만 당시엔 대구 능금이 독보적인 브랜드 가치가 있었습니다. '대구찬가'는 시작이 '능금 꽃 향기로운 내 고향 땅은 팔공산 바라보는~'으로 팔공산보다 앞서 능금을 강조하고 있습니다. 고등학교 때 일본어를 배우며 일본말로 사과를 '링고'라 하여 운율(rhyme)이 비슷한 듯해 어원을 찾아봤더니 한자로 림금(林檎) 즉 (너무 맛있어서) 숲속의 새들이 즐겨 먹는 과일이 그 어원이더군요. 훗날 우리나라에서는 왕을 뜻하는 말과 발음이 같아서 능금으로 살짝 바뀌고 일본서는 링고로 굳어졌다고 하네요. 훗날 개량종인 사과(沙果)는 물 잘 빠지는 땅에서 자라는 과일의 대표명사가 되고 재래종인 임금과 학술적으로는 구분하나, 어쨌든 대구서는 사과를 능금으로 부르고 있습니다.

이탈리아의 문호 조반니 파피니(Giovanni Papini)에 의하면, 흔히 서양 역사의 주요 고비에 사과라는 과일이 등장했다고 하여 서양사를 움직인 4개의 사과를 들고 있습니다. 첫 번째가 바로 선악과로 대부분이 선악과가 사과였다는 데이의를 달지 않습니다. 이브의 유혹으로 몰래 따 먹다가 하나님이 부르자 놀라 삼키려다 목에 걸렸다 하여 남자의 목 부분에 볼록 튀어나온 곳을 '아담의 사과(Adam's apple)'라 부릅니다. 첫 번째 사과는 신과 인간과의 관계를 정립하는 데 등장한 셈이죠. 하이든(Franz Haydn)의 오라토리오 '천지창조'를 소개하려다가 귀에 익숙한 곡이 없어서 동시대 라이벌로서 위의 곡에 영감을 받아 헨델(Georg Händel)이 작곡한 '메시아' 중 '할렐루야(Hallelujah)'를 추천합니다. 참고로 멘델스존(Felix Mendelssohn)의 '엘리야(Elijah)'를 더해서 3대 오라토리오라고 합니다.

다음은 트로이 전쟁의 계기가 된 '파리스(Paris)의 황금사과'입니다. 신들의 잔치에 초대받지 못한 불화의 여신 에리스(Eris)는 황금사과 하나를 던지며 이것은 가장 아름다운 여인의 소유라고 말합니다. 헤라, 아프로디테, 아테나가 각각 한 치의 양보도 없이 다투다가 신들의 왕인 제우스에게 판단을 요청합니다. 그러나 제우스가 누구입니까? 전능한 경험으로 여인들의 다툼에는 간여하고 싶지 않아서 당시 훤칠한 미남 목동이었던 파리스에게 역할을 슬쩍 떠넘깁니다. 파리스는 권세와 지위를 주겠다는 헤라, 총명한 지혜와 기술을 주겠다는 아테나의 제안을 물리치고, 세상에서 제일가는 미녀를 주겠다고 약속한 아프로디테에게 황금사과를 건넵니다. 목동 파리스는 후에 트로이의 왕자로 돌아가 스파르타에 사신으로 갔을 때 당시 세계에서 가장 아름다운 여성인 그리스의 왕비 헬레네의 마음을 사로잡아 그녀를 트로이로 납치합니다. 이에 전 그리스는 분노하여 연합군을 트로이로 보내어 전쟁을 일으키는데, 10년을 끌던 전쟁은 오디세우스 장군의 목마작전에 힘입어 마침내 끝납니다.

다음은 민중혁명을 일으킨 계기가 된 '윌리엄 텔의 사과'입니다. 다양성에서 잠깐 언급되었던 오스트리아의 합스부르크가가 스위스를 지배할 때, 게슬러 총독은 광장에 있던 보리수 밑에 장대를 꽂아 자신의 모자를 걸어 놓고 사람들에게 절을 하도록 강요했습니다. 활쏘기의 명수였던 윌리엄 텔이 모자에 절을 하지 않자 윌리엄 텔에게 아들의 머리에 사과를 놓고 그것을 활로 쏘라는 명령을 내립니다. 그는 아들의 머리 위의 사과를 화살로 명중시켰지만 실패했을 경우 게슬러의 심장을 쏘기 위해 준비했던 화살이 발각되면서 체포되고 맙니다. 끌려가던 윌리엄 텔은 탈출하여 게슬러를 화살로 사살하면서 주민들 사이에서 영웅으로 여겨지고 후에 스위스의 독립운동으로 이어지게 되었다고 합니다. 로시니(Gioacchino Rossini)의 6시간짜리 오페라 '윌리엄 텔' 서곡을 추천합니다. 이 오페라는 길이도 길이려니와 남자가 낼 수 있는 가장 아름다운 음이라는 테너의 하이 C가 28번이나 포함되어 난해하다는 이유로 거의 공연되지 않지만, 서곡은 널리 알려져 있습니다. 익숙한 피날레는 뒷부분에 나옵니다.

네 번째인 '뉴턴의 사과'는 바로 근대 과학의 탄생을 알리는 지점입니다. 뉴턴은 케임브리지 대학의 근로학생이었으나 당시 유행하던 흑사병을 피해서 고향집 울즈소프에 내려와 있던 중, 정원의 사과나무에서 사과가 떨어지는 것을 보고 만유인력의 법칙을 깨달았다는 이야기는 너무도 유명합니다. 이는 좀 과장되었으며, 실은 뉴턴이 중력, 즉 만유인력의 법칙을 설명하기 위해 하나의 사례 정도로 사과를 언급했을 정도라고 보는 것이 맞을 듯합니다.

마지막으로 필자가 더하고 싶은 사과 이야기 하나는, 바로 스마트폰의 개발 회사인 애플사의 로고 사과입니다. 한입 베어 문 사과 형상의 로고를 사용하는 이 회사는, 최초로 차고에서 조립형 컴퓨터 애플을 출시하였고 요즘은 보편화된 마우스를 사용하는 그래픽 사용자 인터페이스(GUI) 개념을 도입하며 도약하였으나 이후 많은 굴곡을 겪으면서 지금의 아이폰을 생산하기에 이릅니다. 당시 핸드폰으로 통칭되는 모바일폰의 선두인 노키아가 통신 기능에만 집중한 반면, 애플은 컴퓨터의 기능을 더하여 손안의 작은 컴퓨터로 세상을 검색하게 한 것입니다. 애플은 초기 컴퓨터가 복잡한 명령어를 직접 타이핑해서 입력한 것을 마우스로 간소화시키며 한 단계 도약한 데 이어서 두 번째로 비약한 것입니다. 이처럼 인터넷으로 세계를 연결시킨 이야기도 사과와 연관이 있네요.

젊은 시절인 1980년대, 세계에서 제일 많이 연주되는 음악이 무엇인지에 대해 화제로 삼은 적이 있습니다. 많은 곡들이 나왔지만 단연 공감을 얻은 곡은 바로 'Happy birthday to you'였습니다. 당시 세계 인구는 45억 명에 이르렀는데 그중 10퍼센트 정도만이 생일축하로 이 곡을 듣는다면(친구나 가족 등 중복도 포함), 하루에 무려 123만 회 이상 지구상에서 연주 혹은 노래되는 것입니다.

그런데 요즘은 판도가 바뀌어 다른 곡에 자리를 내주고 말았습니다. 바로 컴퓨터를 켤 때 나오는 윈도 시작 음악입니다. 세계 인구도 77억으로 늘었거니와 세계인의 반 정도는 컴퓨터를 하루 1회 이상 켠다고 보면 적어도 30억 번 이상 이 음악이 연주되는 셈이네요. 대단하죠?

우리 별 지구에 대해 이야기한 김에 재미있는 숫자를 몇 개 더 제시합니다. 우리가 우주에서 움직이는 속도는 얼마일까요? 지구의 둘레는 약 4만 킬로미터이고 24시간에 한 바퀴를 돕니다. 우리가 북위 38도에 위치하니 우리의 움직이는 거리는 대략 31,520킬로미터[(4만 km)(코사인 38도)]이고 이를 24시간으로 나누면 시속 1,300킬로미터가 조금 넘습니다. KTX보다 훨씬 빠르게, 서울-부산을 11분에 도달하는 속도입니다. 공전 속도는 더 엄청납니다. 태양과의 거리 1.5억 킬로미터에 원주율을 곱하면 거리가 나오고 이를 365로 나누면 하루 움직이는 거리가 나오죠. 이를 시속으로 환산하면 시간당 10.7만 킬로미터 정도로 움직인다네요. 물론 이는 우주의 팽창 속도를 고려하지 않은 것입니다.

미국, 아니 세계 금융의 허브인 뉴욕을 흔히 '빅애플'이라 부릅니다. 근처 다른 지방을 '잔가지'로 비유하는 데 대한 대칭인 셈입니다. 1626년 당시 인디언들에게 지급한 맨해튼섬의 대가는 겨우 24달러 상당의 장신구와 구슬이었습니다. 이를 두고 사람들은 현재 맨해튼섬의 가치를 떠올리며 당시 헐값에 땅을 판 인디언들의 어리석음을 비웃었습니다. 하지만 미국의 유명한 펀드매니저 피터 린치는 당시 인디언들이 땅값으로 받은 물건을 현금으로 바꿔 연리 8퍼센트의 채권에 복리로 투자했을 경우 360여 년이 흐른 1989년에는 그 가치가 무려 32조 달러에 이른다고 그의 저서 『전설로 떠나는 월가의 영웅』에서 설명했습니다. 우리가 하루에 1퍼센트씩 좋아진다면 1.01의 365제곱으로 1년 뒤에는 약 38배나 좋아지며, 반대로 하루에 1퍼센트씩 나빠진다면 0.99의 365제곱으로 1년 뒤에는 약 0.025가 되어 원래의 2.5퍼센트에 불과하게 됩니다. 이 두 사례는 지속의 힘이 얼마나 큰지 설명합니다.

안전도 이와 다르지 않다고 봅니다. 매일매일의 작은 관심이 안전한 나날을 보장합니다.

키프로스 이야기

세비야에서 파포스 해변까지

특정 도시나 지명이 어떤 이에게는 특별한 의미가 있거나 서로 연결되는 경우가 있습니다. 스페인의 세비야(Sevilla)와 지중해 섬 키프로스의 파포스 해변이 필자에겐 의미 있는 연결고리입니다. 영화 '쇼생크 탈출'과도 연결되고 필자가 한국가스안전공사 재직 시절 제주지역본부장으로 있을 때 봤던 제피로스 골프장도 이 집합의 요소들입니다. 도대체 이 지명들이나 영화가 필자에게 어떻기에 이렇게 한 집합의 구성 원소가 되었을까요?

세비야(스페인어 Sevilla, 영어 Seville, 이탈리아어 Siviglia)는 스페인의 남서부에 있는 도시로, 안달루시아 지방의 예술과 문화, 금융의 중심 도시이며 세비야주의 주도입니다. 과달키비르강이 흐르는 평야지대에 자리 잡고 있으며, 스페인에서 마드리드, 바르셀로나, 발렌시아에 이어 네 번째로 큰 도시입니다. 2000년대 초 스페인 출장 때 군이 이 도시에 들른 이유는 출장지와 그리 멀지 않았고, 역시 음악과 상관이 있었기 때문입니다. 바로 이탈리아 작곡가인 로시니(Gioacchino Antonio Rossini)의 가극 '세비야의 이발사(Il barbiere di Siviglia)'

의 무대를 직접 보고자 했는데, 결론적으로 잘했다는 생각이 들더군요.

로마 시대부터 살기 좋은 곳으로 알려졌던 만큼 편안한 느낌을 주는 도시였습니다. 밤늦게 도착하여 옛 도시의 골목을 헤매다가 숙소를 찾느라 애먹었지만, 다음날 낮에 강가에 우뚝 솟은 히랄다 탑과 알카사르 대성당을 둘러보며 전날의 고생을 날려버렸습니다. 콜럼버스가 대서양을 횡단할 때 탔던 산타마리아호의 복원 모형이 강가에 전시되어 있었는데 생각보다 크기가 너무 작았습니다. 길이 70피트(약 18미터), 흘수* 200톤급이었다니, 고작 이런 작은 범선에 몸을 싣고 미지의 세계를 항해했던 선원들의 불안감이 필자에게 고스란히 전해져 왔습니다.

음악 이야기로 돌아가서, '세비야의 이발사'는 모차르트의 오페라 '피가로의 결혼'과 주인공 이름이 같고 내용도 서로 연결되어 있습니다. 세비야의 이발사인 피가로가 알마비바 공작과 로지나를 중매해서 결혼에 성공하기까지의 과정이 로시니 작품입니다. 모차르트 작품은 그 후 세월이 흘러 피가로가 수잔나와 결혼하게 되었을 때 귀족인 알마비바 백작이 당시 있었던 소위 초야권을 행사하려 하자 이를 둘러싸고 벌어지는 가벼운 해프닝입니다. 많은 오페라가 그렇듯이 이야기의 줄거리는 큰 역할을 하기보다는 음악의 전개에 흐름을 부여하는 정도라고 보시면 될 듯합니다. 극 중 세비야의 이발사 피가로가 부르는 '나는 거리의 만물박사' 아리아 멜로디는 우리 귀에 많이 익은 곡입니다. 아, 이런 설명보다는 몇 년 전 모 배우가 유행시켰던 통신회사 광고 '기~가로 기가로'가 아리아 중 나오는 '피~가로 피가로' 부분을 패러디한 것입니다. 유튜브의

---

* 흘수(吃水) 또는 끽수(喫水)는 선박이 물 위에 떠 있을 때에 선체가 가라앉는 깊이 즉, 선체의 맨 밑에서 수면까지의 수직 거리를 가리킴.

관련 동영상을 참조하시면 좋을 듯합니다.

모차르트의 오페라에서는 알마비바 백작부인 로지나과 수잔나가 부르는 이중창인 소위 '편지의 이중창'이 유명합니다. 영화 '쇼생크 탈출'에서 주인공 앤디가 교도소장의 방에서 문을 걸어 잠그고 전 교도소에 틀어 주던 그 음악입니다. 앤디에게는 독방 1주와 바꿀 만큼 가치가 있었는데, 독방에서 나와서는 동료들에게 'There's something inside me they can't touch… Hope'이라 중얼거렸던 것으로 기억합니다. 이 곡의 원제목은 '저녁 산들바람 상냥하게' 정도로 번역되는 'Che soave Zeffiretto'이고 원제 중 'Zeffiretto'는 서풍의 신인 '제피로스(Zephyros)'에서 나온 말입니다.

제피로스는 그리스 신화 중 비너스를 거품에 실어서 당시 아름다운 나라의 대명사였던 키프로스의 파포스 해변으로 밀어 올려 준 신입니다. 필자가 2010년도 키프로스의 중동공과대학교(Middle East Technical University, METU)에서 학생들을 가르칠 때 남쪽 지방으로 자주 방문했었는데, 〈그림 61〉은 아프로디테(비너스의 그리스식 이름) 바위 근처에서 찍은 사진입니다. 〈그림 62〉는 유명한 보티첼리의 '비너스의 탄생'이란 그림인데 〈그림 61〉과 비교해 보면 배경의 해안선이 닮은 듯, 안 닮은 듯합니다. 보티첼리의 그림 좌측 상단에서 열심히(?) 입김을 불어 주는 신이 바로 서풍의 신 제피로스입니다.

키프로스섬은 그야말로 만감이 교차하는 곳입니다. 한국가스안전공사 1급직을 사직하고 에너지의 본 고장인 중동으로 가려고 계획했으며 그 전에 이슬람 문화의 경험지로 택한 곳이 터키령 키프로스의 METU였습니다. 터키 수도 앙카라에 1960년대 설립된 본교가 있고 키프로스에는 분교를 세우고 교원을 모집 중이었는데 필자와 인연이 닿았던 것입니다. 미국에서도 강의 경험이 있었고 해외 학회에서 발표 등으로 적지 않은 경험을 쌓았던 터라, 영어 강의가

〈그림 61〉 아프로디테(비너스의 그리스식 이름) 바위 근처에서.

〈그림 62〉 보티첼리의 '비너스의 탄생'.

조건인 학교의 요구사항에 큰 두려움은 없었습니다. 가서 보니, 한국인에 대한 터키인들의 대우는 살갑기가 기대 이상이었습니다. 주말마다 서는 재래시장이나 거리의 상점에서도 'Ben den Koreli im(저는 한국인입니다)'이라는 한마디면 손해 볼 일이 없었습니다.

그런데 필자 나이에 외국의 환경은 녹녹치 않았습니다. 환경에 빨리 적응하고자 방학 때에도 키프로스에 남아 있었습니다만 이게 탈이었습니다. 1년 정도 지나자 알레르기가 생기더니 점점 더 심해져서 나중에는 현지 약으로 치료가 안 되었습니다. 약은 어떤 이유로든 수입이 되지 않아 계약기간도 못 채우고 안타깝게도 1년 반 만에 귀국해야만 했습니다. 이 이야기는 뒷부분에 좀 더 자세히 전하겠습니다. No place is like home. 집만 한 곳이 없다는 것을 값비싼 경험을 치르고서야 늦은 나이에 깨달았던 것입니다.

참고로 유럽인들은 대서양인 서쪽에서 불어오는 바람에 대한 선호도가 높은 듯합니다. 유럽이 위도상으로 상당히 북쪽임에도 불구하고 대서양의 난류와 지중해라는 환경 덕분에 사람이 살기 적합한 환경을 만들어 줬으니까요. 유럽의 남단인 로마의 위도가 우리나라의 그 춥다는 중강진과 비슷하다는 것을 짐작해 보시면 알 수 있죠.

스웨덴의 혼성 2인조 시크릿 가든의 곡 'Serenade to Spring'은 봄을 노래한 것입니다. 스웨덴 사람들에게는 밤이 긴 겨울 끝에 맞이하는 봄이었으니 더할 나위 없이 좋았을 듯합니다. 우리나라에서는 이 곡을 '10월의 어느 멋진 날에'라는 곡으로 가사를 붙였습니다. 좋아하는 계절은 주변 환경에 따라 나라나 지역마다 다른 것 같습니다. 우리는 무더운 여름을 지나고 풍성한 가을에 대한 선호도가 높아서 곡 제목도 이렇게 바뀐 것이 아닐까 하고 추측해 봅니다. 내친김에 한 곡 더 예를 들면, 스웨덴의 혼성 팝그룹 아바(ABBA)의 'Andante,

andante'는 듣기에 따라서 상당히 야한 가사인데 그중 일부만 보면 다음과 같습니다.

> Take it easy with me, please
>
> Touch me gently like a summer evening breeze
>
> Take your time, make it slow
>
> Andante, andante
>
> Just let the feeling grow
>
> (천천히… 여름밤 산들바람처럼 날 터치하세요.
>
> 감각이 살아나게…)

　듣기에 따라 매우 노골적으로 해석되는 이 가사가 우리나라에서 여름을 지내 본 사람들에게는 공감하기 힘든 내용입니다. 스웨덴은 여름 밤바람이 우리네 가을바람에 해당되지 않을까 합니다.

중동공과대학교 강단에 서다

2010년 8월, 필자는 오랫동안 몸담았던 한국가스안전공사를 사직했습니다. 키프로스의 중동공과대학교(Middle East Technical University, METU)에서 학생들을 가르치기 위해서였습니다. 사직 전 1년여를 돌아봤더니 짧은 기간이었지만 필자가 나름대로 밀도 있게 지낸 시간들이었습니다. 이런 일이 언제 있었는지 기억을 짚어 봤더니 2001년 국가지정연구실 준비할 때와, 1979년 대학입시 준비 때가 떠올라서, 많이 반성했던 것 같습니다.

KAIST에서 박사학위를 받고, 한국에너지기술평가원(KETEP)의 전신인 에너지자원기술개발 지원센터에서 1992년 직장생활을 시작했습니다. 현 아주대학교 최기련 박사님을 통해 정근모 박사님을 알게 되었는데, 당시에 그분이 하신 말씀 가운데 '기술관료(Technocrat)'라는 말이 무척 매력적으로 들려서 직장생활을 시작했던 것입니다. 센터에서는 산업체 에너지기술에 대한 기획 및 관리와 국제협력 업무를 맡게 되었습니다. 당시 산업자원부 에너지기술과가 OECD 에너지기술 정보교류활동의 창구로서 우리나라의 대표 역할을 했고 필자가 센터의 실무 담당이었습니다. 1년에 몇 번씩 정부 대표인 에너지기술과장과 회의에 참석하여 우리나라 정책과 실적을 홍보하고 선진 동향과 정책을 우리나라에 알리거나 우리나라 정책에 반영하는 그런 일이었습니다. 돌이켜 봤더니 이 경험이 필자의 영어 실력에도 큰 도움이 되었습니다.

의무근무 연한인 3년이 지나 새로운 직장을 찾을 즈음에, 한국가스안전공사에서 사람을 모집한다고 해서 1995년 10월 옮겼습니다. 그때 아현동 도시가스 사고, 대구 지하철공사장 폭발사고 등 가스 관련 사고와 민간 항공기 사고, 서해페리사고 등 그야말로 육해공으로 대형 사고가 잇달아 터지는 바람에 '사고공화국'이라는 웃지 못할 조어까지 등장했을 정도였습니다. 지금 생각하면 이직(移職)은 다소 무모한 결정이었지만, 덕분에 의미 있는 일을 수행할 수 있었습니다. 새로운 가스안전관리제도인 SMS(Safety Management System)를 도입하면서 시스템안전실 실장을 맡았고, 비교적 짧은 기간인 3년 만에 제도를 성공적으로 정착시키고 이를 관련 실행 부서로 이관했습니다.

1961년생이니 이직 당시 우리 나이로 50세에, 소위 '신의 직장(?)'이라 불리는 '공사'에서 그것도 꽃이라 지칭되는 '1급직'을 사직하고 새로운 직장을, 그것도 타국에서 시작한다는 데 대해 많은 지인들이 궁금증과 우려 섞인 관심을 보였습니다. 그러나 필자로서는 그동안 마음속으로 죽 하고 싶었던 일을 시작했던 것입니다. '가르침을 심는다(敎植)'는 이름을 가지고 있어서인지 어릴 때부터 다른 이들을 가르치는 일을 막연히 동경했었나 봅니다. 재미도 있었고요. 결국 에너지 분야 연구기획·관리→가스안전제도 수립·보급→안전연구를 거쳐서 가르치는 분야로 온 셈입니다.

너무 늦기 전에 가르치는 일을 시작해야 한다는 생각이 늘 머릿속에 있었고, 그래서 이력서를 2년여 동안 준비했습니다. 외국 중에서도 특히 중동 쪽에 관심이 많았습니다. 화공과를 나와서 그동안 가스안전 업무에 종사해 왔으니 에너지 쪽을 모색해 보았습니다. 석유 고갈이다, 온실가스다 하는 것들이 요즘 이슈로 떠오르고는 있지만, 아무래도 에너지 분야라면 역시 석유와 가스가 주류라고 보았기 때문입니다. 석유라면 또 중동이어서 중동 쪽에 집중적으로 지원했습니다. 박사과정 때 새벽에 SDA 영어학원에 다니면서 열심히 하긴 했습니다만, 영어가 국산이어서 영어를 모국어로 사용하는 곳에서는 다소 자신이 없기도 했습니다.

여러 군데 지원을 했는데 마침 중동공과대학교에서 연락이 왔습니다. 원래 목표는 중동이었지만, 같은 이슬람권이고 지리적으로도 가까워서 에너지와는 거리가 멀었지만 일단 면접을 보기로 했습니다. 근무조건이 키프로스인 것이 약간 걸렸지만, 한편으로 휴양지로 널리 알려진 섬이라는 점이 끌리기도 했습니다. 2010년 1월 면접을 본 후 급여조건이나 맡을 과목 등을 정하고 그곳으로 가기로 마음을 굳혔습니다.

학교는 여기 말로 귀젤유르트(Guzelyurt), 그리스 지명으로는 모르푸(Morphou)라는 곳에 위치하고 있습니다. 키프로스는 우리나라와 같이 회식이다 동문회다 등등 갖은 구실로 만나서 부대끼는, 자극적인 밤문화가 거의 없습니다. 터키 본교에서 1년씩 파견되어 근무하는 교수님들과 이야기를 나눠 봐도 이곳에는 클럽문화가 없어서 너무 심심하다고 합니다. 이런 사정이니 학문적으로나 육체적으로나 내공을 높이기에는 더없이 좋은 환경이었습니다.

필자가 준비해 온 과정을 상세히 적겠습니다.

우선 필자의 연구실적을 정리했습니다. 그동안 방치했던 연구실적들을 정리했는데, 생각보다 꽤 많더군요. 이를 필자가 영어로 번역했습니다. 다음은 이 연구실적을 토대로 이력서(Resume)를 작성했습니다. 틈틈이 한 것이어서 약

두 달 정도 걸린 것 같습니다. 내용은 우선 학력(EDUCATION/TRAINING), 경력(POSITIONS HELD), 학회 등 대외활동(PROFESSIONAL AFFILIATIONS), 기타(OTHER ACHIEVEMENTS), 저서(BOOKS) 등에 대해 간략히 기술했습니다. 다음은 주요 연구(KEY PROJECTS)로서, 필자의 역할 및 연구내용을 간략하게 서술하고, 논문은 출판된 것과 준비 중인 것에 대해 적었으며 학회 발표 활동도 덧붙였습니다. 자술서(BIOGRAPHICAL INFORMATION)에서는 필자가 그동안 해 왔던 업무 가운데 자랑할 만한 내용들을 엄선해서 나열했습니다. 정리하고 전체적으로 다시 읽어 보니 좀 쑥스러웠지만, 사실에 기반한 것이니 뿌듯하기도 했습니다.

다음은 담당 교과목(Teaching Philosophy and Courses)에서는 가르칠 수 있는 과목과 이에 대한 중요성을 세밀히 기록하고, 연구분야(Brief Description of Research Program)에서는 연구계획을 구체적으로 나열했습니다. 이 중 어디에도 넣기 애매한 것은 기타 학술활동(Additional Scholarly Activities)에서 정리했습니다. 이러니 20쪽이 훌쩍 넘더군요. 이력서 초벌은 영문을 전문적으로 윤문하는 곳에 의뢰하여 교정을 받았습니다. 내용을 많이 고친 것도 아닌데, 교정 후에는 훌륭한 문장이 되었더군요. 속된 표현으로 돈 값어치가 충분히 있었습니다. 일단 한번 원고가 완성되니 그다음은 비교적 쉬웠습니다. 밝히기 쑥스러워 숫자를 쓰긴 그렇습니다만, 실적이나 제출처에 따라 약간씩 수정한 이력서가 상당히 되었습니다.

키프로스섬에 대해

키프로스는 지중해에서 세 번째 큰 섬으로 면적이 제주도의 다섯 배에 이릅니다. 아시아와 유럽, 아프리카의 교차점이라고 할 수 있는 지중해의 동쪽 끝부분에 위치하며, 모양은 중국집 주방칼을 닮았습니다. 남북으로 나뉘어 있는데, 약 45퍼센트의 면적을 차지하는 북키프로스는 터키계로 터키어를 사용하며 종교는 이슬람입니다. 남쪽은 (자칭) 그리스계로 정교를 믿고 그리스어를 사용합니다. 위도는 우리나라의 대전 정도이며 전형적인 지중해성 기후입니다. 5~10월은 건기로 기온은 높지만 습도가 낮아서 그늘에 들어가면 살 만합니다. 6월 말부터 2개월 정도는 낮의 몇 시간은 에어컨 없이 견디기 힘들지만 그 외에는 볕에만 안 나간다면 그럭저럭 지내기 좋습니다.

이 섬의 명칭은 영어로 사이프러스, 그리스어로는 키프로스, 터키어로는 크브르스라고 각국에 따라 부르는 명칭이 참 다양합니다. 우리말 성경에서는 구브로라고 되어 있습니다. 지도상에서 보면 오래된 곳은 지금도 영어, 그리스어,

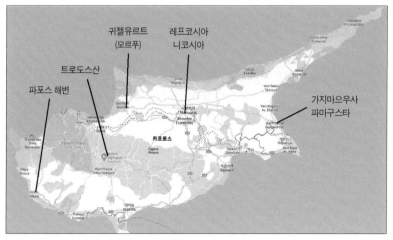

〈그림 63〉 키프로스.

터키어식 지명이 각각입니다. 세 대륙의 교차점이라는 지정학적 위치 때문에
일찍부터 강국들의 지배를 받았는데, 멀리는 베네치아 공국, 십자군 원정 때 영
국의 리처드왕 때부터 최근에는 오스만투르크를 거쳐 1960년대 초까지 영국의
지배를 받았습니다. 영국은 독립의 대가로 군데군데 영구 기지를 챙긴 덕분에
이 섬 곳곳에 영국령이 있습니다. 한말 우리나라 거제도도 멋대로 점령하고는
해밀턴항이라고 명명했다니 영국의 욕심이 참 대단합니다.

　여러 세력이 지배했던 만큼 다양한 종교의 영향력이 강해서, 지금의 남북으
로 키프로스를 나뉘게 한 가장 큰 원인이 되었습니다. 여기 주민들을 흔히 그리
스계, 터키계로 구분하는데, 가장 큰 요소 역시 종교입니다. 정교면 그리스계,
이슬람이면 터키계로 구분하는 식이죠. 그리고도 남북으로 나뉘어 삽니다. 북
쪽 이슬람 중에서도 그리스어를 쓰는 사람들이 있는데, 이들은 남쪽으로 가도
대접을 아주 잘 받는다는군요. 종교 이야기가 나오기 전까지는 말이죠. 아, 물
론 여기 북쪽에도 정교 교회가 여럿 있고 지금도 예배를 드린다고 합니다. 남쪽

에서 관광단이 오면 빠지지 않고 들르는 코스 중의 하나입니다.

필자가 살았던 귀젤유르트는 지형상 서쪽으로 칼등의 거의 맨 끝 부근입니다. 남쪽이 약간 크다고는 하지만 최고봉인 1,950미터의 트로도스산을 포함한 산악지역이 많아서 실제로 알짜 땅은 북쪽에 많다고들 합니다. 그래서인지 차로 북쪽을 달리다 보면 실제로 여기가 작은 섬나라가 아니라는 착각이 들 정도입니다. 끝이 보이지 않는, 지평선이 아득한 평야를 보노라면 우리나라보다 더 크다는 생각이 들기도 합니다. 단지 흠이라면, 여름에 비가 오지 않아서 초록색이 귀하다는 것입니다. 흔히 북쪽을 때 묻지 않은 자연 운운하면서 묘사하는 글들이 많은데, 이곳은 우리나라의 1970년대 중반에 머물러 있는 것처럼 느껴집니다. 동네가 넓지는 않지만 유적지를 중심으로 찾아다니다 보면 다듬어지지 않은 유적들이 많습니다. 대부분 기독교 관련 유적으로 울타리나 경계도 없이 관리인 한 명이 지키고 있는데 인건비나 나올까 싶을 정도로 관람객이 드뭅니다. 조금만 더 손질하면 관광객들이 아주 좋아할 것이라는 아쉬움이 남습니다.

필자가 사는 곳에서 가까운 곳부터 소개하자면 살르(Sali)*는 레프케(Lefke)에서 가까운 성당터인데, 백조 모양의 모자이크 문양이 유명하나 거의 지워져서 형체를 알아보기 힘듭니다. 필자의 집 북쪽에 위치한 코루참(Korucham)이라는 마을에 성당이 있는데 그리스계가 거주하고 있습니다. 그리스어 간판, 농기구에 적힌 그리스어, 표지판에 터키어와 그리스어가 병기된 걸 보면, 공존이란 참 멋진 것입니다. 이곳 외에도 성당 건물이 건재한 마을이 있는데, 지금도 예배를 드리거나 남쪽 관광객들을 위해 개방하는 곳이 많습니다. 동쪽에는 가지마으우사(Gazimağusa**, 영어로는 Famagusta)시가 있는데 셰익스피어의 '오

---

*터키어 표기 중 로마자 'i'에서 점이 빠진 'ı'의 음가는 우리말의 '으' 발음에 해당하며 자음과 함께 사용됨.

〈그림 64〉 니코시아 시내의 옛날식 여관.

델로' 무대로 유명한 곳입니다. 키프로스의 수도도 남북으로 나뉘어 있는데 북쪽에서는 레프코시아(Lefkosia)로, 남쪽에서는 니코시아(Nicosia)로 각각 부릅니다. 레프코시아의 구시가지인 성내에 살리미예(Salimiye) 성당, 도서관, 옛날 상인들이 묵었던 여관 등 다채로운 볼거리들이 있습니다.

남쪽 사람들은 원래 북쪽 땅이 키프로스 땅인데 터키군의 불법 침공으로 빼앗겼다고 여겨서 상실감이 크다고 합니다. 필자가 딸아이의 사회과목 숙제를 도와주다 알게 된 사실인데, 1961년 키프로스가 영국으로부터 독립하고 1973년에 분단되기 직전, 극우단체들이 터키계 마을을 자고 나면 하나씩 없애버렸답니다. 원래 그리스계와 터키계가 80 대 20으로 터키계 주민이 소수인데다가, 키프로스 정부가 사건의 진상을 적극적으로 규명하고 해결하려는 의지가 없었

** 터키어의 'ğ' 음가는 우리말 '으'에 해당하며 모음 사이에 위치함.

기 때문에 터키에게 이슬람 주민을 보호하기 위해 진주한다는 좋은 구실을 만들어 준 듯도 합니다. 아무튼 중요한 것은, 오늘날까지 평화적인 대치 상태를 잘 유지하고는 있지만, 유엔을 비롯한 EU, 심지어 후견국인 터키나 그리스까지도 통일을 바라고 있다는 사실입니다.

그런 깊은 사정을 알기 전에는 필자 가족들은 겁도 없이 국경 검문소를 넘나들었습니다. 2010년 10월 말 수도 북쪽 수도 레프코시아의 외곽에 위치한 메테한(Metehan) 검문소로 무작정 간 본 적이 있습니다. 분단된 국가에서 휴전선이 어떤 의미인지 오랜 기간 보아 온 필자로서는 대단한 용기가 필요했던 사건이었습니다. 차량이 길게 늘어선 줄 끝에 필자 가족 역시 차 안에서 호기심 반 두려움 반으로 대기하고 있었습니다. 불안하기는 했지만 우리나라의 힘을 믿었습니다. 북쪽 검문소를 무사통과하고 100미터쯤 더 내려간 남쪽에서 우리 차를 한 켠으로 세우더니 우리가 무비자 대상인지 한참을 조회하더군요. 당시 유엔의 수장인 반기문 총장님, 세계적인 대기업인 삼성과 현대, LG에 대해 알 만한 이야기를 늘어놓았습니다. TV, 자동차는 물론 키프로스에서도 널리 사용되는 에어컨 상표를 봐 왔던 터라 검문소 직원들은 '서울'에 대해 익히 잘 알고 있었습니다. 결과적으로 검문소를 넘었던 것입니다. 그리고 무작정 달렸습니다. 나중에 알게 된 사실이지만 남쪽으로 갈 때는 월 25유로 정도인 자동차보험을 별도로 들어야 합니다. 그날은 국경을 무탈하게 통과했다는 사실이 마냥 신기해서, 그냥 거리만 죽 달리다가 가게에 들러 음료수만 사 마시고 넘어왔습니다.

11월에는, 필자가 사는 마을에서 가까운 검문소를 찾아갔습니다. 북쪽은 보스탄즈, 남쪽은 조데이아라는 마을이 접한 곳입니다. 학교에서 보스탄즈까지는 10킬로미터 거리였는데, 검문소에서 채 100미터도 떨어지지 않은 곳까지 민간인들이 살고 있어서 필자가 우리나라에서 익히 알고 상상하던 국경과는 많이 달랐습니다. 국경을 넘어 어디로 갈까 잠시 생각하다가 트로도스산이 높다기에, 그리고 같은 방향으로 아프로디테(비너스)가 탄생한 파포스 해변이 있다기에 그쪽으로 방향을 잡았습니다. 상점이나 도로 간판이 그리스어인 것을 제외하고는 풍경은 어디나 비슷했습니다. 처음 보는 그리스어와 영어를 연결하면서 그리스 알파벳을 배우는 데 재미를 붙였습니다.

이날을 포함해서 이후로도 몇 번 국경을 넘었는데, 파포스시 근처의 아프로디테 탄생 설화가 깃든 해변 풍경을 눈에 한가득 담아 왔습니다. 사실은 이탈리아의 보티첼리가 해변이 너무 아름다워서 유명한 '비너스의 탄생' 그림의 배경으로 사용했다고 합니다. 사진을 찍어 필자의 페이스북에도 올렸는데, 그림의 해변과 비교해 보니 분위기가 비슷한 것도 같고, 뭐 어느 해변 중 하나인 듯도 하고 그렇습니다. 해변 근처에는 아프로디테 사원(Sanctuary)이 있는데, '사랑의 여신'과 관련된 탓인지 해변에는 조약돌로 수많은 하트가 그려져 있었습니다. 산길을 타고 넘다가 교회 유적지를 구경하기도 하고, 개울가 카페에서 그리스식 커피를 마시기도 했습니다. 부근에 지천으로 떨어져 있던 엄지손가락만 한 길쭉한 도토리가 생각이 나네요. 또 산 정상 부근의 식당 프실로(Psilo)에서, 산골짜기에 흐르는 차가운 시냇물로 기른 송어를 재료로 해서 만든 맛있는 점심도 그립습니다. 영국 지배층이 더위를 피해 산 중턱 시원한 곳에 건설한 수많은 플라터(Platre, 여름별장 마을)들과 이를 잇는 구불구불한 도로들도 기억에 남습니다.

아프로디테 배스(Aphrodite Bath)란 곳은 11월, 건기의 끝 무렵인데도 시원한 물이 풍부하게 쏟아지는 인상 깊은 곳이었습니다. 어떤 때는 시골길을 잘못 들어 헤매다가 300마리는 족히 넘을 듯한 염소 떼를 만난 적도 있습니다. 그중 덩치가 큰 수놈은 필자보다 몸무게가 더 나갈 듯했습니다. 뒷다리로 주욱 일어서서 올리브나무 밑가지의 잎사귀를 훑어 먹는 모습이란 직접 눈으로 보기 전

〈그림 65〉 그리스식 카페.

〈그림 66〉 그리스어, 영어 병기 간판.

〈그림 67〉 프실로 식당에서의 송어 튀김 점심.

〈그림 68〉 올리브 잎과 열매 따 먹는 염소 떼.

〈그림 69〉 플라터와 산길.

〈그림 70〉 아프로디테 배스 앞에서.

에는 상상하기 어렵습니다.

12월 24일 성탄 전야인데도 이상하리만치 크리스마스 분위기가 나지 않아서 니코시아 성벽 내의 레드라(Ledra)라는 검문소를 걸어서 통과해 남쪽으로 내려가 보았습니다. 역시나 남쪽은 크리스마스 분위기 물씬 풍겼습니다. 저녁을 푸짐하게 먹고 군것질도 하며 성탄 분위기에 흠뻑 취해 보았습니다. 그런데 아주 중요한 것은, 우리가 북키프로스로 입국했던 에르잔(Ercan)* 공항은 남쪽에서는 인정하지 않는 공항이라는 사실입니다. 즉 남쪽 입장에서는 북쪽이 키프로스 영토이며 자기네 세관을 통과하지 않은 것이어서 해석에 따라서는 우리가 밀입국자로 분류될 가능성도 있었다는 것입니다. 그래서 그다음부터는 남쪽으로 가지 않았습니다.

---

*터키에서는 'c'의 음가가 우리말 'ㅈ'에 해당함.

학교생활

필자가 몸담고 있던 중동공과대학교(Middle East Technical University, 이하 METU)는 정확히, METU의 Northern Cyprus Campus(METU-NCC, 북키프로스 캠퍼스)입니다. METU는 터키의 수도 앙카라에 소재하며 1956년에 설립된 국립대학으로서 등록금이 전액 면제됩니다. 강의는 영어로 진행되며 학생 수는 2010년 당시 기준으로 약 25,000명이고 이 중 대학원생이 약 30퍼센트를 차지합니다. 외국 학생의 유학도 활발해서 약 80개국에서 1,500명 정도가 와 있습니다. 졸업생은 약 10만 명 정도이고 고교 상위 0.1퍼센트가 입학한다 해서 자부심이 대단합니다. 또한 터키 최초의 캠퍼스와 테크노파크를 자랑하며, ABET* 인증은 물론 미국 과학재단 조사자료(1999~2003)에 의하면 박사학위 소지자 경쟁력을 기준으로 미국 내 톱 10위권 외국 대학(터키 내 최고)에 들었다고 합니다. 2010년 기준 세계 200위권 내 대학 중 경쟁력, 교육여건 등을 평가한 결

---

* Accreditation Board for Engineering and Technology, Inc. 미국 공학기술교육인증원.

과가 183위라고 합니다. 필자가 전체적으로 받은 느낌은 여기가 교육에 더 치중하는 'Teaching School'이라는 느낌이 듭니다. 연구도 장려하긴 합니다만, 압박의 수준까지는 아닌 듯합니다.

METU-NCC는 북사이프러스 터키공화국(TRNC, Turkish Republic of North Cyprus) 정부의 강력한 요청으로, 터키 정부가 2005년 캠퍼스를 개교했다고 합니다. 서쪽 끝부분의 귀젤유르트시 칼칸르(Kalkanlı)라는 마을에 위치하는데, 화공과는 2006년 개설되었습니다. 학교 도착 후 학기 등록과 함께 개강 행사가 열렸습니다. 학기 등록은 1주일간 진행하는데 각종 이벤트가 다채롭게 열려서 개강 행사에 큰 의미를 두고 있다는 게 느껴졌습니다. 9월 중에 신입생들을 위한 오리엔테이션이 개최되었는데, 낮에는 선배들이 학교시설을 안내하거나 기숙사에 들어온 후배들이 필요로 하는 물건 구입을 도와줍니다. 다양한 레퍼토리의 공연이 시연되는 저녁에, 필자는 식구들과 함께 임시로 설치된 난전에서 음식도 사 먹고 공연도 즐겼습니다.

이외에도 등록 행사가 진행되는 한 주 중 이틀 정도는 근처 유명 사적지나 관광지 등에 대한 안내와 교통편을 제공합니다. 이때가 재학생 등록기간이기도 해서 필자는 꼼짝없이 사무실을 지켜야 했습니다. 이곳은 본토 섬주민이 아닌 외지인이 주로 와서인지, 어떤 학교의 경우 개강 초에는 학생들이 나타나지 않아서 곤란하다는 이야기를 전해 들었습니다. 즉 전체 수업일수 중 일정 일수는 결강할 수 있는 권리를 학생들이 찾는 바람에 가급적 키프로스에 늦게 도착하려 한다는 것입니다. 이 학교는 개강 1주 전에 학생 본인이 직접 지도교수와 면담하여 수강신청을 등록하게 되어 있습니다. 각자가 컴퓨터에 비밀번호를 입력해야 수강신청이 되도록 해 놓아서, 이런 땡땡이를 미연에 방지한 것입니다. 어느 나라든지 틈만 나면 학생들은 강의를 빠지고 싶어 한다는 걸 다시 한번 확인한 셈입니다.

개강 행사의 마지막 날에 진행되는 개학식(Opening Ceremony)은 앙카라 본교의 총장이 참석하며 저녁에 성대하게 진행됩니다. 우리나라의 경우 보통 8월 말에 학기가 시작되는 점을 감안하면 한 달가량 늦는데, 이때가 되어야 그나마 날씨가 공부할 여건이 된다는 점을 감안하면 이해가 갑니다. 개학식 참석자가 우리나라 각종 공식 행사에 못지않게 많았던 것도 인상적이었습니다. 북키프로스의 전 대통령, 총리, 교육부 장관 등이 대거 참석하고 인사는 METU-NCC 총장, METU-앙카라 총장, 교육부 장관, 전 대통령, 총리 순으로 거행되었습니다. 총리나 전 대통령이 교육부 장관 뒤에 인사를 했다는 점도 우리나라와는 다른 점이었습니다. 식후 행사로 유명 소프라노의 공연이 있었습니다. 교수들은 모두 학교 측에서 제공한 가운을 입고 참석하게 되어 있어서 필자 역시 입었는데, 나중에 사진으로 보니 공식 복장으로서의 품위를 갖추려면 이런 형식적인 것도 필요하다는 생각이 들었습니다.

이곳의 학생들은 학점에 대한 정성이 대단한데, 이것이 꼭 공부를 열심히 한다는 뜻은 아니라는 데 문제가 있습니다. 학점은 우리나라와 비교하면 무척 인색한 편입니다. AA, BA, BB, CB, CC, DC, DD, FD, FF로 나뉘는 학점 가운데 FD와 FF가 보통 30퍼센트 수준이고, 절반 이상일 때도 있을 정도라니 놀랍습니다. 수업은 영어로 진행하는데 대부분의 학생들이 이해하는 데 무리가 없습니다. 시험은 중간고사 두 번 이상, 기말고사 한 번입니다. 중간중간에 퀴즈다 숙제다 해서 기말이 되면 학생들은 대부분 탈진 상태에 빠집니다. 전 학과가 영어로 수업을 진행하다 보니 영어 실력이 부족한 학생들이 있게 마련입니다. 필자의 연구실 맞은편이 모하메드라는 물리학 교수의 연구실인데, 수업이 끝나면 많은 학생들이 질문하러 오는 것을 볼 수 있습니다. 수업시간에 영어 이외의 언어나 터키어를 사용하면 평가 시 점수를 깎습니다. 그러나 수업 이외의 시간에

〈그림 71〉 입학식을 마치고, 뒤편으로 학교 건물이 보임.

〈그림 72〉 봄 식목 행사 후 학생들과 함께.

〈그림 73〉 학교에서 매년 주관하는 근처 오렌지 농장 체험.

는 허용되죠. 그래서 많은 학생들이 보충 설명을 들으러 오는 것 같습니다.

필자는 어떻게 했냐고요? 박사과정 학생이 필자의 조교(TA)인데, 수업시간에 꼭 들어옵니다. 수업시간에 필자가 설명하는데 조교가 떠드는 것 같아서 좀 언짢았는데 알고 보니 그게 아니었습니다. 학생들이 물으니 중요한 개념을 터키어로 설명해 주는 것이었습니다. 여기까진 좋은데 어떤 학생들은 시험에 뭐가 나오느냐, 샘플 문제를 풀어 달라는 등 바라는 게 많아서 이런 것은 학기 초에 명확하게 해 놓지 않으면 나중에 곤란할 수 있습니다.

필자는 화공안전공학, 화공양론, 화공열역학, 화공실험 등의 과목을 가르쳤고 학생들은 특히 필자를 호자(Hoca, 선생님이란 뜻의 터키어)라고 부르며 친근하게 지냈습니다.

공부할 환경은 매우 좋습니다. TRNC(Turkish Republic of North Cyprus) 정부나 METU에서 상당히 공을 들여 시설을 갖추어서, 도서관이나 실내 체육관 등 시설은 매우 훌륭합니다. 공부에 전념하면서 체력 보충을 한다면 좋겠지만 청춘이 어디 그렇습니까? 술도 마시고 데이트도 해야 하는데, 시골 마을은 이러한 여건을 허락하지 않습니다. 스쿼시나 수영, 농구, 헬스 등은 거의 마음대로 할 수 있지만 당구나 PC 게임은 전혀 할 수 없고 영화관 같은 마땅한 데이트 코스는 눈 씻고 찾아볼 수조차 없으니까요. 여기에 비하면 우리나라 대학생들은, 정말 많은 유혹에 노출되어 공부하기 쉽지 않다는 것을 실감합니다.

지중해 섬의 삶

키프로스로 출국하기 전에 '지중해 섬'이라고 해서 몇 가지 상상을 해 보았습니다. 싱싱한 해산물, 올리브, 과일 천국 등의 먹거리를 떠올리니 기분이 좋았습니다. 그런데 현지에 와서 보니 신선한 채소와 과일은 상상 이상이었습니다만, 해산물은 기대에 미치지 못했습니다. 이슬람은 율법에 따라 날생선을 먹지 않아서 가공된 해산물, 그중에서도 살코기를 튀겨 먹기 좋게 포장한 것이 주류이고 식당에 가도 주로 튀긴 요리 일색이었습니다. 필자가 여름방학을 맞아 한국에 귀국했을 때 제일 맛있게 먹은 것이 바로 초밥과 회였습니다.

올리브는 무슨 요리든지 빠지지 않았습니다. 상추와 토마토에 소금 간을 약간 한 다음 올리브기름으로 두른 것이 일반적인 샐러드였는데, 처음엔 밋밋했지만 먹을수록 채소 본래의 맛을 살린 듯하여 입맛에 맞았습니다. 정말 싸고 맛있는 과일의 천국이라 지금도 입맛이 다셔집니다. 여름에는 수박을 실컷 먹었는데 재래시장에서 싱싱한 수박 1킬로그램에 1리라(약 600원) 정도였으니, 원없이 먹을 만하지요?

한여름이 지나고 9월 말이 되면 청포도를 비롯한 각종 포도가 제철입니다. 기록을 보면 베네치아 공국 시절부터 이곳의 포도주를 특산품으로 관리했다고 하니 그 역사를 짐작할 수 있습니다. 킬로그램당 2리라 하는 씨 없는 포도는 정말 맛있습니다. 2010년 11월 남쪽으로 놀러 갔다가 잠깐 길을 잃고 낯선 산골 동네로 들어간 적이 있었습니다. 어찌어찌하다가 추수가 끝난 포도밭을 지나 갔는데, 그 옆에 산등성이를 타고 잡초와 함께 자란 포도나무들이 약간 마르기 시작한 포도를 매단 채 여러 그루가 서 있더군요. 주인 없는 포도 같아서 마침 차에 있던 비닐봉지에 가득 따서 담고 그 자리에서 실컷 먹었는데, 그 맛을 아직도 잊을 수가 없었습니다. 씻어 말려서 빵에 넣어도 먹었죠.

킬로그램당 자두는 4~5리라로 비싼 편이고, 무화과도 2~3리라 정도 합니다. 필자가 좋아하는 복숭아는 4리라 정도인데 천도, 황도, 백도가 가격이 같으며 빨리 무르는 성질이어서 떨이로 파는 것을 사서 부족함 없이 먹었습니다. 감도 필자가 좋아하는 과일인데, 홍시는 킬로그램당 5~6리라 정도로 조금 비쌉니다. 한 가지 아쉬운 점은 사과와 배는 우리나라에 비해 맛이 너무 떨어져서 그 아삭한 맛이 무척 그리웠습니다.

뭐니뭐니 해도 키프로스는 오렌지의 지방입니다. 오렌지, 귤, 레몬 등을 시트러스(Citrus)류라고 하는데, 그런 종류의 나무가 천지입니다. 필자가 공동 지도했던 석사과정 학생의 논문도 이런 시트러스 나무에서 바이오 연료(Biofuel)를 뽑아내는 것에 관한 내용이었습니다. 오렌지는 11월부터 많이 나오며 1킬로그램에 1리라, 품질이 아주 좋으면 1.5리라 정도 합니다. 처음에는 우리나라에서 사서 먹듯이 소중하게 껍질을 까서 한두 개씩 먹었죠. 딸아이가 주스를 좋아해서 간단한 주서기를 사서 한번 만들어 먹어 본 후 그 맛에 반하고 말았습니다. 시장에 가면 매주 20킬로그램 이상씩 사서 매일 오렌지 주스를 만들어 마셨는데 그 재미가 아주 쏠쏠했습니다. 4월 말까지 오렌지가 지천이어서 운반하다

〈그림 74〉 토요일에 열리는 키프로스의 재래시장 모습.

〈그림 75〉 키프로스 재래시장의 과일과 채소.

〈그림 76〉 키프로스의 현대식 마트 내부.

〈그림 77〉 키프로스의 사택 전경.

〈그림 78〉 여름방학 때 둘러본 터키의 파묵칼레.

〈그림 79〉 여름방학 때 둘러본 터키의 에페스.

떨어진 오렌지가 길가에 나뒹구는 것도 자주 보았습니다. 4월에 생산되는 딸기는 우리나라 것에 비해 단맛이 떨어집니다. 4월 말에 나는 살구는 크기가 거의 자두만 한데, 여기 사람들이 많이들 사가더군요. 맛있지만 출하 기간이 짧아서 아쉬웠습니다. 여름 내내 나오는 멜론도 시원한 맛을 선사해 주는데 값은 수박의 두 배 정도로 역시 저렴한 편입니다.

처음 여기 왔을 때 대형마트에 가보고 여러 면에서 부족함을 많이 느꼈습니다. 영어로 표기된 제품이 거의 없어서 놀라고 당황했습니다. 물론 터키어를 모르고 온 우리도 잘못이겠지만, 그 정도일 줄은 짐작도 못했습니다. 치즈와 버터, 우유는 어디에 있을까? 샴푸와 린스는, 간장이나 참기름은 살 수 있는 것일까? 아이들 과자나 비누 등은 겉보기에는 그럴듯한데 막상 써보면 품질 차이가 커서 실망스럽기도 했습니다. 그 밖에 행주나 걸레 등의 주방용품도 우리나라 제품에 비해 품질이 많이 떨어졌습니다. 마트 입구에 시티버거(City Burger)라는 햄버거 가게가 하나 있는데, 가격 대비 내용물이 많이 허술했습니다. 더구나 여기 식료품이 굉장히 저렴하다는 걸 고려하면 더욱더 그런 셈입니다. 식료품 매장과 계산대 직원들은 모두 친절했습니다.

필자가 거주했던 사택도 상당히 크고 지은 지 얼마 되지 않아서 언뜻 보면 매우 훌륭합니다. 그런데 이음새를 접착재로 마감한 거라든지 자세히 뜯어보기 시작하면 아쉬운 점이 많이 발견됩니다. 사택 관리 기사들도 전화상으로 매우 친절합니다. 그런데, 곧 간다고 하면 거의 2시간 이후로 보면 되고, 내일 간다는 답변은 주내에 간다는 정도로 해석해야 됩니다. 가끔 잊어먹기도 합니다. 지중해 연안의 국가들이 거의 느긋하고 낙천적이어서 그렇다고 합니다.

우리나라 여름은 초록빛으로 가득한데 키프로스는 사방이 누런빛이었습니다. 필자가 1월에 면접 보러 갔을 때는 천지가 온통 초록빛이어서 식구들에게 '거긴 겨울에도 잔디가~'라고 했는데 나중에 알고 보니 '겨울에만 잔디가~'였습니다. 8월에 도착해서 11월에 처음 비가 내렸는데, 사무실 옆방의 미국인 벤(Ben)이 6개월 만에 내린 비라고 하더군요. 실제로 겨울에는 거의 매일 밤 비가 왔습니다. 그래서 여기 계절은 4월이 제일 예쁘다는군요.

곰곰이 생각해 봤더니 맑은 물을 좋아하고 거의 끼니때마다 국을 먹는 필자로서는 북키프로스의 바짝 마른 개천이 매우 낯설기만 했습니다. 아하, 이거였구나. 5퍼센트 부족하다고 느낀 점이 바로 이거였구나 하는 생각이 듭니다. 다행히도 남쪽 키프로스로 놀러 갔을 때는 1,900미터 높이의 산에서 계곡으로 맑은 물이 흐르는 광경을 종종 볼 수 있어서 위로가 되었습니다.

'5프로' 부족한 곳

좀 오래된 CF였습니다만 '2프로 부족할 때~~'라는 음료수 광고가 있었습니다. 뭔가 꼭 꼬집을 순 없지만, 모자라서 아쉬움이 느껴지는 대목이지요. 키프로스에는 먹거리가 풍성하게 넘쳐 나는데도 살면서 항상 뭔가 모자란다는 느낌이 있었습니다. 그것도 약간 모자라는 것이 아닌, 조금 더 부족함을 느낄 때가 많다는 의미에서 '2프로'를 넘어 '5프로'를 써 봤습니다. 개인적인 차이도 있겠습니다만 이런 것이 '삶의 질'이나 생활수준과는 또 다른 어떤 것이었다고 생각합니다.

키프로스는 기후가 좋습니다만 여름에 비가 내리지 않아서 아쉽습니다. 연중 8개월이 수영 가능한 나라, 10월 말까지 야외 수영장을 열어 놓고, 겨울에도 햇볕에만 나가면 더운 기운이 느껴지는 나라이지만, 여름이 진짜 문제입니다. 비가 오지 않아서 햇살이 더욱 덥게 느껴지고 개울은 물이 말라 바짝 타는 듯하며 밤에도 30도가 넘기 때문에 밤잠을 설쳐야 하는, 여름은 정말 괴로운 계절입니다. 그래서 물을 항상 지니고 다니고, 수박이 그렇게 맛있을 수가 없어요.

식재료가 신선하고 싸지만 매우 많이 아쉽습니다. 과일 외에 흔히 볼 수 있는 식재료 가운데에 우리나라에서도 쉽게 찾을 수 있는 것은, 토마토와 감자, 고추, 상추, 무 등입니다. 필자의 주먹의 두 배 정도 되는 감자는 진짜로 맛있고 고추도 우리 고추보다 더 크고 단맛이 좋으며 토마토는 거의 모든 음식에 골고루 들어가기 때문에 매일 밥처럼 먹게 됩니다. 그러나 해산물을 거의 튀겨서 먹고 날생선은 먹지 않는 이슬람 문화 때문에, 초밥이 너무너무 귀하고 회는 상상도 못 합니다. 시원한 냉면이나 바지락 칼국수가 그립습니다. 가끔 깨끗한 지중해 물을 떠다가 콩을 갈아서 체에 걸러 두부를 만들어 먹는데, 품이 들어서인지 맛이 각별합니다만 자주 못 해 먹었습니다.

사람들이 대부분 순박하지만 가끔, 아주 가끔 사나운 사람도 있습니다. 대부분의 키프로스 사람들은 한국에 대해 매우 친근감을 보입니다. 잘 모르면 뭐든 더 챙겨 주려는 정겨운 분들이 대부분입니다. 그러나 매우 드물게 적대감을 드러내는 사람들이 가끔 있습니다. 공장이 없으니 공기는 너무 맑지만 가끔 쓰레기 타는 냄새 때문에 공포스럽기도 합니다. 특히 5월 오렌지꽃 향이 바람을 타고 올 때는 그야말로 마스카니의 오페라 '카발레리아 루스티카나(시골기병)' 중 '오렌지향은 바람에 날리고(Gli aranci olezzano)'를 저절로 흥얼거리게 됩니다. 그런데, 밤에 열어 놓은 창문으로 난데없이 쓰레기 타는 냄새가 진동할 때가 있는데 이는 저기압일 때 근처 쓰레기 소각장에서 나는 냄새라고 합니다. 키프로스에는 분리수거 제도가 없어서 마을 근처에서 모든 쓰레기를 그냥 태웁니다.

차가 없어서, 아니 드물어서 좋습니다만 더불어 대중교통 수단도 없습니다. 인구 25만에 군인들이 8만 정도 된다 하니 3명에 1명꼴인데도 거리에서는 군인들을 찾아볼 수가 없습니다. 인구가 적기 때문에 대중교통 시대를 건너뛰고 바로 개인 자동차 시대 훌쩍 뛰어넘다 보니 버스를 타기가 굉장히 어렵습니다. 공항에 갈 때 가끔 공항버스를 이용했는데, 돌아올 때 한 시간 이상을 기다리자니 여간 짜증나고 불편한 게 아닙니다. 그러나 자가용으로 달릴 때는 체증을 본 적이 없어서 정말 신납니다.

외국에 살면 좋은 점도 있지만 불편한 것들이 참 많습니다. 의식주 중에 가장 먼저 떠오르고 가장 소소하게, 자주 불편한 것이 바로 먹거리입니다. 고추장, 고춧가루, 된장, 짜장 등을 가져갔으니 아쉬운 대로 지낼 수 있었습니다. 당시 필자네 말고 한국에서 온 가족이 또 있었는데, 영국 성공회 신부님 댁이었습니다. 필자가 키프로스 사정에 깜깜할 때여서 터키 한인 사이트에 글을 올렸더니, 일부러 필자의 연락처를 찾아 전화를 하시고 도움을 주신 고마운 분이었습니다. 여름방학을 맞아 한국에 들어갈 때 필요한 것이 없는지 사모님께 물어보았더니, 소박하게도 어묵과 떡볶이 떡을 말씀하셔서 미소를 지었던 기억이 있습니다.

가장 불편한 건 바로 아플 때입니다. 우리나라에서도 객지에서 아프면 서러운 법인데, 하물며 다른 나라에서야 말할 필요가 없었습니다. 출국하던 해 연말부터 나타난 알레르기 증세가 키프로스에 오자 점점 심해진 것입니다. 가끔 몸 여기저기가 가려웠는데 1년이 지나자 점점 더 심해졌습니다. 학교 구내의 보건소(Health Center)에 갔더니 약을 먹고 연고를 바르라고 합니다. 한 주가 더 지나도 호전되지 않기에 이번엔 근처 병원을 찾았습니다. 증세를 설명해야 해서 잔뜩 긴장을 하고 터키어 사전까지 가지고 갔는데, 의사는 9시 반이 되어서야 출근했습니다. 우리나라 의료체계를 생각하고 8시 전에 병원에 도착해서 번호표를 받았는데, 9번이더군요, 그래서 전체 환자를 대상으로 당일 번호표를 준 것이라고 생각했는데 나중에 알고 보니 병원에 오지도 않고 전날까지 알음알음으로 미리 번호표를 받은 사람들이 8명이나 되었던 것입니다. 물리적인 순번으로는 피부과에 필자가 제일 먼저 도착했지만, 이런 것도 외국인이어서 말이 안 통하니 서러웠습니다. 항의도 할 수 없고. 가려움을 꾹꾹 참으며 결국 10시 40분이 되어서 진료를 받았습니다. 혈액 검사니 이런저런 진단 끝에 항히스타민제와 연고를 받을 수 있었습니다.

키프로스는 공공의료가 발달되어 있어서 진료비가 무료입니다. 모든 의사들이 공공의료 기관에서 주중에 2~3시까지 봉사하고 오후, 저녁, 토요일에는 자기 병원에서 환자를 치료합니다. 조직검사도 했는데 1주일이 지나도 점점 나빠지기만 했습니다. 자다가 너무 가렵고 짜증도 나고 서럽기도 해서, 아무튼 그냥 일어나서 바로 귀국 비행기표를 샀습니다. 학교 보건소에서는 필자의 증상과 고생한 내역을 잘 아니 3주까지 병가가 가능하다고 알려왔습니다. 그래 봐야 나중에 보강하느라 힘들 것이니 1주 병가를 신청했습니다.

귀국 후 진료받은 우리나라 병원은 정말 친절하고 좋았습니다. 의사 선생님들 솜씨도 깔끔하고, 조직검사 후 처리며 물집 처치 등도 만족스러웠습니다. 며칠 사이에 30여 년의 엄청난 간극을 훌쩍 뛰어넘는 경험을 한 듯했습니다. 가장 기본적인 '치료행위'에서 '치료 서비스'를 받는 차이를 절감했고, 치료 받고 3일이 지나니 거의 다 나은 듯했습니다. 수포 비슷한 물집 때문에 그동안 필기용 보드마커도 잡기 힘들었는데, 이제는 젓가락질도 가능하고 칼을 들고 사과까지 깎아 먹을 수 있게 되었습니다. 키프로스에서 한 달여를 끌어오면서 내내 악화만 되던 증세를 귀국 후 치료로, 속된 말로 '한 큐'에 처리한 것이었습니다. 그때 약을 먹고 연고도 바르며 간지럼 없이 편히 잠을 잔다는 것이 얼마나 행복한지 알았습니다.

문제는 키프로스에 돌아가고 난 후에도 알레르기 증상이 호전되지 않아서 한국에서 약을 주문했는데, 우체국에서는 우편으로 약을 받을 수 없다는 것입니다. 그래서 학과장에게 허심탄회하게 사정을 말했더니 귀국을 허용해 주었습니다. 근무 종료 3개월 전에 의무적으로 학교에 통보하게 되어 있는 이른바 'Notice Period'도 건너뛰고, 아쉽게도 1년 반 만에 귀국한 것입니다.

한국가스안전공사를 사직하고 키프로스 갔다가 한국에 돌아와서 자리 잡기까지의 과정을 조금, 아니 많이 미화하자면 솔개와 닮은 점이 있습니다.

솔개는 가장 장수하는 조류로 알려져 있습니다.* 솔개는 최장 70년의 수명을 누릴 수 있는데 이렇게 오래 살려면 40년이 지났을 때 매우 고통스럽지만 중요한 결심을 해야만 합니다. 태어나서 40년이 지나면 발톱이 노화하여 사냥감을 잽싸게 잡아챌 수도 없습니다. 부리도 길게 자라고 구부러져 가슴에 닿을 정도가 되고, 깃털이 짙고 두껍게 자라 날개가 매우 무거워져 하늘로 날아오르기가 나날이 벅찹니다. 이즈음에 솔개는 두 가지 선택을 할 수 있습니다. 그대로 죽을 날을 기다리든가 아니면 반년에 걸친 매우 고통스런 갱생 과정을 수행하는 것입니다. 갱생의 길을 선택한 솔개는 먼저 산 정상 부근으로 높이 날아올라 그곳에 둥지를 짓고 머물며 고통스런 수행을 시작합니다. 먼저 부리로 바위를 쪼아 부리가 깨지고 빠지게 만듭니다. 그러면 서서히 새로운 부리가 돋아납니다. 그런 후 새로 돋은 부리로 오래된 발톱을 하나하나 뽑아냅니다. 그리고 새로 발톱이 자라면 이번에는 깃털을 하나하나 뽑아냅니다. 이리하여 약 반년이 지나 새 깃털이 돋아난 솔개는 완전히 새로운 모습으로 변신하게 됩니다. 그리고 다시 힘차게 하늘로 날아올라 30년의 수명을 더 누리게 되는 것입니다.

---

* 정광호, '우화경영', 매일경제신문, 2005. 3. 21.

생각의 바탕, 화학공학

1950년대 일본 교토대 영장류연구소 학자들이 미야자키현 고지마(幸島)에 서식하는 야생 원숭이들에게 흙 묻은 고구마를 나눠 주고 어떻게 먹는지를 관찰했습니다. 처음에 원숭이들은 고구마를 몸에 문지른 후 먹거나 손으로 고구마에 붙은 흙을 털어 내는 등의 꾀를 냈습니다. 그러던 어느 날 '이모(イモ)'라고 이름 붙여진 생후 18개월 된 암컷 원숭이가 고구마를 강물에 씻어 먹기 시작했습니다. 그 후 한 달쯤 지나자 이모의 또래 원숭이가, 넉 달 뒤엔 이모의 어미가 이모처럼 고구마를 물에 씻어 먹었습니다. 나이 든 원숭이와 대다수 수컷들은 여전히 고구마를 씻지 않은 채 먹었습니다. 하지만 어린 원숭이와 암컷 원숭이를 중심으로 고구마를 씻어 먹는 행태가 조금씩 퍼져 나갔습니다. 그러던 어느 해, 가뭄이 심해 강물이 마르자 원숭이들은 바닷물에 고구마를 씻어 먹기 시작했습니다. 염분이 고구마에 더해져 더욱 맛있었기 때문이었는지 원숭이들은 가뭄이 끝난 후에도 계속 바닷물에 고구마를 담가 간을 맞춰 먹었습니다. 하지만 10년이 지난 후에도 나이 든 원숭이들은 여전히 고구마를 씻지 않았습니다. 그러나 고구마를 씻어 먹는 원숭이의 숫자가 소위 '100마리'라는 임계점에 도달하자 놀라운 일이 벌어졌습니다. 고지마의 모든 원숭이가 고구마를 씻어 먹게 된 것입니다. 더욱 신기한 일은 고지마와 바다를 사이에 두고 멀리 떨어져 있는 다카자키야마(高崎山)에 서식하는 원숭이들까지도 고구마를 씻어 먹기 시작했다는 점입니다.

　　저명한 동식물학자인 라이얼 왓슨(Lyall Watson)은, 이렇게 어떠한 접촉도 없던 지역의 원숭이들 간에 동시다발적으로 발생한 행태를 놓고 그의 저서 『생명조류(Lifetide)』

(1979)에서 '100번째 원숭이 효과'라고 명명했습니다. 이후 이 용어는 어떤 행위를 하는 개체 수가 일정량에 이르면 그 행동이 해당 집단에만 국한되지 않고, 거리나 공간의 제약을 넘어 확산되는 현상으로 확대돼 쓰이게 됐습니다.*

필자는 이를 좀 더 확장해서 기술적 역량이 축적되면 학문에서도 비슷한 현상이 나타난다고 보았습니다. 필자의 전공인 화학공학과 공업화학은 각각 미국과 유럽에서 비슷한 시기에 시작되었습니다. 필자는 80학번인데 당시 공대에는 무려 20여 개의 과가 있었습니다. 지금은 화학생명공학부로 통합되어 있지만, 당시에는 별개의 학과인 화학공학과와 공업화학과로 분류되어 있고 과 사무실도 이웃하여 있는 등 여러모로 유사한 점이 많아서 필자로서도 당시 정체성 구분이 쉽지 않았습니다.

---

* http://www.dongabiz.com/GlobalReport/HBR/article_content.php?atno=1206042701&chap_no=1

화학공학과 공업화학

    화학공학이 유체역학, 열전달, 열역학 등 기계공학(Mechanical engineering)을 기본으로 공정, 특히 화학적인 지식이 필요한 공정 전반에 걸쳐 연구하는 반면, 공업화학은 화학을 기본으로 하여 그 과정을 대량생산화하는 내용을 연구 영역으로 합니다. 화학공학은 미국에서 시작된 것으로 보입니다. 석유를 처리하는 과정 중 화학반응을 수반하는 공정은 기계공학도가 담당할 수 없는 영역으로서 화학 지식과 기존 기계공학에서 배우던 유체역학, 열역학, 열·물질전달 등에 대한 지식을 필요로 합니다. 즉 공학에 화학을 더한 모양새입니다. 반면 공업화학은 그 뿌리를 화학에 두고 있습니다. 제1차 세계대전 중 화약의 원료인 암모니아를 대량으로 생산하기 위해 1913년 칼 보슈는 하버의 방법을 공업적으로 적용하여 연 9천 톤에 달하는 공업적 암모니아 합성에 최초로 성공하였습니다. 이렇게 해서 개발된 하버-보슈법*은 제1차 세계대전 이후 많은 개선을

---

*촉매를 사용하여 약 200기압, 400~500℃에서 질소를 수소와 반응시켜 암모니아를 만드는 방법.

거쳐 오늘날에 이르고 있습니다.[*] 이 밖에도 황산, 수소 등을 실험실에서 이론적으로 합성하던 것을 상업적으로 대량 생산하는 방법으로 공정을 연구한 것입니다. 즉, 과학자가 배치(Batch)법으로 성공한 제조방법을 공정화하여 염가에 대량 생산하도록 하는 분야가 공업화학이라고 할 수 있습니다. 두 분야 모두 19세기 말~20세기 초 각각 미국과 유럽에서 시작되었으며 지금은 분야 간 경계가 거의 무의미해진 듯합니다.

부가적으로 근대 수학의 매우 중요한 개념인 미분은 비슷한 시기에 영국과 독일에서 각각 태동하였습니다. 화학공학(Chemical Engineering)과 공업화학(Industry Chemistry)에 얽힌 사전적인 의미는 다음의 링크를 참조하면 좋을 듯합니다.

http://terms.naver.com/entry.nhn?docld=2083697&cid=44414&categoryld=44414

http://terms.naver.com/entry.nhn?docld=2055306&cid=44413&categoryld=44413

필자의 전공인 안전과 관련 깊은 화학공학 분야는 공정안전공학(process safety engineering)입니다. 이 분야는 최근 들어 주목받으며 새로이 발전하는 분야인데, '삶의 질'이 향상됨에 따라 환경과 더불어 안전이 주 관심사가 되었기 때문입니다. 초기의 화학공학은, 값싼 원료를 고가 생산품으로 바꾸는 과정에서 화학공학적 지식을 체계화하는 데 편리한 방식을 제공하는 것이었습니다. 그러나 화학공장에서 지속적으로 사고가 발생하고, 1970년대 들면서 사고가 대형화하자 화학공학이 비난의 대상이 되었습니다. 그러자 미국화학공학회

---

[*] G. D. Considine, *et al.*, 'Ammonia', Van Nostrand's Encyclopedia of Chemistry, 5th edition, Hoboken: Wiley-Interscience, 82(2005).

에서는 화학공학의 10대 업적을 발표하여 인류 생활에 대한 기여한 바를 잘 정리했습니다.[*]

그러던 중 1984년 인도 보팔에서 농약 중간체인 MIC(메틸아이소시아네이트)가 누출되는 참사가 발생하여 다국적기업인 유니언카바이드사가 파산하고, 1985년 미국화공학회 산하에 CCPS(Center for Chemical Process Safety)가 발족하는 계기가 됩니다. CCPS는 매년 산학연관 합동으로 국제 세미나와 워크숍을 개최하여 각계 의견을 충분히 수렴한 뒤, 1992년 마침내 공정안전관리제도(PSM, Process Safety Management)를 미국 정부에서 시행하게 합니다. 우리나라에서는 1990년대 들어 이 제도의 도입을 검토하다가 1995년 발생한 대구 지하철 공사장의 도시가스 폭발사고를 계기로 적극 도입하게 됩니다.

필자는 1995년 가을 한국가스안전공사에 시스템안전실장으로 부임하여 가스안전관리종합체계(SMS)의 도입 초기부터 관련 전문가들과 함께 틀을 만들고 정착시키는 데 기여한 바가 있습니다. 또한 환경부가 2015년 시행한 장외영향평가제도의 도입과 시범사업 수행 책임자로서 제도 정착에 이바지하기도 했습니다. 그런데 안타까운 점은, 이 두 가지 제도가 각각 1995년 4월 발생한 지하철 공사장의 도시가스 폭발사고, 2012년 9월 발생한 구미의 불화수소 누출을 계기로 만들어졌다는 점입니다. 안전이 가지는 한계이겠지만, 두 가지 제도 모두 큰 사고를 계기로 정착한 사례가 되어 쓸쓸한 심정을 숨길 수 없습니다.

---

[*] http://web.boun.edu.tr/akman/history/h_whatis.html

화학공학이 인류에 공헌한 이야기

화학식이라고 하면 어떤 물질이 먼저 떠오르시나요? 많은 분들이 아마도 우리에게 가장 친숙한 물과, 더불어 술의 주성분인 에탄올을 떠올릴 듯합니다. 이 에탄올 분자 구조가 참 재미있게 생겼습니다. C_2H_5OH 혹은 CH_3CH_2OH로 표기하며 이를 그림으로 나타내면 다음 그림처럼 묘하게도 강아지를 닮았습니다. 속된 표현으로 '술을 마시면 개가 된다'고 하는데 이런 분자 구조도 한몫하는 것일까요? 술이 인류에게 크나큰 영향을 미쳤듯이 화학공학도 인류의 역사에 매우 큰 영향을 미쳤습니다.

화학공학이 인류에 공헌한 업적을 기념하기 위해 미국화학공학회(AIChE, American Institute of Chemical Engineers)는 『화학공학의 10대 업적』이라는 목록을 작성했습니다. 그 업적은 아래에 요약된 바와 같으며, 이는 학창 시절 존경하던 최창균 교수님이 서울대학교 화학생물공학부 커뮤니티 자유게시판에 댓글로 달아 놓으신 한글 유고 가운데 일부를 인용한 것입니다.*

1) 원자(Atom)

생물학, 의학, 야금학, 발전기술 등은 원자분열과 동위원소 분리가 가능해짐에 따라 대변혁을 맞이했습니다. 이러한 성과를 가져오는 데는 화학공학자들이 독보적인 역할을 했으며 이들과 듀퐁사의 핸포드 화학공장과 같은 시설 덕분으로 제2차 세계대전을 원자폭탄으로 종결하게 되었습니다. 오늘날 이 기술들은 좀 더 평화적인 일에 사용되고 있습니다. 의사들은 신체기능을 모니터하고, 동맥과 혈관의 막힌 곳을 재빨리 찾아내기 위해 동위원소를 사용합니다. 생물학자들은 이를 통해 생명의 기본적인 메카니즘에 대한 매우 귀중한 통찰을 할 수 있으며, 고고학자들은 유물의 정확한 연대를 파악할 수 있습니다.

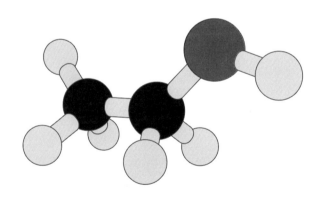

〈그림 80〉 묘하게 강아지와 닮은 에탄올 분자 구조(C_2H_5OH 혹은 CH_3CH_2OH).

---

* https://cbe.snu.ac.kr/?q=board/free_board/view/20229

2) 합성물질의 시대

19세기에 고분자 화학은 크게 발전했습니다. 그러나 화학공학자들이 고분자 물질을 경제적으로 생산 가능하게 만든 것은 20세기에 들어서였습니다. 1908년 베이클라이트(Bakelite)*가 등장했을 때 그것은 합성물질 시대의 개막을 알렸으며, 곧 전기 절연, 플러그와 소켓, 시계 받침대, 철제 요리 기구의 손잡이, 유행을 따르는 보석 등에 사용되었습니다. 오늘날 플라스틱의 사용은 너무나 보편화되어서 그 가치를 느끼지 못할 정도입니다. 플라스틱은 현대의 삶의 모든 면에 영향을 끼치고 있습니다.

3) 인간 반응기

화학공학자들은 오랫동안 복잡한 화학 공정들을 열교환기, 여과기, 화학 반응기 등으로 이루어지는 작은 '단위조작(Unit Operations)'들로 나누어 연구해 왔습니다. 인체 역시 같은 방식으로 분석되어 왔는데, 그럼으로써 임상치료를 향상시켰고, 진료와 치료기구를 개선시켰으며, 인공기관과 같은 놀라운 기계가 만들어질 수 있도록 하였습니다. 의사와 화학공학자는 우리가 좀 더 오래 살 수 있도록 협력하여 연구하고 있습니다.

4) 대중을 위한 놀라운 약품

화학공학자들은 플레밍(Alexander Fleming)과 같은 사람들에 의해 개발된 항생물질을, 변종과 특별한 발효기술을 통해 그 수율을 몇 천 배 증가시킬 수 있었습니다. 화학공학자 덕분에 낮은 가격, 풍부한 양의 약품이 가능했던 것입

---

* 최초의 인공 플라스틱으로, 페놀과 포름알데히드의 혼합물을 톱밥으로 여과한 후 열과 압력을 가해 제조함.

니다. 이와 같이 화학공학자들은 종종 공업 생산성을 높임으로써 한때는 희귀했던 물질을 모든 사회 구성원이 누릴 수 있도록 하였습니다.

5) 양들의 좋은 친구, 합성섬유

담요와 옷에서부터 침대, 베개에 이르기까지 합성섬유는 우리에게 밤새 따뜻하고 편안한 휴식을 줍니다. 합성섬유는 면과 모에 치중하던 자연 자원에의 부담을 완화시켜 주었으며, 특별한 용도에 맞춰 여러 가지로 사용되었습니다. 나일론 스타킹은 다리를 젊고 매력적으로 보이게 만들었고, 케블라(Kevlar)*로 만들어진 방탄조끼는 경찰을 위험으로부터 보호해 주었습니다.

6) 액화기체

대부분이 질소와 산소로 이루어진 공기를 매우 낮은 온도(영하 190℃가량)로 냉각시키면 액화됩니다. 화학공학자들은 기체를 냉각시켜 액화된 기체를 각각의 순수한 구성 성분으로 분리하는 데에 저온학을 이용했으며, 이 물질들을 운반하기 위해 마치 커다란 보온병과 같은 진공-절연 탱크 트럭을 개발했습니다. 질소는 석유를 회수하고 음식을 얼리고 반도체를 생산하는 일에 쓰이고, 또한 불활성 기체로 사용되며, 산소는 강철을 만들고 구리를 제련하고 금속을 용접하고 병원에서 생명을 지탱하는 데에 사용됩니다.

7) 환경, 우리가 살아야 할 곳

화학공학자들은 어제의 쓰레기를 청소하고 내일의 오염을 방지하기 위한 경

---

* 미국 듀퐁사가 1973년에 아라미드 섬유의 상용화에 성공해 개발한 내열성 합성섬유로, 같은 무게의 강철보다 5배나 강도가 높으며 현존하는 섬유 중 가장 강한 소재로서 섭씨 500도에도 연소되지 않는 뛰어난 내열성과 화학약품에 대해 내약품성을 지님.

제적인 해답을 줍니다. 촉매 전환기와, 개질 가솔린, 굴뚝 가스 세척탑 등은 모두 환경을 깨끗이 하는 데 도움이 됩니다. 화학공학자들은 합성물질로 대체하거나, 공정을 좀 더 효율적으로 운전하거나, 새로운 재생기술 등을 적용해서 천연자원에 대한 부담을 감소시키고 있습니다.

8) 음식, '저녁식사로 무엇을 먹을 것인가?'

식물이 잘 자라기 위해서는 많은 양의 질소, 칼륨, 인이 필요합니다. 화학비료는 작물에 영양을 공급하고, 자라난 농작물은 우리에게 풍부하고 균형 잡힌 영양을 제공합니다. 또 비료 덕분에 개발도상국 사람들이 좀 더 나은 식량을 공급받을 수 있습니다. 화학공학자들은 식품 가공의 최전방에 있으며, 생물공학의 발달로 식량이 더욱 증산될 수 있다고 믿습니다.

9) 석유 화학제품, '검은 황금, 텍사스의 차'

화학공학자들은 원유의 복잡한 유기화합물을 훨씬 단순한 종류의 화합물로 깨뜨려 만들기 위해 촉매 분해법을 개발했습니다. 반응 후 이 토막들은 가솔린, 윤활유, 플라스틱, 합성 고무, 합성 섬유 등을 포함한 많은 유용한 제품들을 만들어 내기 위해 분리되고 재결합됩니다. 이 때문에 석유 공정은 가능성을 주는 기술로 인식되며, 대부분의 현대적인 것들은 석유 없이는 그 기능을 멈추게 될 것입니다.

10) 합성 고무를 기반으로

화학공학자들은 합성 고무 개발에 있어 주도적인 역할을 했습니다. 제2차 세계대전 동안 합성 고무는 전쟁 수행에 있어 가장 중요하게 사용되었는데 이는 근대 사회가 고무를 기반으로 움직이기 때문이었습니다. 운동화는 물론 타이어, 개스킷*, 호스, 컨베이어 벨트 등은 모두 고무로 만들어집니다. 우리가 운전을 하든 자전거를 타든 롤러 블레이드를 타든 달리든 간에, 확실한 점은 우리가 고무 위에서 움직이고 있다는 것입니다.

미적분학

17세기를 대표하는 영국과 독일의 수학자이자 과학자인 뉴턴과 라이프니츠는 미적분학의 창시자라는 공통점을 가지고 있습니다. 영국왕립학회의 회원이었던 두 사람은 서로 상대의 연구를 격려하는 사이이기도 했지만 성격적으로는 완전히 달랐다고 합니다. 뉴턴과 라이프니츠는 각각 독자적인 방법으로 미분적분학을 수립했습니다. 뉴턴은 기하학을 바탕으로 순간적인 변화량을 구하는 방법을 발견하고 이를 유율법(Fluxion)이라고 불렀습니다. 뉴턴은 유율법을 곡선에 대한 접선과 곡률의 견지에서 파악했습니다. 뉴턴은 1687년 『자연철학의 수학적 원리』에 유율법을 발표했습니다.

한편, 라이프니츠는 함수 f(x)에서 x가 무한히 작은 증분인 미분(Differential)의 변화량을 가질 때 f(x)의 변화량을 구하는 방법으로 미분을 발견했습니다. 라이프니츠는 1677년 무렵에는 미분의 계산방법과 표기법을 완성했습니다. 오늘날에는 보다 수학적으로 효율적인 라이프니츠의 방법이 주로 쓰입니다. 현재 뉴턴과 라이프니츠가 각자 독자적인 방법으로 미분을 발견했다고 보며 수학적 정의의 완벽함은 뉴턴에게, 미분학 기호의 편리성과 이론 전개는 라이프니츠에게 있는 것으로 기록되고 있습니다.** ***

---

* 부재의 접합부에 끼워 물이나 가스가 누설되는 것을 방지하는 마개.
** http://blog.naver.com/enapartners/220556563020
*** https://ko.wikipedia.org/wiki/%EB%AF%B8%EB%B6%84

일상생활 속의 화학공학

앞에서 화학공학이 어떻게 생겨났는지, 다루는 분야가 어떠한지를 주로 살펴보았습니다. 여기서는 일상생활에서 화학 혹은 화학공학의 역할이나 그 원리를 적용한 예를 설명하기로 합니다. 결론적으로 필자가 화공과를 다닐 때 배운 과목들이 사회 현상을 이해하는 데 매우 유용하게 사용되고 있습니다. 솔렌(Kenneth A. Solen) 교수님의 화학공학개론을 강의하는 교과서를 보면, 화공의 기본 과목으로 유체역학, 물질전달, 열전달, 반응공학, 공정제어 등을 들고 있으며 엔지니어로서 지녀야 할 경제적인 개념을 여기에 더하고 있습니다. 기본 과목은 이 다섯 가지 과목 정도로 볼 수 있으며 열역학 등 나머지는 이 다섯 과목을 응용하거나 몇 개의 영역에 걸쳐서 적용되는 개념이라 볼 수 있습니다.

1) 물질/에너지 수지

화공을 처음 배우는 이들에게 기억해 두면 좋을 내용으로 필자가 늘 얘기하는 것이 있습니다. 바로 '수지(Balance)' 개념입니다. 화학공정은 크게 보면 물질 수지와 에너지 수지입니다. 일반적인 제조공정은 원료가 공정에 투입되어 물리적인 공정(이송, 혼합, 가열 혹은 냉각 등), 화학적인 공정(반응), 그리고 다시 물리적인 공정(이송, 분리, 냉각 혹은 가열 등)으로 구성되며, 필요에 따라 위의 물리·화학적인 공정을 적절하게 혼합하거나 반복하기도 합니다. 이 과정에서 필요한 만큼의 제품을 최적으로 생산하기 위해 필요한 원료와 에너지를 수지식을 통하여 각 단위공정별로 계산하고, 최적의 방법으로 공정을 구성하도록 설계합니다.

다음 〈그림 81〉는 주스의 농축액을 냉동농축법으로 농축시키는 과정이며 1.01밀도의 주스를 사용하면 얼마의 농축주스를 얻을 수 있는지 각각의 주어진 정보에 따라서 계산하는 예제입니다. 화학공정은 이 그림에 에너지 수지를 더한 것과 같은 장치가 수십에서 수백 가지 더 있고 이를 연결하는 배관과 전기 및 스팀 등의 유틸리티, 동력장치, 그리고 제어에 필요한 계장장치 등으로 구성되어 있습니다.

농축액의 밀도를 알아내면, 농축액 1L의 무게를 결정할 수 있다.

단계 1-3 : 유입흐름(Juice)이 하나이고 유출흐름(얼음 섞인 슬러리와 농축액)이 두 개인 도식적 표현을 그려 보자. 적절한 수치와 기호들이 포함된 도식적 표현을 아래에 나타내었다.

단계 4 : 유량들이 알려져 있지 않으므로 계산의 기준을 선택해야 한다. 이 경우에는 $\dot{V} = 100cm^3/s$ 를 택하는 것이 편리하다.

〈그림 81〉 화학공정을 이루는 단위공정 예제.

즉, 물질과 에너지의 공정 내 [(유입 속도)-(유출 속도)=(축적 속도)]로 나타낼 수 있습니다. 조물주가 만드신 인체를 화공의 단위공정과 비교하기는 좀 그렇지만, 사람이 음식물을 섭취하면 입에서 분쇄, 침과의 혼합과정을 거쳐 장기로 보내져 생화학적인 반응을 통해 분해되며 영양분과 땀, 대소변으로 분리되어 각각 흡수·배출되는 것입니다. 성분이나 칼로리 면에서 수지(균형)를 맞추어야 하는데, 현대인들은 이것이 제대로 안 되어 생활습관병이니 다이어트 문제니 하는 것이 생기게 됩니다. 인류의 역사를 20만 년 정도로 보면, 다이어트 등이 일반인에게 문제된 것은 100년이 채 안 됩니다. 20만 년을 유지해 오던 식습관에 익숙해 있던 우리 몸이, 영양분이 많고 정제된 음식이 들어오면서 적응하지 못한 탓입니다. 채식을 하는 몸의 장 길이는, 육식을 하는 몸의 장 길이의 약 2배라고 합니다. 과거 채식 위주였을 때 우리나라 사람들은 상체가 대부분 길었던 반면, 최근 육식 위주로 식단이 바뀌면서 허리는 짧아지고 다리는 길어지는 서구형으로 바뀌어 가고 있는 중입니다. 또한, 딱딱한 음식을 덜 섭취하다 보니 턱도 갸름하게 바뀌어서 이른바 미인형 얼굴이 많아진다고 하겠습니다.

여담이지만, 이런 방향으로 계속 가다 보면 1980년대 영화 'ET'의 주인공처럼 되지 않을까 우려됩니다. 즉, 머리는 계속 쓰니 유지될 것이나 고영양 음식 위주로 가면 장기가 작아져도 되고 힘든 일은 기계의 도움을 받으니 팔다리도 점차 퇴화되지 않으리란 보장이 없습니다.

2) 유체역학

기체와 액체를 통틀어 '유체'라고 합니다. 이러한 유체의 흐름은 실내 공기 순환, 수돗물, 가스 공급, 주유소에서의 주유 등 우리 생활 곳곳에서 일어나고 있습니다. 우리 몸에서도 유체인 혈액을 통해 영양분이 세포로 전달되고 배설기관을 통해 노폐물이 배출됩니다. 그래서 수분은 생명체의 탄생과 유지에 필수적인 성분입니다. 사이펀의 원리*에서 알 수 있듯이 관을 통하면 유체는 중간 유로(流路)의 높낮이에 무관하게 아래쪽으로 흐릅니다. 로마 사람들이 이러한 유체의 성질을 좀 더 일찍 알았더라면 수로를 위한 대형 건축물을 짓는 대신 배관을 묻어서 물을 이송했을 것입니다.

3) 물질전달

물질전달은 우리의 모든 일상 활동에서 일어납니다. 숨을 쉬면, 코로 들어간 공기는 이물질이 제거되고 온도와 습도가 적절히 조절된 뒤 폐로 들어갑니다. 습기가 코의 점막과 코털을 통해 들이마신 공기로 전달되는 것입니다. 이 과정을 '대류'라고 합니다. 들이마신 공기 중 산소는 폐의 허파꽈리를 통해 혈액으로 전달되고, 혈액 속의 이산화탄소는 공기로 전달됩니다. 이 과정을 '분자 확산'이라고 합니다. 통상 대류로 인한 물질전달 속도는 분자 확산의 1,000~10만 배라고 알려져 있습니다. 이러한 속도의 차이를 허파꽈리는 넓은 표면적으로 감당하는데 성인의 허파꽈리 표면적은 79제곱미터 정도라고 합니다. 혈액은 영양분과 노폐물 등을 혈관을 통해 온몸으로 운반하며(대류), 세포와 이들을 주고받거나, 신장에서 요산을 주성분으로 하는 폐기물을 걸러 내어 혈액을 맑게 유지합니다(분자 확산).

당뇨병은 신장이 이러한 역할을 못 하게 되는 것으로서, 인공신장이 그 역할을 대신합니다. 대부분의 사람들이 즐기는 봉지커피도 물에 타는 순간 물질전달이 일어나서 물 분자와 섞입니다. 이를 촉진하기 위하여 저어 주면, 분자 확산에 대류작용이 더해지게 됩니다. 위에서 밝혔듯이 그냥 두는 것보다 약 1,000

---

* '사이펀'이란 기압차와 중력을 이용해 높은 곳에 있는 액체를 낮은 곳으로 흐를 수 있게 만든 연통관. 연통의 시작점과 끝점 사이에 굴곡으로 인한 높낮이가 있어도, 물이 차 있다면 시작점이 끝점보다 높은 곳에 위치할 경우 물은 아래쪽으로 흐른다는 원리.

배 이상 빠른 속도로 맛있는 커피가 만들어지는 것이죠. 꼭 같지는 않지만 굳이 비유를 들자면 티백에 든 차를 가만히 우려내는 것은 분자 확산에 가깝습니다.

다른 측면에서의 물질전달을 생각해 봅니다. 가을에 김장을 담글 때 배추를 소금에 절이는 것은 삼투압을 이용한 물질전달입니다. 즉, 소금의 진한 농도로 인해 배추 세포 내의 수분이 진한 소금 쪽으로 이동하게 되는데, 이를 '삼투압'이라 합니다. 이와는 반대로, 소금물 쪽에 압력을 걸고 삼투막을 통과시키면 분자 크기의 차이로 인해 물 분자만 막을 빠져나오게 됩니다. 해수에서 담수를 만드는 공정에 이를 적용하며, 중동 지역에서 해수를 담수화할 때 많이 활용합니다. 물질이 혼합되는 것도, 물질이 분리되는 것도 물질전달입니다. 빨래를 건조한다든지 온풍건조기를 이용해서 고추를 말리는 것이 물질에서 수분을 분리하는 좋은 예입니다. 교과서에서는 생산된 폴리에스터 반죽 중의 액체를 일정 분율 이하로 되게 말리기 위해 온풍이 어느 정도 불어야 하는지 등의 예제가 있습니다.

4) 열전달

일반적으로 모든 물질은 열에너지를 전달받으면 활성이 높아집니다. 고체인 얼음이 열을 받아서 녹으면 활성이 높아져서 액체인 물이 되고, 물에 열을 가하면 증기가 되어 기체로서 활성이 높아집니다. 얼음은 손으로 집을 수 있고 물은 그릇에 담을 수 있지만 수증기는 잡을 수도 그릇에 담을 수도 없습니다. 열은 크게 세 가지 방법으로 전달됩니다. 온풍기나 에어컨을 이용하면 대류로 열에너지를 전달하는 것이고, 주전자로 물을 끓일 때 주전자 외부에서 내부로는 전도를 통해 열이 전달되며 물이 데워지는 것은 대류가 주된 작용을 합니다. 이 두 가지는 미시적·거시적 관점에서의 열전달로서, 물질전달의 분자 확산·대류와 비슷합니다. 열전달의 또 다른 메커니즘은 바로 복사작용입니다. 앞의 두 현상이 중간매체가 있는 것에 비해, 열복사는 우리가 태양열을 받듯이 매체가 없어도, 즉 진공을 통해서도 에너지가 전달됩니다.

전도현상은 물질 종류에 따라 매우 다르며, 우리는 이들을 우리의 용도에 맞게 잘 조합하여 이용합니다. 예를 들어 열전도도가 큰 금속으로 냄비를 만들고 손잡이는 단열재인 플라스틱을 쓰면, 끓는 국이 담긴 냄비를 맨손으로 잡을 수 있습니다. 우주선이 대기권에 진입할 때, 공기와의 마찰로 표면은 금속이 녹는 온도이지만 내부의 우주비행사들은 안전합니다.

5) 반응공학

화학공학을 공대의 다른 학문과 구별 짓는 특징적인 과목이 바로 반응공학입니다. 미국에서 석유산업 초기 석유가 공정을 거치며 반응을 시켜야 할 때, 기계공학도들은 한계에 부딪혔습니다. 즉 화학을 이해해야 하는 새로운 분야가 탄생한 것입니다. 더구나 물리적 조작과 화학적 조작이 결합된 공정에서 반응수율(전환율)이 공정 전체의 경제성을 좌우하면서, 반응공학의 비중은 더욱 커지게 되었습니다. 원료를 반응시켜 생성물을 얻을 때 전환율과 선택도가 매우 중요합니다. 투입된 원료가 얼마만큼 생성물로 전환하는지를 나타내는 것이 '전환율'이며, 생성물 중 부산물을 제외하고 원하는 물질이 얼마 만큼인지 나타내는 것이 '선택도'라 할 수 있습니다.

이러한 정보를 얻기 위해 반응기구를 연구하는데 그 결과에 따르면 대부분의 반응속도는 온도와 반응물의 농도에 따라 영향을 받습니다. 온도에 대한 영향을 연구하는 주요 개념 중 하나가 활성화 에너지 개념이며, 이는 스웨덴의 물리학자 아레니우스(Arrhenius)가 수식으로 잘 설명했습니다. 복잡한 수식보다는 변온동물인 곤충의 활동을 관측해 보면 잘 알 수 있습니다. 개미는 온도가 상승함에 따라 움직이는 속도가 빨라지고, 여치의 울음소리도 온도가 상승함에 따라 빈도가 높아진다는 연구결과가 있습니다. 즉 온도가 높아짐에 따라 신진대사가 활발해진 결과로 볼 수 있습니다. 이를 통해 이들 동물의 활성화 에너지를 계산해 낸 재미있는 논문이 있어 다음 절에서 소개합니다. 동물의 심박수와 수명관계, 그리고 체중과 수명관계가 유의미한 연관성이 있다는 또 다른 연구에 대해서도 다음 절에서 소개하겠습니다.

6) 공정제어

용기와 배관, 밸브, 펌프 등 복잡한 기기와 장치로 구성된 공정이 설계자의 의도대로 잘 조업되게 하려면, 이른바 공정변수인 유량, 온도, 압력 및 물질의 조성 등을 조건에 알맞게 맞추고 이것이 변하지 않게 잘 유지할 필요가 있습니다. 이러한 원리를 공정제어에서 배우게 됩니다. 제어 대상의 후단에서 배출되는 변수에 근거하여 제어하는 '되먹임제어(Feedback control)'와, 관련 자료가 많아졌을 때 이를 근거로 미리 예측하여 제어하는 '앞먹임제어(Feedforward control)'가 있습니다. 자전거 타기를 예로 들면, 내리막길에서 속도가 빨라져서 위험해질 무렵 브레이크를 작동시키는 것이 되먹임제어입니다. 같은 길을 매일 자전거로 다니다 보면 어디쯤 내리막이 있고, 애들이 튀어나오는 등에 대한 기억이 쌓이게 됩니다. 즉 그동안의 데이터를 근거로 위험이 예상되는 지점에서 브레이크 작동을 준비하거나 작동시키는 것이 앞먹임제어입니다.

7) 열역학

열역학은 화학공학의 기본 영역은 아니지만 그 쓰임새가 워낙 다양해서 잠깐 소개합니다. 에너지, 열, 일, 엔트로피 등의 개념과 자연현상이 발생하는 과정의 자발성을 다루는 분야입니다. 열역학 법칙은 매우 일반적인 법칙으로, 관찰하는 대상이나 물질 사이의 상호작용에 상관없이 항상 성립하는 법칙입니다. 제1법칙은 어떤 계(係, System)에서 모든 에너지의 총량은 그것이 어떤 형태이든 변하지 않는다는 것이고, 제2법칙은 '엔트로피 법칙'이라고도 하며 자발적인 진행과정이 엔트로피를 높이는 방향 즉 무질서도가 높아지는 방향으로만 진행된다는 것입니다. 밀폐된 방안에서 냉장고 문을 열어 놓으면 방 안의 온도는 올라갈까요 내려갈까요? 결론은 밀폐된 방에 전기 에너지가 공급되므로 올라갑니다. 에어컨은 실외기가 있어서 방 안 온도는 내려가지만 실외 온도는 더해진 전기 에너지와 떨어진 방 안 공기 온도만큼의 에너지에 비례해서 올라가게 됩니다. 방의 부피에 비해 외부의 부피가 매우 커서 체감하지 못할 정도일 뿐이죠. 설탕을 물에 타서 저어 주는 단순한 동작으로 설탕물이 되는데, 이렇게 엔트로피가 올라가는, 혹은 무질서도가 증가하는 방향으로 과정이 진행되는 데 필요한 에너지는 비교적 적습니다. 그러나 이를 분리하려면 증류 등의 공정을 거쳐야 해서 훨씬 에너지가 많이 들게 됩니다. 그래도 이러한 엔트로피 법칙이 있어서 우리는 매번 숨 쉴 때마다 산소를 찾아서 옮기지 않아도 날숨의 이산화탄소가 공기 중에서 저절로 희석되어 필요한 산소를 들이쉬게 되는 셈입니다.

이 밖에도 유리나 얼음 평면이 모두 매끈하지만 얼음에서만 스케이트를 탈 수 있는 원리나, 황산을 묽게 할 때 물에 황산을 서서히 더하는 것이 희석열을 훨씬 적게 발생시켜 보다 안전한 것 모두 엔트로피에 비밀이 있습니다. 5년여 전 해경의 의뢰로 여수 석유화학단지에서 비상대응 훈련을 참관한 적이 있었습니다. 당시 황산이 누출된 상황을 가정하였는데 거기다가 어이없게 물을 뿌리는 훈련을 하더군요. 진한 황산에 물을 뿌리면 격렬하게 반응하여 훨씬 더 위험한 상황이 된다는 것은 화학공학을 전공한 사람이면 누구나 아는 사실입니다. 그런데 매우 어이없는 상황을 공식적인 훈련이라고 하고 있어서, 동행했던 해경 관계자에게 저런 훈련은 곤란하다는 관전평을 남겼습니다.

반응공학의 원리와 연관되는
주변 이야기

    사람은 다른 동물에 비해 근력이나 청력, 시력 등 생존에 필요한 육체적인 기능이 매우 열악합니다. 다만 두뇌 사용에서 다른 동물들과는 비교할 수 없을 정도로 뛰어난데, 이것이 사람의 수명을 다른 포유류에 비해 매우 길게 하는 요인 중 하나라고 합니다. 다음 그림은 1997년 「Journal of American College of Cardiology」에 실린 논문의 일부로서, 포유동물의 분당 심박수에 따른 수명을 나타낸 세미로그(Semi-log, 그래프의 한 축을 로그척도로 그린 그래프) 그림입니다. 그래프에서 보듯이 심박수에서 35배, 수명에서 20배가 차이 나는 대상들에 대한 자료임에도, 사람을 제외하고는 심박수와 수명과의 관계가 경향성을 매우 잘 보여주고 있습니다. 이렇게 보면 분당 약 600회를 뛰는 생쥐의 심장이나 분당 15회 정도 뛰는 고래의 심장이나 일생 동안의 총 심박수는 비슷하다고 봐야 할 듯합니다.

    사람의 두뇌는 체중의 2~3퍼센트를 차지하나 산소소비량은 신체 전체의 20

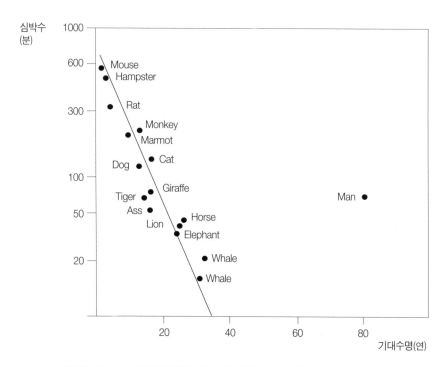

〈그림 82〉 포유동물의 분당 심박수에 따른 수명을 나타낸 세미로그(Semi-log) 그림.

~25퍼센트 정도라고 합니다. 사람은 이처럼 두뇌를 잘 사용해서 달리는 말을 대신할 자동차를, 바다를 헤엄치는 대신 배를, 새들의 비행을 대신할 비행기를, 코끼리보다 힘 센 포크레인을 개발했고, 이를 활용하여 지나치리만큼 지구의 자원을 독점하고 있는 실정입니다. 세인트루이스 소재 워싱턴 대학의 뇌과학자 마커스 라이클(Marcus Raichle) 석좌교수는 "사람 몸무게 중 2퍼센트에 불과한 뇌 신경세포에서 사람이 사용하고 있는 전체 에너지의 약 20퍼센트를 사용하고 있다"고 했습니다. 다이어트를 하시려면 머리를 많이 씁시다. 식사 후 졸린다면 뇌로 갈 혈액을 소화기들이 끌어다 쓰는 것입니다.

포유류와 조류는 온혈동물로서 몸의 체온을 일정 범위에서 유지시킵니다.

포도당의 흡수율이 40퍼센트 정도라고 하니 체내로 들어간 음식물의 최대 60퍼센트가 체온 유지 등에 사용되는 셈입니다. 대소변 등으로 체외로 배출되는 양을 고려하더라도 상당량이 체온 유지에 사용됩니다. 곤충을 비롯한 대부분의 동물들이 변온동물인데, 이들에 비해 포유류나 조류는 체온 유지에 많은 에너지를 사용합니다. 대신 온혈동물들은 변온동물과 비교해 보면 온도에 구애받지 않고 활동할 수 있는 자유를 얻었죠. 온혈동물은 소화에 많은 에너지 사용해야 하는데 사람의 경우 음식을 익혀 먹음으로써 소화를 쉽게 하여 소화기들이 사용할 에너지의 상당 부분을 뇌가 사용할 수 있게 해 준 셈입니다. 앞의 그림에서의 경향대로라면 원시시대에는 20세 전후였던 인간의 평균수명이, 두뇌를 이용한 과학과 의학의 발달로 현재는 80세로 대폭 늘어났습니다. 광개토대왕이 17세에 즉위하고 38세에 사망했다는 사실로 미루어 2000여 년 전에도 인간 수명은 그리 길지 않았음을 짐작할 수 있습니다.

추운 날씨에 산책을 하다 보면 제일 먼저 시려오는 신체 부위가 손가락입니다. 손가락은 총 부피에 비해 표면적이 넓으니 체온 손실이 그만큼 많아서 장갑을 껴도 추울 수밖에 없습니다. 이 같은 현상은 전 세계 각지에 분포하는 인류나 동물의 체형에서도 확인할 수 있습니다. 동남아시아처럼 따뜻한 지역에 사는 사람보다는 러시아나 북유럽처럼 추운 지역에 사는 사람들의 체형이 훨씬 큽니다. 또한 같은 여우라도 사막여우보다 북극여우의 몸집이 훨씬 크며, 북극곰은 동남아시아의 열대우림에 서식하는 말레이곰이나 온대 지역의 반달곰보다 세 배 이상 큽니다.

이처럼 같거나 유사한 종이라도 추운 지방에 사는 동물일수록 몸집이 더 커지는 현상을 '베르그만의 법칙'이라고 합니다. 항온동물은 몸의 크기가 커지면 총면적은 늘어나지만 표면적은 줄어들기 때문에 몸통과 체중이 클수록 체온 유지에 유리하고, 더운 지방에 사는 항온동물은 작을수록 유리하다는 학설입니다. 예를 들면 사방 1미터인 정육면체의 부피는 1세제곱미터, 표면적은 $1m^2 \times$ 6=$6m^2$로 표면적 대 부피비는 6입니다. 사방 2미터 정육면체의 경우 부피는 8세 제곱미터, 표면적은 $4m^2 \times 6=24m^2$로 표면적 대 부피비는 3이 되고 사방이 3미 터가 되면 이 비율은 2(54/27)가 되어서 몸집이 커질수록 몸집에 대한 체표면적 은 줄어듦을 알 수 있습니다. 열이 체표면으로 발산되니 몸집이 작은 동물일수 록 더 많은 열을 대기에 빼앗기는 셈이죠. 즉 추운 지방의 동물일수록 크기가 크면 체온 유지에 훨씬 더 유리함을 알 수 있습니다. 예를 들면 열대에 사는 벌 새는 세상에서 가장 작은 새로 크기가 보통 5센티미터인데, 크게 자라도 20센 티미터를 넘지 않습니다. 정지비행으로 칼로리가 높은 꽃 속의 꿀을 빨아먹으 며 생활하는데, 자신의 에너지를 절약하기 위해 밤에는 체온을 크게 낮춘다는 재미난 연구 결과가 있습니다. 연구진에 따르면 벌새의 체온은 꿀을 먹기 위해 날갯짓을 하면 40℃, 휴식을 취할 때에는 20℃인 반면 잘 때에는 무려 3.3℃까 지 체온이 떨어져 에너지를 최대 95퍼센트까지 아낀다고 합니다.

북해와 스코틀랜드 서부 해역에서 주로 서식하는 대구의 신체 크기가 변화 하고 있다는 연구 결과가 최근에 발표됐습니다. 성체 대구는 크기가 작아지는 반면 어린 대구는 성장 속도가 빨라져 몸집이 커졌습니다. 기존 실험에 의하면 냉혈동물은 따뜻한 온도에서 더 빨리 성장하지만 성체의 체구는 더 작아진다는 사실이 밝혀진 바 있습니다. '온도-크기 법칙(Temperature-size rule)'이라고 불리는 이 현상은 여러 동식물 및 박테리아에서 관찰되었습니다.

다음은 체중과 수명에 관한 이야기입니다. 〈그림 83A〉는 일생 동안 심박수 와 기대수명을 그래프로 나타낸 것입니다. 로그-로그 그래프이므로 일반 그래 프에 익숙하신 분들은 스케일이 좀 낯설게 느껴질 것입니다. 생쥐에서부터 고 래까지 40배 정도 기대수명이 차이가 나는데도 불구하고 분당 심박수와 기대

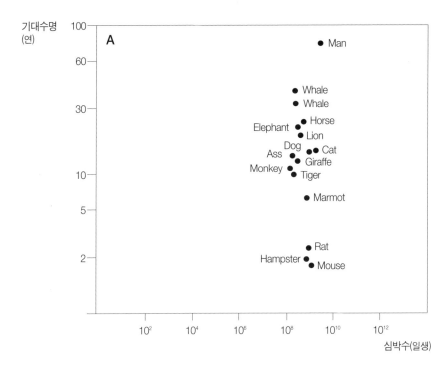

〈그림 83A〉 일생 동안의 포유동물 심박수와 기대수명을 나타낸 그래프.

수명은 일정한 경향을 보이고 있습니다. 이 경우, 사람을 제외하고 체중이 늘어날수록 기대수명이 늘어나는 정도가 비슷합니다. 이 그림에서도 사람은 체중대로라면 고작 20년인 평균 수명이 실제로는 80년 정도로 다른 동물에 비해 매우 높습니다.

즉 〈그림 83B〉에서처럼 체중과 비교하면, 햄스터와 고래가 50만 배 체중 차이가 남에도 불구하고 일생 동안 심박수와 기대수명는 그 경향성이 더욱 두드러집니다. 포유류의 경우 심장의 무게는 체중과 거의 비례하며 통산 체중의 0.5~0.6퍼센트를 차지한다고 알려져 있습니다. 이러한 사실로 비추어 볼 때 체구나 심박수에 거의 무관하게, 포유류는 일생 동안 심박수가 놀라울 정도로

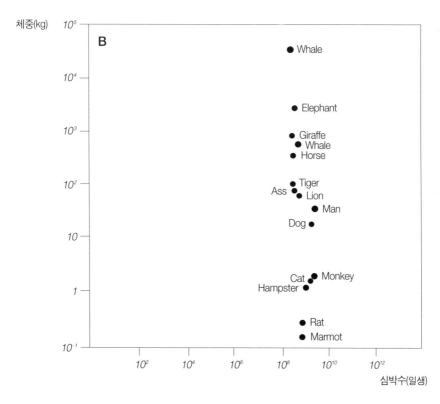

〈그림 83B〉 일생 동안의 포유동물 심박수와 체중을 나타낸 그래프.

일정 수준을 유지함을 알 수 있습니다. 또 이는 파충류의 경우도 유사해서 갈라
파고스 거북은 177년의 기대수명에 분당 6회 정도의 심장박동으로 일생 동안
5.6×10^8 정도 심장이 뛰는데, 포유류의 평균값인 7.3×10^8과 매우 근사한 값을
보입니다. 이것은 인체의 작은 반응기인 세포가 심장을 통해 공급받는 산소를
소모하면서 에너지를 얻기 때문입니다. 한 과학자에 따르면* 동물의 세포는 일

---

* M. Y. Azbel, "Universal biological scaling and mortality". Proc. Natl. Acad. Sci., USA, 91, 12453(1994).

생 동안 약 10개의 산소를 소모한다고 합니다.

　변온동물의 경우에는 어떤지를 곤충의 활동을 통해 살펴본 논문들이 있어서 소개합니다. 캐나다 오타와 대학의 래들러(Laidler) 교수는 반딧불이의 섬광빈도와 귀뚜라미 울음빈도를 관측한 결과 온도가 올라가면 각각의 빈도수가 늘어난다는 것을 발견하였습니다.[*] 변온동물인 이들 곤충은 생체 내 세포의 반응활성이 외부 온도에 영향을 받는다고 보았으며 비슷한 정도의 활성화 에너지를 가진다는 유의미한 공통점을 발견했습니다. 약간의 전문적인 과정을 거쳐서 반딧불이와 귀뚜라미의 활성화 에너지는 각각 52.2kCal/mol, 54.8kCal/mol이라는 값을 얻었습니다. 여기서 활성화 에너지란 반응이 일어나기 위한 최소의 에너지를 이르는 말인데, 모닥불을 얻기 위해서는 불쏘시개로 장작을 일정 온도 이상 가열해 주어야 하는 것과 유사하다고 보면 됩니다. 하인리히(B. Heinrich)는 꿀벌의 비행속도와 개미의 달리는 속도를 온도에 따라 관측하고 이들의 활성화 에너지를 구하기도 했습니다.[**]

[*] K. J. Laidler, "The development of the Arrhenius equation", *J. Chem. Edu.*, 5, 343(1972).

[**] B. Heinrich, "The hot-blooded insects", Cambridge, Mass: Harvard University Press, 1993.

코넬대 천문학자 칼 세이건(Carl Sagan) 교수는 138억 년의 우주 역사를 1년 짜리 달력으로 만든 우주 달력(Cosmic Calendar)을 제안했습니다. 우주의 역사가 1년이라면 우리는 지금 어디에 해당할까요? 지금이 12월 31일 밤 12시라 보고, 우주 달력에 의하면 한 달은 11억 5000만 년, 하루는 3830만 년에 해당하며 그의 계산에 의하면 우주력의 1초는 지금 우리 시간으로 443년입니다.*

우주는 '빅뱅'에 의해 태어났으며 '빅뱅'은 1월 1일 0시에 일어났습니다. 대폭발로 인해 우주의 팽창이 생겨났고 오늘날 우리가 아는 모든 에너지와 물질이 탄생했습니다. 빅뱅 이전에는 우리가 지금 느끼는 시간과 공간도 없었으며 우주가 만들어지면서 시공간이 생겼습니다. 이에 따르면 우리가 속한 은하계는 5월 1일에 만들어집니다. 생명은 38억 년에서 45억 년 사이에 만들어져서 이때가 9월에 해당합니다. 지구는 9월 14일에 탄생하고 10월이 되면 이산화탄소, 물, 태양 에너지를 이용해 광합성을 하는 생명체가 생겨납니다. 12월 25일이 되면 공룡이 번성하기 시작하는데 되짚어 보면 2억 2000만 년 전의 일입니다. 29일에는 공룡이 최상위 포식자가 되어서 1억 5000만 년 동안 잘 살다가 12월 30일 갑자기 멸종합니다. 약 6600만 년 전의 일인데, 공룡의 멸종은 인류에게는 기회여서 공룡이 멸종되자 포유류가 번성하기 시작했기 때문입니다.

우주력에서 보면 인간의 100년은 단지 0.23초에 불과해서 인간의 수명 100

---

* '인류는 우주에서 온 별의 자식', The Science Times, 2020. 8. 19.

세는 커다란 우주의 빅 히스토리 관점에서 보면 너무나 짧은 찰나인 셈입니다. 현생 인류인 호모 사피엔스는 지금으로부터 8분 전인 11시 52분에 생겨났습니다. 지금으로부터 약 30만 년 전입니다. 이제 밤 11시 59분이 됐습니다. 마지막 1분을 남기고 인류는 많은 일을 해내어 구석기 시대와 신석기 시대, 산업혁명과 근대화에 이르기까지 인류의 역사는 숨 가쁘게 전개됩니다.

이처럼 우주의 나이에 비하면 제 60년은 0.14초 정도에 해당되어 어쩌면 찰나일지도 모릅니다. 그래도 되짚어 보니 꽤나 많은 일을 기록할 게 있는 듯합니다. 기억은 있지만 기록하기 힘든 이야기도 있었으니, 간단하게나마 언급하고 넘어간 부분은 그나마 다행이라고 할까요? 제가 스스로 생각할 때 기특한 점을 하나 들라면 바로 '꾸준함'입니다. 그래서 시작은 어렵지만 일단 시작하면 반짝하는 맛은 없어도 일이나 인간관계, 취향도 지속적으로 한결같이 유지하고자 합니다. 얕은꾀도 부리지 않습니다. 이러한 것으로 인해 대학교 때 지도교수님께서 당신이 회장으로 계시던 협의회를 제게 맡기신 게 아닌가 생각합니다. 다른 하나는 변화를 두려워하지 않는 것입니다. 필요하다면 솔개처럼 과감하게 지금의 부리도 날개도 버릴 수 있습니다. 앨비언(Mark Albion)이 그의 저서 『Making a Life, Making a Living』에서 밝혔듯이, 하고 싶은 일을 하면(Making a Life)서 살고(Making a Living) 싶습니다. 이번에 이렇게 마디를 지음으로써 지나온 시간보다 더 짧게 지낼 앞으로의 시간에도, 다시 시작하는 기분으로 좋은 일들이 많기를 기대해 봅니다.

부록

본문 내 수록곡 목록

경력사항

■ 본문 내 수록곡 목록 ■

구글이나 유튜브에서 책 제목인 『두 번째 서른, 음악 따라 세상 둘러보기』를 검색하면 아래 음악을 감상하
실 수 있습니다.

첫 번째 마디—음악과 안전 이야기

원칙을 지킨다는 것

- 캐논 (https://www.youtube.com/watch?v=Ptk_1Dc2iPY)
- 브란덴부르크 협주곡 5번 라장조 1악장 (https://www.youtube.com/watch?v=rnAcRm7IL74)
- 브란덴부르크 협주곡 3번 사장조 1악장 (https://www.youtube.com/watch?v=qr0f6t2UbOo)
- G선상의 아리아(관현악 모음곡 3번 라장조) (https://www.youtube.com/watch?v=CvglW3KNSsQ)
- 관현악 모음곡 제2번 나단조 중 '폴로네이즈' (https://www.youtube.com/watch?v=kMMVgURYS4s)
- 토카타와 푸가 라단조 (https://www.youtube.com/watch?v=-PtJMCRyO2I)
- Let it be (https://www.youtube.com/watch?v=3LL3vj5piWQ)
- No woman no cry (https://www.youtube.com/watch?v=Lf9tr8zXg2E)
- Let it go (https://www.youtube.com/watch?v=moSFlvxnbgk)
- 당신은 사랑받기 위해 태어난 사람 (https://www.youtube.com/watch?v=QBsNy_5JCf0)
- 너에게 난 나에게 넌 (https://www.youtube.com/watch?v=zaVSNrEdC54)
- 낭만 고양이 (https://www.youtube.com/watch?v=XlgxZCPzt5w)
- Despacito (https://www.youtube.com/watch?v=4bmUFRxNElg)
- Unchained melody (https://www.youtube.com/watch?v=MAB0QlmjO-c)
- I will always love you (https://www.youtube.com/watch?v=3JWTaaS7LdU)
- 총 맞은 것처럼 (https://www.youtube.com/watch?v=uSdlduWm4HM)

상선약수(上善若水)

- 물위에서 노래함(Auf Dem Wasser Zu Singen) (https://www.youtube.com/watch?v=gnbDa0za-Ns)
- 물위의 암스테르담(Amsterdam sur eau) (https://www.youtube.com/watch?v=rHCjNmhP25A)
- Lake como (https://www.youtube.com/watch?v=duC23DkbC08)
- Lake Louise (https://www.youtube.com/watch?v=eNXKM6Lb7s0)
- Behind the waterfall (https://www.youtube.com/watch?v=1VTBUH0J1FQ)
- The water is wide (https://www.youtube.com/watch?v=8e_xYuzn9Vg)
- Beneath still water (https://www.youtube.com/watch?v=TQ4jehpLCT0)

- River in the pine (https://www.youtube.com/watch?v=-orYtXHbu5c)
- 수상음악 모음곡 (https://www.youtube.com/watch?v=rm3JctfSdZc)

정확히 알고, 기본에 충실하자

- Welcome to my world (https://youtu.be/EpjBwlC7nG8)
- YMCA (https://www.youtube.com/watch?v=QYkC7uBy6RA)
- 한화 이글스의 응원곡 '내 고향 충청도' (https://youtu.be/knZL_E1qJ2U)
- Bank of Ohio (https://www.youtube.com/watch?v=f6Z6Y5D2Glw)
- 오 사랑하는 나의 아버지(O Mio Babbino Caro) (https://youtu.be/s9PQ7qPkluM)
- 신미래의 '풍각쟁이' (https://youtu.be/nY5WW0Hto3Q)
- 박향림의 '풍각쟁이' (https://youtu.be/MT4iQveUPKM)

한국형 안전을 꿈꾸며

- 우리들의 이야기 (https://www.youtube.com/watch?v=flFtc7WAPbY)
- Isa Lei (https://www.youtube.com/watch?v=rhQZKlkpujl)
- 백만송이 장미 (https://www.youtube.com/watch?v=Fc5n6qs3tp0)
- 백만송이 붉은 장미(Million Alyh Roz) (https://www.youtube.com/watch?v=ESe8Ya7LAOM)
- 님이여 (https://www.youtube.com/watch?v=-rMX2koJ3el)
- Lead me on (https://www.youtube.com/watch?v=a3Cm_M8gyGU)
- 낙엽따라 가버린 사랑 (https://www.youtube.com/watch?v=FFfhwhqLnHg)
- Anything that's part of you (https://www.youtube.com/watch?v=YS7sG2rrKXw)
- 고별 (https://www.youtube.com/watch?v=iraC6jYj6g0)
- Stringiti alla mia mano(내 손을 잡아요) (https://www.youtube.com/watch?v=MCD6jXitDfU)
- 하얀 손수건 (https://www.youtube.com/watch?v=5v4NtImcqNY)
- Me t'aspro mou mantili (https://www.youtube.com/watch?v=OHoeUYz8TQE&feature=youtu.be)
- 고향의 푸른 잔디 (https://www.youtube.com/watch?v=XKadePTE-Ug)
- Green green grass of home (https://www.youtube.com/watch?v=M1S5JQR56Y8)
- 딜라일라 (https://www.youtube.com/watch?v=2DOSkqRkdCl)
- Delilah (https://www.youtube.com/watch?v=lkzL7-nZHL0)
- 보고픈 내 친구 (https://www.youtube.com/watch?v=rSUKqb3S1JU)
- Dear John letter (https://www.youtube.com/watch?v=mjqSXsbeXHk)
- 물레방아 인생 (https://www.youtube.com/watch?v=jxmrnjjt2GE)
- Proud Mary (https://www.youtube.com/watch?v=kKAM7zGnL9Y)
- 화려한 싱글 (https://youtu.be/gSeVl5x7kh8)
- Eat you up (https://youtu.be/wO5yHHnMcuw?list=FLWD6CsQmCfpSakbqUir7ZcA)

- 오빠 (https://www.youtube.com/watch?v=am5SW5cbH9E)
- She bop (https://www.youtube.com/watch?v=CdL8dizd98M)
- 혼자만의 사랑 (https://www.youtube.com/watch?v=Kn_lw1Zli1A)
- Via Dolorosa (https://www.youtube.com/watch?v=VYbJINxRz6o)
- 영화 쎄시봉의 주제곡 '백일몽' (https://www.youtube.com/watch?v=ziFNB0uhOM8)
- My grandfathers clock (https://www.youtube.com/watch?v=K0o8A4RccUY)
- 제비 (https://www.youtube.com/watch?v=Hi0-sXBpEQ4)
- La Golongrina (https://www.youtube.com/watch?v=9svvvyplZso)
- 아름다운 것들 (https://www.youtube.com/watch?v=NS-4i_hlDns)
- Mary Hamilton (https://www.youtube.com/watch?v=HwrLw_pEu1g)
- 땅세의 주제곡 '청산별곡' (https://m.blog.naver.com/yc8663/221154284928)
- 가시리 (https://www.youtube.com/watch?v=WngGxbUnrw0)
- Erev shel shoshanim(장미향 가득한 저녁) (https://www.youtube.com/watch?v=Zlny6yUqWFM)

다양한 게 좋아

- Stairway to heaven (https://www.youtube.com/watch?v=fFnACQ1-GAw)
- Bohemian rhapsody (https://www.youtube.com/watch?v=fJ9rUzlMcZQ)
- April (https://www.youtube.com/watch?v=DHu3D47HhHA)
- Love is like oxygen (https://www.youtube.com/watch?v=CmKXzCLZ6Eo)
- Scarborough Fair, Canticle (https://www.youtube.com/watch?v=-Jj4s9l-53g)
- I understand (https://www.youtube.com/watch?v=kYJrU8uklDw)
- Load out, stay (https://www.youtube.com/watch?v=UF2gA6NfyGQ)
- 로시니의 이집트의 모세 주제에 의한 변주곡 (https://www.youtube.com/watch?v=0g00bVs0zBg)
- 이집트의 모세 (https://www.youtube.com/watch?v=MVaNQ3S5JnM)
- 제트로 툴의 'Pavane' (https://www.youtube.com/watch?v=T_lhO9PWPbY)
- 포레(Gabriel Fauré)의 'Pavane' (https://www.youtube.com/watch?v=B4-4a4A1kzg)
- '마술피리' 중 아리아 'Das Klinget so Herrlich(너무 멋져요)'
  (https://www.youtube.com/watch?v=9fpionW0Aoc)
- 마술피리 주제에 의한 변주곡 (https://www.youtube.com/watch?v=kPhDu5YbecA)
- 파가니니 주제에 의한 광시곡 18번 (https://www.youtube.com/watch?v=VrJbPyDjd9M)
- 파가니니의 '무반주 바이올린 카프리치오 24곡'
  (https://www.youtube.com/watch?v=iG-bNnDWAN4)
- 파가니니 작곡의 'La Campanella(바이올린 협주곡 2번 3악장)'
  (https://www.youtube.com/watch?v=230RgLax-_o)
- 리스트의 피아노 변주곡 (https://www.youtube.com/watch?v=H1Dvg2MxQn8)

안전, 하이브리드 영역

- I dreamt I dwelt in marble halls (https://www.youtube.com/watch?v=il3x1pKLUAQ)
- To treno fevgi stis okto(기차는 8시에 떠나네) (https://www.youtube.com/watch?v=CTIL0gxru8A)
- Once upon a time (https://youtu.be/7eBndWqbtVM)
- Time to say goodbye (https://www.youtube.com/watch?v=g3ENX3aHlqU)
- Amigos para siempre(영원한 친구) (https://www.youtube.com/watch?v=OmUS9vu-O1s)
- All I ask of you (https://www.youtube.com/watch?v=bYRwBOnMD-I)
- Perhaps love (https://www.youtube.com/watch?v=2XjOseVwwic)
- 향수 (https://www.youtube.com/watch?v=eWlxclVd1_s)
- A love until the end of time (https://www.youtube.com/watch?v=G5UzZRVhoQE)
- Memory (https://www.youtube.com/watch?v=4-L6rEm0rnY)
- Don't cry for me argentina (https://www.youtube.com/watch?v=KD_1Z8iUDho)
- No ti scordar di me(물망초) (https://www.youtube.com/watch?v=jn98YMbCyDM)
- Caruso (https://www.youtube.com/watch?v=IxeL8wpyy2w)
- Blowing in the wind (https://tv.kakao.com/channel/3036899/cliplink/383425627)
- 이루어질 수 없는 사랑 (https://www.youtube.com/watch?v=H2gOV7o3uL8)
- 난 알아요 (https://www.youtube.com/watch?v=8J3m-ao43Bs)
- I am a rock (https://www.youtube.com/watch?v=PKY-smJ6aBQ)
- The sound of silence (https://www.youtube.com/watch?v=HZVkk_aQ0BI)
- Mrs. Robinson (https://www.youtube.com/watch?v=yfSny4MkS3c)
- The girl with April in her eyes (https://www.youtube.com/watch?v=Us9xUQiOyPE)
- What's up (https://www.youtube.com/watch?v=0a85vbWvPQI)
- Wild world (https://www.youtube.com/watch?v=Za9LY6Q3EuI)
- Four strong wind (https://www.youtube.com/watch?v=PTMMS88gi6c)

런던 다리와 록펠러 건물

- London bridge Is falling down (https://www.youtube.com/watch?v=Gawik33Yl0M)

알함브라궁의 추억

- 알함브라궁의 추억(Recuerdos de la Alhambra) (https://www.youtube.com/watch?v=R-5weyHVC2U)

청출어람? 굴화위지?

- 크리스 보티의 'A thousand kisses' deep' (https://www.youtube.com/watch?v=Zn4K87zbQuY)

- 레너드 코언의 'A thousand kisses' deep' (https://www.youtube.com/watch?v=enLZX5X-oRo)
- 이럽션의 'One way ticket' (https://www.youtube.com/watch?v=BYjT6K_avyU)
- 닐 세다카 'One way ticket' (https://www.youtube.com/watch?v=z27QV9Y3jSc)
- Honey (https://www.youtube.com/watch?v=PxjZ0fc8NPA)
- Superstition (https://www.youtube.com/watch?v=2FprQnEiNa0)

합창과 협업

- 베토벤(Ludwig von Beethoven)의 합창 제4악장 (https://www.youtube.com/watch?v=cep8Ru4TL4k)
- 헨델(Georg Friedrich Händel)의 할렐루야 (https://www.youtube.com/watch?v=IUZEtVbJT5c)
- 칼 오르프(Carl Orff)의 '카르미나 부라나(Carmina Burana)' 중 'O Fortuna(운영의 여신이여)'
  (https://www.youtube.com/watch?v=GXFSK0ogeg4)
- 'Nabucco' 중 가거라 슬픔이여 (https://www.youtube.com/watch?v=wWV6VUZ43Kc)
- '아이다(Aida)' 중 '개선행진곡' (https://www.youtube.com/watch?v=JXMdei-UTfw)
- 'Il Trovatore' 중 '대장간의 합창' (https://www.youtube.com/watch?v=yjMHCzoneuM)
- 'Il Trovatore' 중 '병사들의 합창' (https://www.youtube.com/watch?v=dsNh4E1zZmA)
- 오페라 '파우스트' 중 '병사들의 합창' (https://www.youtube.com/watch?v=LW-6HMenF74)
- 마탄의 사수 중 '사냥꾼의 합창' (https://www.youtube.com/watch?v=eEZml_AxBvo)
- 카발레리아 루스티카나 중 '오렌지향은 바람에 날리고'
  (https://www.youtube.com/watch?v=XOasEcimUBU)
- 페르시아 시장에서(https://www.youtube.com/watch?v=pNZ54SPOvxY)

대학원 시절 이야기들

- Bohemian rhapsody (https://youtu.be/fJ9rUzlMcZQ)
- 메르카단테(Saverio Mercadante)의 '플루트 협주곡 E장조 중 3악장'
  (https://youtu.be/dONgZXfNX8Y)
- Time(Pink Floyd) (https://www.youtube.com/watch?v=d_JVJQ6Yum4)
- July morning (https://www.youtube.com/watch?v=GPvx-Lg7TDg)

두 번째 마디―음악과 살아가는 이야기

요람기(搖籃記)

- 어린 시절 (https://youtu.be/IlsdkDyGGrE)
- Playground in my mind (https://youtu.be/VFONCfjewgM)
- 드뷔시(Claude-Achille Debussy)의 '조각배' (https://www.youtube.com/watch?v=qWhfpEMY8Y0)
- Sicilienne (https://www.youtube.com/watch?v=wOwll8yqGpg)
- 명상곡 (https://www.youtube.com/watch?v=ImEUiNAL9go)
- 빨간 마후라 (https://www.youtube.com/watch?v=hlKOdn0tEeM)
- 총각선생님 (https://www.youtube.com/watch?v=wGnf2mM9aSs)

천재와 사이코

- Starry night (https://www.youtube.com/watch?v=oxHnRfhDmrk)
- Starry night (https://www.youtube.com/watch?v=vp5qJlr4go0), OST

조연으로 역사 보기

- Ombra mi fu(그리운 나무 그늘이여) (https://www.youtube.com/watch?v=ggR46FHncoc)
- 월량대표아적심(月亮代表我的心) (https://www.youtube.com/watch?v=9Wp3a2DnkoE)
- Under the sea
  (https://www.youtube.com/watch?v=5MQEuYaSTUA&list=PLIY0Tnj1_fuemA1zt4N98ToT3So34C0
  zs&index=9)

아는 만큼 들린다

- 금과 은의 왈츠 (https://www.youtube.com/watch?v=28YqsFCOPtg)
- 입술은 침묵하고 (https://www.youtube.com/watch?v=jB3FoUB6Zuo)
- 헝가리무곡 5번 (https://www.youtube.com/watch?v=QAMxkietiik)

칸쿤에서의 오 솔레 미오

- Highway star (https://www.youtube.com/watch?v=uO5cmJjMgLc)
- 흘러내리는 눈물 (Wasserflut) (https://www.youtube.com/watch?v=SGs-0RMtFdc)
- O sole mio (https://www.youtube.com/watch?v=OBa_O8wu2C0)
- Cielito lindo (https://www.youtube.com/watch?v=YywnlQpSdEc)
- 산타루치아(Santa Lucia) (https://www.youtube.com/watch?v=El0TF2uFVns)
- 무정한 마음(Core 'ngrato) (https://www.youtube.com/watch?v=fEzgh2i_BdE)
- 푸니쿨리 푸니쿨라(Funiculi funicula) (https://www.youtube.com/watch?v=yTSAZAHiOa8)

리우의 추억 및 연관된 이야기들

- Copacabana (https://www.youtube.com/watch?v=591d-XV5rEo)
- 이파네마에서 온 소녀 (https://www.youtube.com/watch?v=cOutEZqNDho)
- 축제의 아침 (https://www.youtube.com/watch?v=nVkDfnGobmI)
- 지옥의 오르페우스 서곡 (https://www.youtube.com/watch?v=WhvnfVD2ucQ)

페루 여행

- Inca dance (https://www.youtube.com/watch?v=CLiLMboE9I8)
- Desert island (https://www.youtube.com/watch?v=yUPwSR2298U)
- Virgin island (https://www.youtube.com/watch?v=Y7y2iZXw2u4)
- El condor pasa (https://www.youtube.com/watch?v=hw43oBxuGPs)
- El ccondor pasa (https://www.youtube.com/watch?v=i6d3yVq1Xtw)
- Machu Picchu (https://www.youtube.com/watch?v=2JHeljp_aVc)

멀고도 가까운 이웃

- Tara's theme (https://www.youtube.com/watch?v=PgF-rcHcPqE)
- Take me home, country road (https://www.youtube.com/watch?v=qMZBeyp6-m0)
- New York, New York (https://www.youtube.com/watch?v=bHYBLZPfpWs)
- 팔도 유람 (https://www.youtube.com/watch?v=0BPyENv5BGU)
- I've been everywhere (https://www.youtube.com/watch?v=_oqzy8HU6dQ)
- I left my heart in san Francisco (https://www.youtube.com/watch?v=_q37_r0WWUY)
- San Francisco (https://www.youtube.com/watch?v=TnTxWSKJ30g)

생활 속의 클래식

- 엘리제를 위하여 (https://www.youtube.com/watch?v=e4d0LOuP4Uw)
- Passion flower (https://www.youtube.com/watch?v=Xm173JQy0Y0)
- 정열의 꽃 (https://www.youtube.com/watch?v=LvLJdoUN_Ic)
- 아랑훼즈 협주곡 2악장 (https://www.youtube.com/watch?v=K_kedj8Tgqg)
- 아랑훼즈 협주곡 2악장 (https://www.youtube.com/watch?v=I0zQvD2wbMk) 재즈변주
- Follow me (https://www.youtube.com/watch?v=krl_Fr00Z6M)
- 파헬벨의 캐논 (https://www.youtube.com/watch?v=DYAM1DbCAtA)
- Rain and tears (https://www.youtube.com/watch?v=YQyxCL1uMlU)
- 하이든(Franz Haydn)의 '트럼펫 협주곡 3악장' (https://www.youtube.com/watch?v=y-qf1blogAg)
- 홍방울새 중 1악장 (https://www.youtube.com/watch?v=rEBO0lm7c04)
- 지고이네르바이젠 (https://www.youtube.com/watch?v=-My4X_OBNtl)

양면성

- Play the game tonight (https://www.youtube.com/watch?v=W2azO25JtFo)
- Dust in the wind (https://www.youtube.com/watch?v=tH2w6Oxx0kQ)
- Dust in the wind (https://www.youtube.com/watch?v=Z0E7x93b9B4) 3 Finger 연주
- The boxer (https://www.youtube.com/watch?v=MYPJOCxSUFc)
- Smoke on the water (https://www.youtube.com/watch?v=zUwElt9ez7M)
- Soldier of fortune (https://www.youtube.com/watch?v=4tSqgEMCuCs)
- Heaven and hell (https://www.youtube.com/watch?v=idn50Xj_CiY)
- She is gone (https://www.youtube.com/watch?v=wMmCDAJu_hY)
- She is gone (https://www.youtube.com/watch?v=lCJs1CxCRt0)
- Love of my life (https://www.youtube.com/watch?v=bX-aT6S8R58)
- We will rock you (https://www.youtube.com/watch?v=-tJYN-eG1zk)
- Hotel California (https://www.youtube.com/watch?v=EqPtz5qN7HM)
- Heartache tonight (https://www.youtube.com/watch?v=snPgFNMCXBs)
- Desperado (https://www.youtube.com/watch?v=jrlTooHxsoQ)

시그널 뮤직

- 아일랜드 여인 (https://www.youtube.com/watch?v=slIldERNDrA)
- 파가니니 주제에 의한 광시곡 18번 (https://www.youtube.com/watch?v=xt1TrYRAnzQ)
- 엠마뉴엘 (https://www.youtube.com/watch?v=QA3fTZyHc6o)
- Whistler's song (https://www.youtube.com/watch?v=BhxOOH0ptsk)

- Give it all you got (https://www.youtube.com/watch?v=zXUsq0M9qq0)
- 이사오 도미타의 아라베스크 (https://www.youtube.com/watch?v=igHOaMOzzUo)
- 드뷔시(Claude-Achille Debussy)의 '아라베스크 1번'
  (https://www.youtube.com/watch?v=0tsRu5_pmVo)
- Isadora (https://www.youtube.com/watch?v=_gKOxosKiRU)
- Merci Cheri (https://www.youtube.com/watch?v=w8eAKPRO8O0) 원곡
- Merci Cheri (https://www.youtube.com/watch?v=Ub2tyGwMr_U)
- Kleine traum musik (https://www.youtube.com/watch?v=U6wDJQeH_60)

우리의 우뇌는 우수하다

- 섬마을 선생님 (https://www.youtube.com/watch?v=J5ilgnQNS3o)
- 내사랑 내곁에 (https://www.youtube.com/watch?v=iJ6ThgYyhSs)
- My Love beside Me (https://www.youtube.com/watch?v=pFT6craxB1I)
- Before the rain (https://www.youtube.com/watch?v=3f56qh5PmUA)
- 존재의 이유 (https://www.youtube.com/watch?v=Q4N3QMRfPcc)
- Reason to live (https://www.youtube.com/watch?v=StplboEaWtl)

Starting Over

- Il silenzio (https://www.youtube.com/watch?v=OHkri8ZUqOA)
- 차라투스트라는 이렇게 말했다 (https://www.youtube.com/watch?v=WufKsOhkTL8)

가깝고도 먼 이웃, 일본

- 줄리아의 상심(傷心) (https://tv.kakao.com/channel/9262/cliplink/67417807)
- 오 마이 줄리아 (https://www.youtube.com/watch?v=8-dkv-Cm02w)
- 긴기라기니 (https://www.youtube.com/watch?v=p909gb9n3aw)
- 고이비토요(연인이여) (https://www.youtube.com/watch?v=4YPDj2DsXkw)
- 사치코 (https://www.youtube.com/watch?v=_VJWBbKQ7E8)
- 블루라이트 요코하마(Blue Light Yokohama) (https://www.youtube.com/watch?v=PzCYGVfcgnk)

친근한 왈츠

- 푸른 도나우 (https://www.youtube.com/watch?v=IDaJ7rFg66A)
- 황제 왈츠 (https://www.youtube.com/watch?v=LAVvBF7m260)
- 비엔나 숲속 이야기 (https://www.youtube.com/watch?v=Ws7YEc2nbLM)

- 봄의 소리 왈츠 (https://www.youtube.com/watch?v=ewXcgHvUEIc)
- 스케이터 왈츠 (https://www.youtube.com/watch?v=PdcKE4U9_D0)
- 여학생 왈츠 (https://www.youtube.com/watch?v=q6R5M52lqlw)
- 꽃의 왈츠 (https://www.youtube.com/watch?v=uljlL0ScpYA)
- 잠자는 숲속의 미녀 중 'Garland Waltz'
  (https://www.youtube.com/watch?v=nTPgTXgV2yc)
- 백조의 호수 중 'Grand Waltz' (https://www.youtube.com/watch?v=xHemlkiN-eU)
- 베를리오즈(Hector Berlioz)의 '환상교향곡' (https://www.youtube.com/watch?v=6ZSUCUGC3t0)
- Second Waltz (https://www.youtube.com/watch?v=J_o3mSUW7ml)
- Danube wave Waltz (https://www.youtube.com/watch?v=Ht30HqwXoxA)
- 브람스(Johannes Brahms)의 '왈츠 작품 39-15' (https://www.youtube.com/watch?v=oy6uV-eMOEs)
- 쇼팽(Frédéric Chopin)의 '작품 64-2, 올림다단조'
  (https://www.youtube.com/watch?v=WVsGf1ag6Us)
- 강아지 왈츠 (https://www.youtube.com/watch?v=X2JCxapd5hU)
- 야상곡 작품 9-2 (https://www.youtube.com/watch?v=tV5U8kVYS88)
- 은파(Silvery wave) (https://www.youtube.com/watch?v=u1dSAE47b6Q)
- 라데츠기 행진곡 (https://www.youtube.com/watch?v=2ORHVroiWHk)

들으면 속이 후련해지는 록 발라드

- November rain (https://youtu.be/MvxdSnTscac)
- Knocking on heaven's door (https://www.youtube.com/watch?v=f8OHybVhQwc)
- Knocking on heaven's door (https://www.youtube.com/watch?v=rnKblmRPhTE) 원곡
- Making Love out of nothing at all (https://www.youtube.com/watch?v=S-KXZyScQol)
- Total eclipse of the heart (https://www.youtube.com/watch?v=XBpu02ja7Xg)
- To love somebody (https://www.youtube.com/watch?v=IApynGf_HSM)
- To love somebody (https://youtu.be/tAm3XSB7IDI) 원곡
- A tale that wasn't right (https://youtu.be/C9HlxXpZ8Al)
- Still loving you (https://www.youtube.com/watch?v=rQLGLn246UE)
- Wind of change (https://www.youtube.com/watch?v=BNdOerkD_9k)
- Power of love (https://youtu.be/kK5m3H7c3_s)
- I Will always love you (https://www.youtube.com/watch?v=H9nPf7w7pDl)
- 머라이어 캐리의 'Without you' (https://youtu.be/tLirne0nJv0)
- It must have been Love (https://www.youtube.com/watch?v=zX3lWDJMaMY)
- Alone (https://www.youtube.com/watch?v=jLY2PHTKmJM)

- Pledging my love (https://www.youtube.com/watch?v=Tppl-fJoGpA)
- Wayfaring stranger (https://www.youtube.com/watch?v=jxFKGc65618)
- Save the last dance for me (https://www.youtube.com/watch?v=ntu4Sf2TGzU)
- And I love you so (https://www.youtube.com/watch?v=DJ_LyMYzHXk)
- To know him is to love him (https://www.youtube.com/watch?v=DgloJiAHWjQ)
- Almaz (https://www.youtube.com/watch?v=FyF-NqluT0I)
- When I dream (https://www.youtube.com/watch?v=4cECbwdLVuE)
- Mon beau Sapin (https://www.youtube.com/watch?v=nj1YAwyFO44)
- The water is wide (https://www.youtube.com/watch?v=plkl6jwtTSU)
- Erev shel shoshanim(밤의 장미) (https://www.youtube.com/watch?v=dKpi5kU6f_4)
- Donde Voy (https://www.youtube.com/watch?v=RiHPLVwrgH4)
- Pokarekare Ana (https://www.youtube.com/watch?v=9GXua6gD4Hc)
- The rose (https://www.youtube.com/watch?v=jQY2z6aALD4)
- Song bird (https://www.youtube.com/watch?v=22b_VZXrzl0)
- River in the pine (https://www.youtube.com/watch?v=-orYtXHbu5c)
- Yesterday (https://www.youtube.com/watch?v=WSuVCyT63lI)
- Knife (https://www.youtube.com/watch?v=SZ-8-BZ931Y)
- If (https://www.youtube.com/watch?v=4LrSSN4RFiQ)
- Annie's song (https://www.youtube.com/watch?v=_274YrHZmZU)
- Sunshine on my shoulder (https://www.youtube.com/watch?v=DNq2131mdho)
- My sweet lady (https://www.youtube.com/watch?v=cSuJMjzlAGI)
- Vincent (https://www.youtube.com/watch?v=oxHnRfhDmrk)
- I'm in love with you (https://www.youtube.com/watch?v=ZNXhsacpwe4)
- Now and forever (https://www.youtube.com/watch?v=cnesuyOl4Rg)
- Handy man (https://www.youtube.com/watch?v=tkTA9peDvqM)
- Imagine (https://www.youtube.com/watch?v=L6svOHFSAH8)
- 혜린의 테마 (https://www.youtube.com/watch?v=2WzFCMWGKdE)
- 파가니니의 '바이올린과 기타를 위한 소나타' (https://www.youtube.com/watch?v=lr4kFJOzoHE)
- 사랑의 정경 (https://www.youtube.com/watch?v=yrQSpYffCZ4)
- 하얀 연인들 (https://www.youtube.com/watch?v=V-JGCxuKTAE)
- 눈싸움 (https://www.youtube.com/watch?v=AGXx7fKAFAo)
- Jill's theme (https://www.youtube.com/watch?v=J2FoReErglU)
- 산체스의 아이들 (https://www.youtube.com/watch?v=P1FlzZ23oLk)
- Farewell my love (https://www.youtube.com/watch?v=NuAxP-G9az0)
- A wonderful day (https://www.youtube.com/watch?v=zXj5lz7H0nQ)

- 목소리를 위한 아리아 (https://www.youtube.com/watch?v=awGu1_y8QYs)
- 노래하는 새들 (https://www.youtube.com/watch?v=Bu1u03FQd98)
- 마법의 숲 (https://www.youtube.com/watch?v=quuR8vNcYe8)
- 치코를 위한 발라드 (https://www.youtube.com/watch?v=xbcboVw6ksg)
- 목마와 숙녀(박인환 시) (https://www.youtube.com/watch?v=8CAZD9rkmHE)
- 목소리를 위한 협주곡 (https://www.youtube.com/watch?v=os_7RpEWsVA)
- 강가의 아침 (https://www.youtube.com/watch?v=s7qk0P0dOn4)
- 위대한 사랑 (https://www.youtube.com/watch?v=vFQV-PU1eNc)
- 시인과 나 (https://www.youtube.com/watch?v=sSyqNeRyfGE)
- Tornero (https://www.youtube.com/watch?v=bUjNWZPz-AM)
- Y tu te vas (그대 가버리고) (https://www.youtube.com/watch?v=ovdhlgRFjUA)

사과에 대한 잡기(雜記)

- Hallelujah (https://www.youtube.com/watch?v=-VX7L1WK3fg)
- 윌리엄 텔 서곡 (https://www.youtube.com/watch?v=6iMiB8ett34)

세 번째 마디―키프로스 이야기

- 나는 거리의 만물박사 (https://www.youtube.com/watch?v=LxyoRYUk_9U)
- 기~가로 기가로 CF (https://www.youtube.com/watch?v=P8gM2mD3dX4)
- Che soave zeffiretto (https://www.youtube.com/watch?v=y5fLJjK5BDA)
- Serenade to spring (https://www.youtube.com/watch?v=SG8-kzf_DhY)
- Andante, andante (https://www.youtube.com/watch?v=-EZLx3FdWol)

| 경력사항 |

1. 경력

기간	근무처	직위	비고
2019 .7.~현재	숭실대학교	부교수	교육, 연구
2013. 3.~2019. 6.	명지대학교	부교수	교육, 연구
2011. 3~2012. 2.	서울대학교 ICP	책임연구원	연구, 기획
2010. 9.~2011. 2.	Middle East Technical Univ.	부교수	교육, 연구
1995. 10.~2010. 8.	한국가스안전공사	본부장, 실장, 처장	연구, 기획, 안전관리
1992. 4.~1995. 10.	에너지자원기술개발지원센터 (현 KETEP)	팀장	정책기획, 연구관리
2020. 12.~현재	해군발전 자문위원회	자문위원	자문
2020. 3.~현재	환경부 통합환경관리 기술작업반	선임위원	자문
2018. 12.~2019. 2.	환경부 통합환경관리 기술작업반	전문위원	자문
2015. 1.~2018. 12.	화학물질평가위원	자문위원	자문
2014. 10.~2015. 1.	· 안전혁신 마스터플랜	안전행정부	자문
2014. 8.~현재	지속가능발전기업 협의회	자문위원	자문
2014. 5.~2015. 4.	삼성전기	자문교수	자문
2014. 2.~2017. 5.	정책자문위원	자문위원	자문
2013. 9.~2017. 2.	삼성안전환경연구소	자문교수	자문
2013. 5.~현재	한국소방산업기술원	전문위원	자문
2013. 3.~2017. 2.	명지대학교	연구실안전위원회	자문
2012. 12.~현재	한국위험물학회	편집부회장	편집위원장

2. 연구 실적(최근 5년)

구분	역할	연구과제명	지원기관	연구기간
완료	책임연구원	대국민, 종사자 대상 맞춤형 해양안전교육 및 해양안전문화지수 평가	해양수산부	2020. 3.~2020. 12.
	연구원	방글라데시 765kV 마헤시칼리-마두나갓 송전망 사업 타당성조사	한국수출입은행	2019. 12.~2020. 12.
	연구원	석탄 저장 사일로 붕괴 원인 분석	서울중앙지방법원	2019. 7.~2020. 1.
	연구원	여수산단 재난대응 통합 인프라 구축사업	산업자원부	2019. 11.~2020. 6.
	책임연구원	총포·화약류 중 테러이용수단 지정 및 안전관리대책 수립을 위한 연구	경찰청	2019. 8.~2019. 12.
	책임연구원	용접·용단 작업 등에서의 화재폭발 예방을 위한 제도개선방안 연구	안전보건연구원	2019. 3.~2019. 6.
	연구원	스마트 디지털엔지니어링 전문인력 양성사업	에너지기술평가원	2019. 3.~2024. 2.
	연구원	시나리오 기반 대형 복합 재난 확산예측 기술개발	행정안전부	2017. 5.~2019. 3.
	책임연구원	평택시 화학물질안전관리 계획수립	평택시	2017. 11.~2018. 5.
	책임연구원	국가위험성 평가제도 도입방안 연구	국민안전처	2017. 5.~2017. 10.
	책임연구원	위해관리계획서 이행점검 차등관리 방안 연구	화학물질안전원	2017. 5.~2017. 9.
	연구원	화학물질 사고대응을 위한 피해예측 산정 DB 구축	화학물질안전원	2017. 9.~2017. 11.
수행 중인 과제	연구원	여수 석유화학산단 통합안전체계 구축사업	산업자원부	2019. 7.~2022. 12.
	연구원	유지관리 표준모델 연구	한국도로공사	2021. 2.~2021. 11.
	책임연구원	AI 로봇기반 인간기계협업기술 전문인력 양성	산업자원부	2021. 3.~2026. 2.